本书是以下项目的阶段性成果

广东省本科高校教学质量与教学改革工程建设项目——特色专业“汉语言文学”（粤教高函〔2020〕19 号）

国家级一流本科专业建设点“汉语言文学”（教高厅函〔2022〕14 号）

省级一流本科专业建设点“汉语言文学”（教高厅函〔2021〕7 号）

广东海洋大学 2018 年创新强校工程项目“湛江地方特色文化研究平台”（Q18303）

2020 年创新强校工程项目“广东海洋大学海上丝绸之路文化研究院平台”（230420026）

编委会

主　编：孙长军

副主编：邓　建　刘　刚　裴梦苏

编　委（按姓氏音序排列）：

安华林　邓　建　董国华　刘　刚

毛家武　裴梦苏　孙长军　汪东发

王子昕　张　伟

扬帆文丛

海格集

广东海洋大学
文学与新闻传播学院
优秀毕业论文集

（五）

孙长军　主编

暨南大学出版社
JINAN UNIVERSITY PRESS

中国·广州

图书在版编目（CIP）数据

海格集：广东海洋大学文学与新闻传播学院优秀毕业论文集. 五/孙长军主编. —广州：暨南大学出版社，2023.2
（扬帆文丛）
ISBN 978－7－5668－3541－3

Ⅰ.①海… Ⅱ.①孙… Ⅲ.①文学研究—文集②新闻学—传播学—文集 Ⅳ.①I0－53②G210－53

中国版本图书馆CIP数据核字（2022）第207689号

海格集：广东海洋大学文学与新闻传播学院优秀毕业论文集（五）
HAIGE JI：GUANGDONG HAIYANG DAXUE WENXUE YU XINWEN CHUANBO XUEYUAN YOUXIU BIYE LUNWENJI（WU）
主　编：孙长军

……………………………………………………………………………………

出 版 人：张晋升
策划编辑：杜小陆
责任编辑：潘江曼　梁念慈
责任校对：刘舜怡　陈皓琳
责任印制：周一丹　郑玉婷

出版发行：暨南大学出版社（511443）
电　　话：总编室（8620）37332601
营销部（8620）37332680　37332681　37332682　37332683
传　　真：（8620）37332660（办公室）　37332684（营销部）
网　　址：http：//www.jnupress.com
排　　版：广州良弓广告有限公司
印　　刷：广州方迪数字印刷有限公司
开　　本：787mm×1092mm　1/16
印　　张：13
字　　数：207千
版　　次：2023年2月第1版
印　　次：2023年2月第1次
定　　价：49.80元

序　言

本书是广东海洋大学文学与新闻传播学院2021届优秀毕业论文的结集。向海而生，传播海洋文化是我院办学特色之一；而“文新经世，日新其格”则为我院的院训，故此部论文集经过多方讨论，最终定名为“海格集”。海的品格，辽阔广远，兼容并蓄，将论文集如此定名也寄托着对我院专业建设与学科发展的美好祝愿。

本书共收录论文17篇，涉及我院中文、新闻两系的五个专业，涵盖中外文学、语言文字学、秘书学、新闻学、编辑出版学等多个学科，在评审过程中，所有论文都是由指导教师、评阅教师、答辩小组分别给出成绩并按照比例相加，再经教授委员会多次讨论，优中选优。可以说，最终选定的这些论文代表2021届毕业生的专业水平。论文集共分为三个专题，分别为文化文学研究、语言文字研究以及秘书学与新闻学。

毕业论文是对所学专业知识的总结与实践，是必要的本科教育培养环节。入选《海格集》的17篇论文，无论是选题、结构还是语言上均能看到同学们的思考与成长，亦能看到指导教师们的严谨与用心，是师生共同劳动的成果。

此书非常值得肯定的一点是选题对于地方文化的关注，如《普宁英歌脸谱的艺术特征及其文化内涵》以潮汕地区特有的普宁英歌脸谱作为研究对象，从其“形”“色”两个角度展开论述，发掘其色彩美、抽象美和意蕴美。而规范性同样是本书值得肯定的一点。这里所指的规范，不仅是成文的规范，还指写作过程的规范。我们认为对学生毕业论文的规范性进行要求和训练是学术论文写作的必要一环，也是帮助学生养成严谨学术思维的关键所在。由于个体能力的差异，有些论文在学术价值上尚有欠缺，但在写作过程中，论文指导教师无不全方位地教学生如何完成一篇学术论文。从确定选题到查找资料，再到研究综述、开题报告的撰写，直至论述的展开、材料的运用，甚至摘要、注释的要求乃至对成文格式的调整，都尽可能让学生做到心中有数。这样做除了保证论文的质量，也是为学生继续深造打好基础，更是为了让越来越多的人对学术、知识怀有敬畏之心。本书中的《解放思想，实事求是——邓小平文书工作思想初探》《〈现代汉语词典〉（第7版）形容词释义探析》等文，在结构、行文等方面尤其有条有理，而形式的规范也进一步提升了上述文章的品质，这对相关专业本科生进行学术研究和论文写作具有一定的示范意义。

本书的编修、校对，得到了我校中文系杨茹、吴婉华、黄燕贤、宋政邦的协助。可以说，本书在论文的遴选、编修、校对、出版等环节都凝结着文传学院师生的心血。

2021届毕业生已经离开海大文传的港湾，在自己的海域扬起风帆。作为老师，送走一艘艘远航的船儿，心中有欣慰、有挂念、有不舍。我们祝愿这些远航的船儿前程似锦。我们编写这部论文集，作为一份迟到的毕业礼物送给2021届毕业生们。同样，这部论文集也是他们为母校、为恩师留下的最珍贵的纪念。

编委会

2022年春，湛江

目　录

秘书学与新闻学

文化文学研究

论张爱玲电影剧本中的男性形象
——以剧本集《一曲难忘》《六月新娘》为中心

吴璇映[①]　卢月风[②]

摘　要：张爱玲作品的艺术魅力经久不衰，形成多次研究热潮，涉及领域较为广泛，但大多数研究成果是关于她的小说和散文。而电影剧本作为张爱玲文学创作的重要组成部分，其意义与价值同样不可忽视。就目前研究来看，张爱玲电影剧本的研究依然聚焦于文化的分析，学界还未建立规整完善的研究系统，研究视野也不够广泛，尤其在人物形象上的研究更偏重于女性形象，对电影剧本中男性角色的研究还存在一定的空白。本文以张爱玲的《一曲难忘》和《六月新娘》剧本集为研究对象，试图从类型、多元镜像和意义等方面研究其中的男性形象，分析这一形象塑造的特殊性，以及在整个剧本中的价值与意义。旨在通过新的视角突破研究张爱玲的传统窠臼，对张爱玲的剧本创作有一个更新颖的认识。

关键词：张爱玲；电影剧本；男性形象；多元镜像

张爱玲于1946年开始电影剧本创作，直到1965年封笔。二十年间，张爱玲执笔了十四部电影剧本，加上广播剧剧本和话剧剧本，共有十七部，称得上高产剧作家，并在电影剧本原创的领域创造了辉煌，推动了中国电影史的发展。

然而张爱玲的电影剧本还未在学界引起重视，尚未形成完整体系，研究视野也不够开阔，尤其在人物形象上更多注重于女性形象。本文以张爱

① 吴璇映，广东海洋大学文学与新闻传播学院汉语言文学专业2021级本科生。
② 卢月风，广东海洋大学文学与新闻传播学院讲师。

玲电影剧本为中心，细读《一曲难忘》和《六月新娘》剧本集，关注张爱玲本身的想法、个人经历以及写作语言，从宏观层面深入探析张爱玲电影剧本中的男性形象。

一、张爱玲电影剧本中男性形象的类型

在张爱玲的作品中，给读者留下深刻印象的角色有很多，其中多为女性角色。据统计，剧本作品集《一曲难忘》和《六月新娘》中，男性角色有上百个，主要角色占其中的三分之一，女性主要角色则占更多。这种人物性别上的写作偏好与张爱玲的原生家庭有关。她是一位生长在男权文化家庭的都市女性，成长于“五四”时期，受过当时先进西方文化的教育，对女性意识的觉醒有深刻理解。因此，她的创作视角是独特的，尤其在电影剧本中塑造的男性形象更是超脱世俗的。

（一）新旧交替的都市男性形象：传统权威的弱化

男尊女卑的思想在中国传统文化体系中占据重要地位。张爱玲生于20世纪20年代，当时根深蒂固的传统观念依旧禁锢着民众的思想。对于这个时代的女性来说，家庭是必需品，婚姻像是谋生的一种手段，她们必须依附丈夫或父亲来生存，通过恋爱去挑选适合的男性。张爱玲在电影剧本中刻画了不少对恋爱中的男女，但与现实不同的是，男性角色并没有占据主导地位，男女之间的相处模式更偏向于双方平等对话。

剧本《情场如战场》中，有三位主要男性角色，陶文炳、史榕生、何启华。陶文炳是一位帅气但性格有些轻率的中产写字间工作者，而叶榕生性格较阴郁内向，是主人公叶纬芳的表哥，何启华则是一位其貌不扬的教授。他们都迷恋美艳的“交际花”叶纬芳，三方纠结，但不是老套的男方相互竞争，最终决定权属于女方：

芳：当然不。我爱谁，不爱谁，完全是我自己的事，谁也管不着。①

① 张爱玲．六月新娘［M］．北京：北京十月文艺出版社，2010：130.

在这场三对一的爱情追逐游戏中，男人们都拜倒在叶纬芳的石榴裙下。叶纬芳拥有了绝对的优势权，传统的男性强势主导的话语权被弱化了。她是大胆的、突出的，甚至是反传统的，“恨不得天下的男人都来追求她”，作为爱情的主导方，令过往男性“一元主导”场景转变成了真正的平等对立，达到了男女双方平等对话的效果。

张爱玲对这种平等意识的书写不只在一部电影剧本中。剧本《南北一家亲》也渗透了平权思想。这部剧表现了南北方两家人在言语对话及平常生活习惯等多方面的对立。由于双方家庭长辈的顽固阻碍，大胆相爱的青年男女无法继续交往。最终张佩明想出了妙计，让哥哥张清文和李家妹妹李曼玲假意离家出走，促成了双方家长的让步，才得以让有情人终成眷属。

除此之外，剧本《六月新娘》中的董季方也逆反了传统的男性主导统治，追求平等爱情。相似的是，这些剧本中的都市男性都接受了新思想的启蒙，在旧社会的大环境渲染下，新旧思想的矛盾对立在他们身上展露无遗。又因为女性角色自由独立意识的崛起所产生的影响，男性角色对旧社会的传统思想进行了反抗，放下了曾经的控制主导角色，平等地看待女性的社会存在和人格尊严，最终达成了平等对话。

（二）多情懦弱的丈夫形象：对爱情的执着

纵观张爱玲小说文本中的“丈夫”形象，几乎很难有一个完整的正面形象，始终是以一个被批判的角度来进行描绘，但这种小说中强烈的男性批判论述策略在她的电影剧本中则有了明显的改变。譬如，在电影剧本《人财两得》中，主角是一对夫妻——孙之棠与方湘纹。孙之棠是一个穷困潦倒的作曲家，他的太太方湘纹怀孕了，房子还欠了三个月的租金，用于养家糊口的曲子也来不及上交。面对金钱的诱惑和前妻翠华的干扰，孙之棠与方湘纹频频发生争吵，最终多情懦弱的孙之棠还是选择了对家庭的坚守，放弃金钱，将自己的音乐献给方湘纹。然而故事结尾，又是一场反转。翠华将五十万财产送给孙之棠，至此，孙之棠人财两得。

剧本《桃花运》中的“丈夫”杨福生也是一个多情的男性形象，他有美满的家庭，与妻子用十年的积蓄开了一家饭馆，却深深爱上女歌手丁香。杨福生认为对不起妻子瑞菁而选择净身出户，丁香反而开始嫌弃贫穷的杨福生。最终杨福生醒悟过来，与妻子才是真正的爱情，两人重归于好。

张爱玲电影剧本中的丈夫角色，面对诱惑始终坚持自身立场，保有对爱情的忠贞，与小说笔下滥情自私的丈夫形象大相径庭。她解构了男性作为爱情直接掌控人的形象，将跌宕起伏的情节转化成欢喜的模式，消解了苍凉的结局，展现了男性作为丈夫对家庭和爱情的责任。

（三）虚伪贪婪的父亲形象：沦为丑角

“五四”以后，中国开启了新的文学时代，作家们以敏锐的视角关注着社会与生活，希望用文学揭示社会问题，改造社会。这个时期，人们追求民主、科学，在反抗帝制的过程中认识到了“自我”，女性意识也渐渐觉醒。为了表现对女性思想解放的关注，作家们站在“五四”新文学的旗帜下，通过在作品中描写女性对现实的反抗与自我的顽强斗争，重构了女性文学，重新定义了女性在社会的身份。

张爱玲出生在五四运动之后，母亲是新式女性，受过新思想启蒙，整个成长过程受到了“五四”文化精神的影响。在张爱玲的电影剧本中，“五四”的理性精神、人们追求自我的表现都是很突出的。张爱玲以冷峻的视角走进女人生命深处，清晰地审视了男性与女性之间的关系。同期许多作家借男性作为父亲形象权力的丧失重构了女性意识觉醒的世界，张爱玲也不例外。她的电影剧本中的“父亲”形象同样颠覆了传统社会塑造的高大、伟岸、负责任的父亲形象。她解构了“父亲”的角色，将“父亲”美好威严的形象进行了消解，具体体现在作品中“父亲”角色的缺席与虚伪贪婪的面孔，但更多是作为笑料以调节剧情气氛。

父亲形象的缺席尤其在剧本《魂归离恨天》中体现出来。《魂归离恨天》人物列表中的主角没有一个父亲形象，具体文本中，第一场便为“父亲”角色的缺失做了一个说明：

叶太：（闭着嘴叹了口气）夫妻俩三十多岁才养下这一个女儿……第

二年倒真就生下个儿子，他爸爸惯得他不得了。他爸爸又死得早，我没法管他——①

《魂归离恨天》讲的是叶湘容与端详两人因为阶级关系无法在一起，后来叶湘容更是嫁给了门当户对的另一家，抑郁而终。端详受到刺激，于人世中苦苦煎熬。湘容以“鬼”的身份留在他身边，剧中最后伴着端详离去。剧本开头便将父亲的角色设置为缺席的状态，“叶太”成了叶家的大家长，而大家长在剧中的作用也偏于虚无。

在剧本《六月新娘》中，“父亲”角色没有缺席反而异常鲜明，作为一个丑角贯穿了全剧。《六月新娘》讲述了汪丹林与董季方这一对欢喜冤家终成眷属的故事。其中，汪卓然即汪丹林的父亲是一个败落的世家子，过惯了挥霍的生活，平常又好赌，便借女儿的婚事信口开河、到处拉钱，以滑稽的姿态贯穿全剧。但是，汪卓然并没有对女儿汪丹林与董季方最终的结婚造成破坏，反而促进了剧情的发展。无法否认这个父亲角色依旧展现了其虚伪贪婪的面孔，但在剧中更多是作为一个“丑角”，展示了一个滑稽、“和稀泥”的形象。

《南北喜相逢》里的势利眼汤德仁也是剧本集中突出的“父亲”形象。他嫌贫爱富，严禁外甥女和女儿与穷小子交往，又为了公司业务，被两个“穷小子”安排的好友阿林假扮的有钱“姑妈”哄得团团转：

汤：简小姐，自从彩蘋的妈去世了，这么些年，有很多人给我做媒，我都不愿意，想想犯不着，孩子都这么大了。可是，自从见到你简小姐，不知怎么老是忘不了你……

(乐师卖力，琴弓刺入林假发，将假发挑在弓上。)②

在汤德仁追求阿林的过程中不乏各种“假姑妈”身份临近被拆穿的危机，但汤德仁已经被金钱的诱惑洗脑，最终被哄骗着签下了两张结婚证明

① 张爱玲．一曲难忘［M］．北京：北京十月文艺出版社，2010：242．
② 张爱玲．一曲难忘［M］．北京：北京十月文艺出版社，2010：219．

书，促成了外甥女与女儿的爱情团圆大结局。可见，“父亲”形象已经被张爱玲消解成为一个促进剧情发展、制造笑料的“丑角”。

二、张爱玲电影剧本中男性形象的多元镜像

张爱玲说：“我写到的那些人，他们有什么不好我都能够原谅，有时候还有喜爱，就因为它们存在，他们是真的。可是在日常生活里碰见他们，因为我的幼稚无能，我知道我同他们混在一起，得不到什么好处的，如果必须的接触，也是斤斤较量，没有一点容让，总要个恩怨分明。”[①] 由此可见，张爱玲笔下的人物都是她用心血去塑造的，力图将其塑造成一个能够影射现实，成为一个有血有肉存在的角色。在张爱玲的电影剧本中，不难发现她聚焦于女性书写，但对男性群像的书写是无法回避的。于是，她从不同视角塑造了各种类型的男性角色。

（一）女性视角下的男性书写

波伏娃在《第二性》中解构了女性成为“第二性”的原因，论述了女性被形成塑造的过程，诉说“女人并不是生就的，而宁可说是逐渐形成的”[②]，书中运用了存在主义的一个重要理论——他者。存在主义提出，“没有他者，人类无法认识自己”。而在以男性为中心的传统社会中，女性的“自我”认知就源于男性的“他者”，男权的神话凭此维持永久的地位。张爱玲作为女性作家，虽然没有波伏娃对女性生存认知的系统完整，但也早早地萌发了女性意识。她敏锐又深刻地意识到：“女人一辈子讲的是男人，念的是男人，怨的是男人，永远永远。”[③] 于是，为了更多地书写女性，她描绘了男性的故事，利用女性作为“他者”的身份去塑造男性的形象。

在张爱玲电影剧本的世界里，刻画了各种多变的女性形象，有在《桃花运》中传统贤良淑德的妻子瑞菁，也有在《情场如战场》中活泼开放，

① 李微．试论张爱玲的电影剧本创作［J］．锦州师范学院学报（哲学社会科学版），2003（5）：13．

② 西蒙娜·德·波伏娃．第二性［M］．陶铁柱，译．北京：中国书籍出版社，1998：30．

③ 张爱玲．张爱玲文集：第四卷［M］．合肥：安徽文艺出版社，1991：77．

将爱情掌握在自己手中的叶纬芳，还有在《小儿女》中挣扎于爱情与家庭中的王景慧……

这些女性视角下的男性形象是丰富多彩的。如《桃花运》中的福生，他是一个勤恳老实的男人，执意认为丁香与自己真心相爱，而放弃了自己与妻子打拼了十年的酒家。在温婉贤淑的妻子瑞菁和拜金精明的丁香的算计下，福生执着卑微地追求爱情。男性角色固有的威严光芒在这个角色上退却了。最终因太太瑞菁的算计，他变得一无所有，待丁香翻脸后才认清自我。

与之相较，《情场如战场》中被叶纬芳“玩弄”的三个男人，也都展现出鲜明的性格。陶文炳和何启华为了争夺叶纬芳的芳心甚至打斗起来，看似在物化女主角，但剧情又突生反转，两人开始和平交谈，认识到叶纬芳对他们的“戏弄”，却仍然想要争辩出谁是叶纬芳真正爱的男人：

文：我们怎么办呢？

启：我们两人一块儿去，当面问她，到底是爱哪个。

文：（悲哀地）她要是说爱我，我可就完了。

启：你难道还相信她？

文：我明知道她是扯谎，我还是相信她。①

张爱玲遇见爱情的时候，将自己低到尘埃里，满心欢喜地开出了花。而她笔下的人物，男性的强势被颠覆，他们将自己的姿态放低，追求女性的时候便是轰轰烈烈，甚至奋不顾身，哪怕受到欺骗依旧沉沦，在尘土飞扬的风暴中开出了浪漫的花。

（二）多元文化冲击下的男性书写

张爱玲电影剧本笔下的男性角色，大多受过西方文化熏陶。电影导演许鞍华曾评价：“张爱玲的心思，很多方面都超越了她的时代。那种中西

---

① 张爱玲．六月新娘［M］．北京：北京十月文艺出版社，2010：127.

文化混杂的人物，在三四十年代的香港只属少数，在今天却是大多数。”①她的观念受到了中西文化的影响，又在母亲身上见证了中西文化的混杂、融合，在父亲家族体悟了传统古老文化。于是，张爱玲笔下的角色也是受到多元文化冲击的。

在张爱玲的“南北”系列电影剧本中，中西文化元素体现地尤为突出。学者张楚在《张爱玲编剧电影研究》中明确指出了这一点：“如《南北一家亲》中，年轻男女见面的地方，男女双方家长见面的地方，都意味深长地选在西餐厅；双方家长由于偏见而大打出手，也不再是中国式的拳脚，而是西式电影中的丢蛋糕掷意大利面了。”②

在这种中西糅杂、南北方习俗差异的情况下，剧中男性形象显得更加生动。尤其在《南北一家亲》中张清文与李曼玲演习婚礼的时候，张清文对身穿“大礼服”感到浑身不舒服，觉得自己仿佛被“五花大绑”，还认为套衫不会聚财。而举办正式婚礼的时候，他们穿着西式礼服在教堂举行婚礼，最终又穿回传统大红裙袍入洞房，还有“闹新房”仪式。一如在《南北喜相逢》中，角色见面的选择，办公的选择无一不展现着西方的特色，男性角色们穿着正式西服、打着规整领带，看似将自己从头到脚地“西化”，却吐露着中国的文化情结。然而，中国式的长袍马褂下包裹的也不是一颗完整的中国心，他们追赶着西式潮流，学习各式西方习俗，最终展现的却是不中不西的矛盾冲击。

（三）阴差阳错喜剧元素下的男性书写

张爱玲曾写道：“我不喜欢壮烈，比起壮烈，我更喜欢苍凉。壮烈而有力，没有美，似乎缺少人性。”③“苍凉”像一个标签贴在张爱玲身上，仿佛只要与张爱玲相关，任何事物都会带上苍凉的底色。然而在电影剧本中，她却运用了大量的喜剧元素去描绘角色，故事结局也大多为欢喜大团圆。

---

① 香港电影资料馆．超前与跨越——胡金铨与张爱玲［M］．香港：香港电影资料馆．1998：15.

② 张楚．张爱玲编剧电影研究［D］．南京：南京艺术学院，2013：12.

③ 张爱玲．自己的文章［M］．北京：京华出版社，2006：60.

郑树森在研究张爱玲电影剧本时，将她的剧本分为四个类型，其中一类是"喜剧"元素。李欧梵在《苍凉与世故》中，讨论张爱玲身上的"世故"，表示"其实世故里面一个重要的部分是喜剧性的事物，也就是把人生看作喜剧"①。经研究，张爱玲电影剧本中对男性的书写也运用了各种喜剧元素去塑造。

张爱玲电影剧本中的主角大多为平凡普通的小人物，故事情节围绕着日常生活展开，看似没有水花的柴米油盐酱醋茶的生活，却被她利用夸张的对白和阴差阳错的剧情发展，巧妙地令人物带上了幽默的色彩。这是一种源于舞台剧的戏剧性反讽手法，"即主要演员在台前演出，而两侧或周边的角色知道一些主要演员不清楚的事情，造成彼此认知上的距离，令明白实情的观众会心微笑"②。在《人财两得》剧本中，第十七场翠华要给孙之棠安排理发、做衣服、看医生，却在阴差阳错之中，理发师把裁缝当作"孙先生"，招呼裁缝落座并且按着他就要给他剪头发：

(二人即立起挣扎，理发师更不放松，用力按住他，二人就纠缠起来，吓得裁缝师取衣料包袱向外就逃，理发师追出。)

……(厨房突然传来惊呼声，挣扎声，裁缝跑了出来，理发师持皂刷剃刀在后追赶，二人绕室飞奔。)③

从这个片段可以看出张爱玲喜剧因素的运用，在各种夸张动作的突出下，理发师对裁缝的举动让人啼笑皆非。到了真正的主顾孙之棠出现的时候，医生也到了。为了让医生和裁缝能够同时完成任务，翠华令他们一个在前头，一个在后头。医生要求孙之棠进行深呼吸，裁缝却让他伸展身体，孙之棠如同被摆布的木偶，不由地生出怨气，但也不敢向翠华发表不满，只能对医生和裁缝发脾气。最后两方相互配合，医生在看热度表的时候，裁缝进行测量，才解决了翠华"同时完成任务"的要求。

---

① 李欧梵. 苍凉与世故［M］. 北京：人民文学出版社，2010：21－22.

② 郑树森. 电影类型与类型电影［M］. 南京：江苏教育出版社，2006：140.

③ 张爱玲. 六月新娘［M］. 北京：北京十月文艺出版社，2010：59－60.

多层误会巧合的巧妙结合，让人忍俊不禁。在推动情节起伏的同时，还让角色变得鲜活起来，“裁缝”“理发师”为了生存而卑躬屈膝，委曲求全，孙之棠则受到了翠华的操控。我们细细琢磨之后可发现，在这几个夸张滑稽场景的描写中，翠华是这场误会的缔造者，三位男性都在翠华的掌控之下。

这种喜剧元素的运用同样出现在剧本《南北喜相逢》中。从小就喜爱看好莱坞大片的张爱玲借鉴了好莱坞喜剧风格，将南北文化冲突用各种幽默的对话、浮夸的人物动作表演来表示。一方面，剧中“势利眼”汤德仁为了巴结富侨简兰花，一改之前对“穷小子”简良的恶劣态度，妄图通过简良来巴结他的姑母简兰花。然而简兰花因个人原因推迟了回港的时间，简良以金钱诱惑好友阿林男扮女装冒充自己的姑母，一系列爆笑场面由此展开。觊觎简兰花财富的汤德仁表现出各种殷勤，追求男扮女装的阿林，无数次表达自己深深的爱意。另一方面，汤德仁侄女男朋友的父亲也在为了得到简兰花的投资而极力讨好这位突然出现的“简兰花”。其中有一幕三人一起用餐的场景：

吴父：应当简小姐坐上首。
汤：（附和）嗳，简小姐是远客。
（各人都说“对”。）
（汤扶林上座。）
（吴父也抢着来扶。）
（林作态，霎霎睫毛，终于拣中汤扶。）
（吴父忙去代拉椅，汤也抢拉椅，拉得太远。）
（林一坐脱空，跌坐地上。）
（众惊呼起立。）①

简短的一幕以诙谐的形式生动地展现了汤德仁、吴父和阿林三位男性角色对于金钱的屈服，三个不同身份的人物因一场爱情与金钱的追求聚在

① 张爱玲．一曲难忘［M］．北京：北京十月文艺出版社，2010：194.

一起。吴父和汤德仁两人势利虚伪又滑稽可笑，几个强烈的戏剧动作描述充分展现了他们曲意奉承、努力巴结的样子，让喜剧效果在整场剧目中达到了高潮。

三、张爱玲电影剧本中男性形象的意义

张爱玲通过电影剧本，编织了一个独具“苍凉”底色又融合“入世”色彩的影像世界。她运用多元视角刻画了不同的男性形象，亦以通透的笔触展现了跟小说世界截然不同的男性形象类型。受当时政治局势的制约，电影的剧本创作是存在局限性的，但张爱玲对电影剧本创作依然有自己的一份使命感，将中产阶级等平凡人物的故事以艺术的形式表现出来。

（一）男性形象书写转变

学者郭玉雯评价张爱玲小说中的女性缺乏独立自主的精神，常自怜自哀且情绪总围绕着男性。而在她电影剧本中的女性形象则更多展示着热情、活泼，努力追求生命的意义，自主又独立，如《情场如战场》中的女性形象。同样，张爱玲电影剧本中的男性形象也发生了改变。

以男性为中心的世界被解构。张爱玲从女性主体进行塑造，让男性霸权的普遍书写被消解，在剧本描述中将男性主导的形式弱化。“在张爱玲之前，中国电影中的女性镜像，是由男性来书写的，是男性‘凝视’下的图像。”① 作为女性作家，张爱玲以女性的视角书写男性，以女性为中心，令女性成为“他者”的身份，将“男权”给中国社会带来的强烈符号解构了，使男女平等。

在张爱玲的小说世界，男性角色的形象是荒诞的。他们有的自私薄情，算计爱情；有的纠结善恶之中；有的充满封建腐朽气息，沉溺于生活。与之相反，在电影剧本世界，男性角色的形象，是真实自然的。无论是新旧交替的都市男性，多情懦弱的丈夫形象，还是隐性出席的父亲形象，他们身上本应该如旧社会所赋予具备的强势威严的至高无上地位，对所有事情的控制支配权，对女性任意的歧视被瓦解了。不管是《情场如战

---

① 赵秀敏．张爱玲电影剧本研究［D］．武汉：华中师范大学，2014：32.

场》中的陶文炳、何启华、史榕生，《南北一家亲》中的张清文、李焕襄，还是《六月新娘》中的汪卓然，他们身上虽依然有着传统的男性权威思想，但更多保留了与女性的平等对话；亦有在面对真假爱情中坚定自我的“丈夫”，如《人财两得》中的孙之棠，《桃花运》中的杨福生和《六月新娘》中的董季方，他们在爱情选择中苦苦挣扎，在追求之时付出全身心，到最终选择时坚定自我。而那些“隐性出席的父亲形象”，如《一曲难忘》中的南父，《魂归离恨天》中的叶父和《南北喜相逢》中的汤德仁，他们大多缺席于剧中，不属于剧本中的主要角色，甚至沦为丑角给观众制造笑料，成为调剂剧情的成分。

再看同时代的电影剧本，受时代背景的限制，大多展现的是非善即恶、非黑即白的形象，没有或者少有中间灰色地带过渡的角色形象，到张爱玲开始当一名电影编剧时，中国电影史的发展不过二十多年。于同一时代的编剧家群体而言，女性的存在感依旧较弱，自然也有一些女作家进入影剧领域进行创作，但从各个方面比较而言，不管是作品数量还是其作品在影坛影响力，都没有超越张爱玲的。可见，张爱玲对中国电影史的发展具有划时代的意义，她不仅填补了女性角色的独特语境，而且改变了人们对男性形象的刻板符号心理，将男性形象进行了更原生态的转变。

（二）将中产阶级男性形象推向荧幕

学者夏志清在《中国现代小说史》中认可张爱玲，称她是一位“记录近代中国都市生活的一个忠实而又宽厚的历史家”①。事实证明，张爱玲在电影剧作中突出展现了近代中国都市生活的各个方面。在她的笔下，有各种小人物，不像过去电影角色所表现的那样高不可攀、完美无缺，或多或少都会做些有失高贵的事情，因此人物也更加真实。而电影主人公，亦同张爱玲般特立独行。她创作了中产阶级的角色。早在1943年，张爱玲在评电影《秋歌》与《乌云盖月》时，就发出了独特的声音：“中国电影的题材通常不是赤贫就是巨富，对中产阶级的生活很少触及。”②

---

① 夏志清．中国现代小说史［M］．刘绍铭，等译．上海：复旦大学出版社，2012：51．

② 张爱玲．张看［M］．北京：中国经济出版社，2002：219．

在张爱玲之前，许多电影剧本无论是以男性还是以女性为中心，大多表现下层穷苦阶层与上层富贵阶层的对比，展现的都是小人物与资本的抗争，符合当时“抗争”与“革命”的主题。电影主流是“或以史诗性的笔触记述中国自抗战以来的广阔而复杂的现实社会，或描写战后小人物悲惨的现实生活，或嘲讽反动统治阶级垂死挣扎的丑态及其色厉内荏的本质，生动地记录下一个时代的真实面貌”①。在中产阶级接近失语的状态下，张爱玲的电影剧本突出展示了中产阶级形象，填补了中国电影史在这方面的空白。从剧本集《一曲难忘》和《六月新娘》来看，除去其中《伊凡生命中的一天》在监狱里的伊凡，电影主人公皆为中产阶级形象。

她通过对中产阶级男性形象的书写，将他们的爱情、婚姻、家庭生活，真实地展现在了荧幕上。电影的受众是多层面、多元化的，经济状况从巨富到赤贫，任何阶层都有可能看过电影，但是中产阶级的“缺失”，让受众接触的环节少了一面，追求西方“看电影”潮流的心理上的认同体验也减少了。电影被处于既定程序商业化、政治化的剧本束缚了，没有本真的“一地鸡毛”，而现实生活中的男性，大多为平凡生活中的小人物，“中产阶级”是其中较广大的群体，在他们之中，不乏受过“自由、平等”解放思想的人物，但依然受到旧有传统的禁锢。中产阶级男性形象展现在荧幕上之后，令他们在电影中看到了认同，看到了自己的生活，甚至给他们种下了改变思想的启发式种子。

张爱玲是朴素的，在她的电影剧本世界里，书写的都是普通人物的喜怒哀乐。张爱玲也是深刻的，剧本塑造的角色是独特的，每个角色背后阐述的生命价值都以悄然无声的方式侵入观众的内心。她将中产阶级男性形象展现在荧幕上，建立了新的叙事话语，书写了女性视角下的男性形象，颠覆了观众的认知，解构了以男性为中心的权力威严和至高无上。

四、结语

电影是多元的、商业的，因此电影剧本也是会受到限制的，作品创作很大程度受到观众心理预期的束缚。张爱玲身在其中，创作的剧本不可避

① 胡星亮，张瑞麟．中国电影史［M］．北京：中央广播电视大学出版社，1995：99．

免地会迎合大众，但于她本身对艺术的追求一直没有改变。她跳脱自己的创作舒适圈，在文学的各个方面崭露头角，以其细腻的写作与真实又刻薄的语言拆解各个角色的人生。在对男性角色的书写上，张爱玲塑造了各种男性形象，运用了多种手法进行创作，看似幽默风趣、丑态百出，实则笑闹已经接近荒诞的程度。她温情脉脉地书写着“苍凉”，给剧本安排了美好大团圆的结局，但完美喜剧外壳下的内核依旧是悲凉的。

从整体来看，作为女性剧作家，张爱玲的创作是别具一格的，在中国电影史发展初期阶段，弥补了角色的空白，在男性形象方面，塑造了多层次、多元化的男性角色，有正面亦有负面，甚至展现了处于善恶交界的男性形象，打破了过往电影男性角色形象性格的单一。总括而言，张爱玲的电影剧本具有不可忽视的研究价值，而其电影剧本的存在，也让大众认识了除小说、散文以外另一面的张爱玲的创作。

论唐诗中的杨贵妃形象

王燕纯[①] 钟嘉芳[②]

摘要：杨贵妃在史书中多被描绘为倾城之姿、祸国之身的形象。在此基础上，唐代诗人们创造并延伸了杨贵妃的文学形象。在唐代的诗歌中，杨贵妃主要呈现出以下五种形象：一是倾国倾城的丽人形象，二是骄奢淫逸的宫妃形象，三是病国殃民的“祸水”形象，四是可怜可悲的弱女形象，五是清丽脱俗的仙妃形象。杨贵妃形象的复杂性是由唐朝复杂的时代变化、杨贵妃身份命运的特殊性和诗人思想经历的差异性共同造成的。

关键词：杨贵妃；文学形象；历史形象；唐诗

在史书的记载中，杨贵妃姿色冠代，却是导致大唐盛世倾颓的“祸水”。唐诗显示了杨贵妃这一历史人物形象转变为一种文学形象的过程。同时，由于受时代背景、作者自身经历等多方面因素的影响，杨贵妃的形象在唐诗里也显现出了极大的差异。本文对唐诗中杨贵妃的不同形象进行探讨，并分析其原因。

一、杨贵妃的历史形象

有关杨贵妃的记载，最早可以在刘昫所撰《旧唐书》与欧阳修所撰《新唐书》中窥见。在这些史书的记载中，描述杨贵妃是玄宗皇帝李隆基的妃子，她容貌昳丽、通晓音律、能歌善舞，集帝王宠爱于一身，是昭阳殿里的“第一人”。天宝十四年（755），安禄山拥兵反唐，唐玄宗迫于压

① 王燕纯，广东海洋大学文学与新闻传播学院汉语言文学专业2021级本科生。
② 钟嘉芳，广东海洋大学文学与新闻传播学院讲师。

力亲自下令将她赐死。

（一）花容月貌

“杨贵妃”这个名字在史书记载中几乎可以与“美貌”画上等号。《旧唐书》评价其：“资质丰艳，善歌舞，通音律，智算过人。”①《资治通鉴》记载道：“肌态丰艳，晓音律，性警颖，善承迎上意。”② 在这两句描述中，杨贵妃的美可以归结为三个层面：一是“丰艳”的外在美。二者都用了“丰艳”对杨贵妃的容貌做出评价。唐人好丰腴之美，以“丰艳”作评是对贵妃外在美的肯定。二是能歌善舞的动态美。杨贵妃善霓裳羽衣舞是公认的，“善歌舞”“晓音律”是对贵妃艺术素养的肯定。在歌舞的加持下，杨贵妃的美打破了庸俗，也打破了皮相的局限。三是聪颖的个性美。在“智算过人”与“善承迎上意”二句中，不难看出杨贵妃是一个聪明且机颖的女子。作为后妃，她能摆正自己的身份，知道自己的命运掌握在谁的手里，又通过“承迎上意”来试图掌握命运，这无疑给她增添了一种聪颖又娇怯的柔美。

（二）亡国祸根

天宝十五年（756），马嵬坡发生了兵变，唐玄宗迫于六军的压力，亲自下令将杨贵妃缢杀，这一举动在某种程度上坐实了杨贵妃祸患的名号。欧阳修在《新唐书》中说道：“呜呼，女子之祸于人者甚矣！自高祖至于中宗，数十年间，再罹女祸，唐祚既绝而复续，中宗不免其身，韦氏遂以灭族。玄宗亲平其乱，可以鉴矣，而又败以女子。”③ 他认为，“安史之乱”的爆发源自“女祸”。所谓“女祸”，指的是以女色蛊惑君主来剥夺、荒废政权。在他看来，唐玄宗曾经亲自平叛过“女祸”所引发的乱政，最后又因为杨贵妃重蹈当年覆辙，令大唐盛世险遭一朝陨灭。这同时是传统史学家的观点，他们都认为“安史之乱”的爆发是由于杨贵妃狐媚惑主，引得

---

① 刘昫．旧唐书［M］．北京：中华书局，1975：1480.

② 司马光．资治通鉴［M］．北京：中华书局，1976：6862.

③ 欧阳修．新唐书［M］．北京：中华书局，1975：154.

唐玄宗倦怠了朝政。然而，盛唐广厦倾颓的景象并不是一个女子的力量可以左右的，上位者耽于声色、声色自娱，才是真正造成安史之乱爆发的原因之一。

二、杨贵妃的文学形象

唐代文人开启了杨贵妃形象文学化的过程，为后世勾勒了杨贵妃文学形象的基本轮廓。陈寅恪指出："唐人竟以太真遗事为通常练习诗文之题目，此观于唐人诗文集即可了然。"① 在《全唐诗》所收录的诗歌中，有写到关于杨贵妃的诗作有97首之多，这些唐诗从不同侧面书写了杨贵妃，使得杨贵妃这一历史人物逐渐演变成为一种文学形象。

（一）倾国倾城的丽人形象

倾国倾人的丽人形象是杨贵妃花容月貌的历史形象在文学领域的延续。发展之初，唐代诗人以文字为染料，描绘出杨贵妃的倾城之姿，将其塑造成一位千娇百媚的倾城佳人，使其容貌的艳丽得以随着唐诗不断流传，并在后人的脑海中永远定格下来。

李白的三首《清平调》最早描绘了杨贵妃的文学形象。其中，《清平调·其三》：

名花倾国两相欢，长得君王带笑看。
解释春风无限恨，沉香亭北倚阑干。②

诗句以名花与美人作对比，美人与名花相得益彰，名花倾国，美人亦是倾国色。在诗人李白的浪漫主义诗风下，杨贵妃像一朵雍容华贵的牡丹花，是大唐的明珠。她柔软而丰艳，高贵又美丽，令人神往。

杜甫对杨贵妃的态度虽然与李白相反，但也在《丽人行》一诗中肯定过其容貌的出色。诗中"丽人"指的是杨氏姐妹，自然也包括杨贵妃。其

① 陈寅恪. 元白诗笺证稿［M］. 北京：生活·读书·新知三联书店，2015：3.
② 彭定求，等. 全唐诗［M］. 北京：中华书局，1960：1703.

中“态浓意远淑且真，肌理细腻骨肉匀。绣罗衣裳照暮春，蹙金孔雀银麒麟”① 两句，前一句对“丽人”的外在容貌进行由皮到骨的夸赞，后一句又描写了“丽人”衣着穿戴的华美。除此之外，杜甫在《哀江头》中对“明眸皓齿”的怀念，也是对杨贵妃美貌的肯定。即便是在杨贵妃惨死于马嵬坡后，唐诗中仍出现了不少描写其容貌的句子。如李商隐诗“自埋红粉自成灰”②“犹恐蛾眉不胜人”③ 等，用“红粉”“蛾眉”代指杨贵妃，都是后人对杨贵妃美的无限遐想。

在唐代诗人充满才情的创作之下，杨贵妃的美人形象得以变得充实立体且深入人心。杨贵妃如今成为美的代名词，离不开唐人与唐诗一代代的传颂与流传。

（二）骄奢淫逸的宫妃形象

杨贵妃在唐诗中的形象具有复杂多面的特点，除了赞颂杨贵妃的美貌，也有一部分诗人在创作中描写杨贵妃骄奢淫逸的一面，并对此进行批判。

唐诗中对杨贵妃骄奢的批判，最为典型的当属杜甫的《丽人行》。诗中云：

头上何所有？翠微盍叶垂鬓唇。
背后何所见？珠压腰衱稳称身。
就中云幕椒房亲，赐名大国虢与秦。
紫驼之峰出翠釜，水精之盘行素鳞。④

该段叙述的是杨氏兄妹举办宴会的奢华场景。诗句没有对主角进行直接批判，而是将笔力全部用在丽人的外貌、穿戴、饮食、用具等方面，让读者感受到杨氏一族极尽奢侈的富贵生活，字里行间隐含了诗人的不满与

---

① 彭定求，等. 全唐诗［M］. 北京：中华书局，1960：2260.
② 彭定求，等. 全唐诗［M］. 北京：中华书局，1960：6167.
③ 彭定求，等. 全唐诗［M］. 北京：中华书局，1960：6147.
④ 彭定求，等. 全唐诗［M］. 北京：中华书局，1960：2260.

指责。

古有“烽火戏诸侯”，在唐代也出现了玄宗皇帝为博杨贵妃一笑而派驿使千里运送荔枝的荒唐事。杜牧的《过华清宫》是以“杨贵妃”和“荔枝”为主题的创作。诗云：

长安回望绣成堆，山顶千门次第开。
一骑红尘妃子笑，无人知是荔枝来。①

全诗寓意精深，以小见大，以送荔枝揭露皇帝为了讨杨贵妃欢心而劳民伤财的荒唐，“妃子笑”又让读者联想到春秋时期周幽王点燃烽火博得的褒姒之笑，批判之意立显。

杨贵妃所处的时代是大唐王朝最为繁华富庶的时期。在当时，由于物质上的丰盛，纵情享乐的豪奢之风弥漫了整个社会，这一点在葛兆光先生的《中国思想史》中也有所印证：“到了开元天宝年间，这种豪奢风气已经弥漫开来，很多士人追求奢华生活，……过去士人在理念上一贯崇尚的简朴也在物欲横流中荡然无存。”② 杨贵妃与杨氏一族、玄宗皇帝，因为地位的关系成为这股豪奢之风的代表。唐代文人们在诗歌中对杨贵妃骄奢的批判，与其说是批判贵妃本人，不如说是批判李唐皇室的奢靡、士林的豪奢。

（三）病国殃民的“祸水”形象

与杨贵妃亡国祸根的历史形象相类似，唐诗中也有对杨贵妃祸国殃民的形象塑造。“安史之乱”爆发所引发的一系列动荡和不安，激发了唐代文人对杨氏一族的不满，唐代诗人们在动荡中寻找祸乱的根源，把杨贵妃塑造成为病国殃民的“祸水”形象。

杜甫的《北征》是唐代诗人对杨贵妃“祸水”行为最早且最直接的批判。诗中云：

---

① 彭定求，等．全唐诗［M］．北京：中华书局，1960：5954.
② 葛兆光．中国思想史：第2卷［M］．上海：复旦大学出版社，2001：111.

不闻夏殷衰，中自诛褒妲。
周汉获再兴，宣光果明哲。①

褒姒与妲己在《国语》中都是以美色惑君致使国家倾覆的经典形象。杨贵妃之于大唐，在诗人看来就如同灭了周朝、商朝的褒姒和妲己。晚唐时期的郑畋在批判杨贵妃时，甚至还为玄宗开脱，其诗《马嵬坡》道：

玄宗回马杨妃死，云雨难忘日月新。
终是圣明天子事，景阳宫井又何人。②

诗人用“回马”和“圣明”正面评价了唐玄宗赐死杨贵妃的行为。在诗人看来，正是因为杨贵妃被赐死，国家政权才得以延续。

上述诗句都表现了诗人对杨贵妃的批判，将“安史之乱”的动荡归咎于杨贵妃，传达了诗人们对杨贵妃的不满。唐代是皇权至上的封建王朝，唐代文人忠君爱国，儒家的礼教束缚着他们，使他们无法对君主进行谴责，所以杨贵妃就成为替罪羊，没有话语权，也无法发声反驳。

（四）可怜可悲的弱女形象

学者向娜在分析杨贵妃的文学形象时曾指出：“越是美丽的事物，其生之美与死之黯淡的对比也就更为强烈，更能触动人的情感。”③ 杨贵妃于马嵬坡被缢杀的悲惨结局，激发了无数诗人的感慨与同情，就连曾经视贵妃为“妖姬”的杜甫也不免其俗，其诗《哀江头》道：

明眸皓齿今何在，血污游魂归不得。
清渭东流剑阁深，去住彼此无消息。
人生有情泪沾臆，江水江花岂终极！

---

① 彭定求，等. 全唐诗［M］. 北京：中华书局，1960：2276.

② 彭定求，等. 全唐诗［M］. 北京：中华书局，1960：6464.

③ 向娜. 人生家国两长恨——论唐诗中的杨贵妃［J］. 汕头大学学报（人文社会科学版），2011，27（6）：43.

“明眸皓齿”是杨贵妃在世时的倾城之姿，“血污游魂”是杨贵妃惨死之状，“清渭”是杨贵妃被缢之所，杜甫在诗作中表达了对杨贵妃的怀念之情，于江头吞声哭泣，寄托哀思。

在同情的基础上，唐代诗人们还创作了不少为杨贵妃翻案的诗作。韦庄的《立春日作》：

九重天子去蒙尘，御柳无情依旧春。
今日不关妃妾事，始知辜负马嵬人。①

诗人指责天子的无情，认为帝王逃蜀一事与杨贵妃无关，杨贵妃是一个可怜的弱女子，更是一个被天子辜负的可怜人。该诗是对历来盛行的“红颜祸水”论调的否定，具有深刻的反省意味。

明珠蒙尘，美人玉陨，诗人们对杨贵妃生命结局的同情与叹惋，为杨贵妃的形象增添了一抹悲剧色彩。杨贵妃作为盛世的象征在唐诗中被反复提及，这无疑使杨贵妃从一个简单的美的符号，成为悲剧的符号、大唐盛世的符号和历史兴亡的符号，丰富了杨贵妃文学形象的内涵。

（五）清丽脱俗的仙妃形象

不少诗人另辟蹊径，关注唐玄宗与杨贵妃之间缠绵悱恻的爱情，并在此基础上提出了杨贵妃之“恨”与“冤”。杨贵妃之“恨”，意即遗憾、憾恨，是命运中的缺憾和不圆满的无可奈何、无法释怀。杨贵妃之“冤”，在于“血污游魂归不得”，在最美好的年华含恨而逝，死在最爱的人的一声令下，也在于以死报君却背负一身骂名。于是，为了弥补这些遗憾，唐代诗人开始对李杨爱情故事的结局进行改造和再创作，注入神话色彩。

该类创作以白居易《长恨歌》为典型。学者倪美玲认为：“《长恨歌》塑造了一对罕有的帝王夫妇，一个是真情的、悲剧性的绝代佳人；一个是

---

① 彭定求，等．全唐诗［M］．北京：中华书局，1960：8005.

集坏皇帝与好情人于一身的真情帝王。”① 在诗中，唐玄宗将后宫三千宠爱都给予了杨贵妃一人，直到她死后还忍受着相思的痛苦，上天入地地寻找她。《长恨歌》记录了杨贵妃：入宫—受宠—身死—成仙的过程。“天生丽质难自弃”② 和 “回眸一笑百媚生”③ 是杨贵妃的倾城容貌，“三千宠爱在一身”④ 是杨贵妃的受宠盛状，“宛转蛾眉马前死” 是杨贵妃身死之状，“风吹仙袂飘飘举”⑤ 和 “梨花一枝春带雨”⑥ 是杨贵妃洗净铅华的仙女之姿。诗人通过对李杨爱情的描写，塑造了杨贵妃的痴情形象，使其从祸国殃民的 “妖” 妃脱胎换骨化身为蓬莱仙岛的玉妃。

《长恨歌》的出现，标志着唐人开始了对杨贵妃内心世界的探索，是杨贵妃形象文学化的深入。对杨贵妃死后幻境成仙的想象，是对杨贵妃文学形象的浪漫主义创作，为后来元明戏剧中的杨贵妃形象塑造开辟出了一条新路。

三、杨贵妃文学形象的矛盾成因

唐诗中的杨贵妃形象具有复杂性和矛盾性。杨贵妃在唐诗中的形象经历了由美的符号到 “祸水” 的典型再到盛世的代表的转变，这些都源于唐朝复杂的时代变化、杨贵妃身份命运的特殊性和诗人思想经历的差异性。

（一）唐朝复杂的时代变化

唐代是中国历史上尤为特殊的一个朝代，它在最为繁华富庶的时期发生了 “安史之乱”，同时经历了极盛和极衰，在最为繁华的时期陡然发生巨变，并直接由盛转衰。

在文化思想方面，唐代实行了儒释道三教并举的制度，同时又开创了万国来朝的盛况，外来的思想对本土的思想进行不断的冲击，国内的各种

---

① 倪美玲. 唐明皇与杨贵妃文学形象的嬗变 [J]. 江西社会科学，2005 (8)：104 - 106.
② 彭定求，等. 全唐诗 [M]. 北京：中华书局，1960：4818.
③ 彭定求，等. 全唐诗 [M]. 北京：中华书局，1960：4818.
④ 彭定求，等. 全唐诗 [M]. 北京：中华书局，1960：4818.
⑤ 彭定求，等. 全唐诗 [M]. 北京：中华书局，1960：4819.
⑥ 彭定求，等. 全唐诗 [M]. 北京：中华书局，1960：4819.

思想流派又在不停地进行交锋。多种思想的交织促使了唐代文人能从不同的角度去看待周围的人、事、物。

"安史之乱"也是杨贵妃形象发生变化的重要前提。"安史之乱"爆发前，诗人们沉浸在开元盛世的繁华里，皇室生活的豪奢没有引起人们太大的反感。这一时期的诗人们更多关注的是杨贵妃惊为天人的美丽容貌，形成了杨贵妃在唐诗中倾国丽人的形象。少有的几个关注民生疾苦的诗人，批判杨贵妃奢靡的生活作风，形成了杨贵妃在唐诗中骄奢淫逸的形象。在"安史之乱"以后，盛世繁华一朝倾塌，人们迫切地需要找到社会动荡的缘由，就给杨贵妃安上了一个"祸水"的名头，对她进行疯狂批判，这一时期的杨贵妃在唐诗中的形象多以红颜祸水为主。到了中晚唐时期，杨贵妃去世多年，国家却仍旧政治黑暗，风雨飘摇，再加上历史重演，唐僖宗再次逃蜀，诗人们才开始进行更加理智的反思和审视，杨贵妃的形象也再次发生了改变，成为一个无辜可怜的弱者形象。

（二）杨贵妃身份命运的特殊性

杨贵妃的身份共经历了两次大转变，一次是生前从孤女转变为宠妃，另一次是死后由宠妃转变为妖妃。两次转变都充满了戏剧性，都为唐代诗人的多方面形象塑造提供了可能。前一次的转变令她走进了文人的视野，诗人们感叹时运，赞叹其容貌，将其塑造成倾国倾城的美人形象。后一次的转变则令文人们开始更多地从政治视角对她进行审视和批判，构成了贵妃形象的另一个侧面，即病国殃民的"祸水"形象。

杨贵妃的命运又与大唐的兴衰巧合般地具有同一性。学者向娜认为："当最美丽的贵妃与最美的大唐盛世一起逝去，则最美的贵妃也就在某种意义上成为大唐盛世的一个象征、符号。"① 贵妃死于"安史之乱"，大唐盛世亦终结于乱世，从某种意义上来说，杨贵妃的生死和大唐的兴衰在经过"安史之乱"后产生了某种特殊的联系。战乱发生前，大唐繁华富庶，美丽的杨贵妃享受帝王专宠，与帝王同享这盛世繁华。这一时期的杨贵妃

---

① 向娜. 人生家国两长恨——论唐诗中的杨贵妃［J］. 汕头大学学报（人文社会科学版），2011，27（6）：41.

是大唐的明珠，大唐的瑰宝，在唐诗中以倾国美人的形象出现。战乱发生后，大唐倾颓，美丽的杨贵妃随着繁华的盛世一同逝去。在某种意义上，杨贵妃已经成为大唐盛世的代表，这为杨贵妃形象的进一步变化提供了契机。这一时期的杨贵妃成为被同情被叹惋的对象，在唐诗中多以可悲可叹的弱者形象出现。

（三）诗人思想经历的差异性

唐代诗人万千，出自不同的阶层，拥有着不同的人生阅历，也拥有着不同的思想基础。对杨贵妃形象的解读和塑造，与诗人不同的人生经历和思想有关。从门第的角度上看，不同的门第、出身影响着诗人对杨贵妃的态度。杜牧出自“城南韦杜”的显赫世家，祖父杜佑、堂兄杜悰都历任过唐代宰相，生活富庶的他对上层贵族的豪奢风气反应没有那么强烈，也不会对杨贵妃生活作风的奢靡提出强烈的批判。诸如这类诗人更多关注的是前期的美和后期的可怜可悲，这也造就了杨贵妃前期倾国倾城的形象和后期可悲可怜的形象。李商隐生活贫困，过着“四海无可归之地，九族无可依之亲”的生活，其生活的困苦与上层人士纵情享乐、歌舞升平的生活形成巨大的落差，这种落差使他心生不满和怨怼，对杨贵妃以及杨氏一族奢靡的生活作风的批判也就更为强烈。这些不满和批判，造就了杨贵妃骄奢淫逸的形象侧面。

时代背景、诗人的经历以及杨贵妃充满戏剧性的命运，诸多因素交织起来，造成了诗人们纷纷从不同的角度审视杨贵妃的局面，也导致唐诗中对杨贵妃形象的不同塑造。诗人从社会的角度出发讽刺杨贵妃的骄奢，从政治的角度出发批判其误国，从历史的角度出发又对其悲惨遭遇表示同情。这些矛盾的形象和态度，激发了后人对杨贵妃的无限想象。

四、结语

唐代涉及杨贵妃的诗作，体现了诗人们对杨贵妃形象的不同解读，具有复杂性与矛盾性。“安史之乱”爆发前，诗人们出于对美好事物的欣赏，将其塑造成倾城丽人的形象，却同时讽刺其生活的奢靡。“安史之乱”爆发后，诗人们在动荡和不安中批判杨贵妃误国行径，将其塑造成狐媚惑主的妖姬。中晚唐时期，诗人们在审慎反思后同情其无辜，为杨贵妃“平反”，对杨贵妃的悲惨结局进行改造和再创作。这构成了唐代诗歌中独特的杨贵妃题材。唐代文人们在诗歌这一领域延续了杨贵妃芳名和逸闻的流传，促成杨贵妃的形象在唐诗中完成了文学化转变。

鲁迅作品中的“乌合之众”
——以《呐喊》《彷徨》为例

蔡 欣[①] 肖佩华[②]

摘 要：鲁迅作为现代中国的民族魂，秉持着“首推文艺”的初心唤醒麻木的国民。在他的笔下，许多人物广为人知，其中也有聚集成群的“乌合之众”于其笔下摇曳生姿：他们随波逐流、丧失理性；情绪失控、盲目宣泄；偏执保守、排斥异己。其笔下的“乌合之众”形象颇具深意。复杂而深刻的小人物们成为鲁迅的心灵寄托，体现了鲁迅对悲凉世态的义愤及对未来社会的希冀。本文基于社会心理学的理论，以新视角对鲁迅笔下的人物形象进行归类与分析。

关键词：群体；成员；情绪；现实意义

鲁迅，作为中国现代文学第一人，谈及他的作品时，往往绕不开中国现代文学的开端——《呐喊》与《彷徨》。

两本小说集皆体现出鲁迅以“人”为本再现社会的创作观，如同他的演讲所说：“以前的文艺，好像写别一个社会，我们只要鉴赏；现在的文艺，就在写我们自己的社会，连我们自己也写进去。”[③] 他的笔下有诸多主角广为人知，但也有一部分人聚集成群，做出许多无意识却给别人造成伤害的行为。围观杀头的群众是鲁迅“弃医从文”的导火索，然而他也清楚同类的人还有很多，于是秉持着“首推文艺”的初心书写着这些群体。这

---

① 蔡欣，广东海洋大学文学与新闻传播学院汉语言文学专业2017级本科生。
② 肖佩华，广东海洋大学文学与新闻传播学院教授。
③ 鲁迅. 鲁迅全集：第7卷·集外集［M］. 北京：人民文学出版社，1973：477.

些人在故事中每每只以“他们”“××们”“别人”等主语出现，鲜少拥有姓名，却是我们不可忽视的研究对象。

学界中对鲁迅的研究数不胜数：在国内，有汪晖先生的《反抗绝望》，钱理群先生的《走近当代的鲁迅》和《心灵的探寻》等著作；在国外，有日本的竹内好、丸山升，韩国的朴宰雨等，法国更是注重鲁迅的译介研究，可见，鲁迅相关研究在全球文化语境中一直是经常被观照和认识的方向。目前，基于社会心理学尤其是勒庞的理论对鲁迅作品的研究还较为薄弱，但早有学者认为先生刻画的形象与社会心理学理论不谋而合，如《中国现当代文学专题研究》中便有“鲁迅的国民性批判带有社会心理研究的性质，而且往往注目于最普遍最常见的生活现象”①。

早在留日期间，鲁迅便经常思考人性与国民性问题，基于对中西文化的比较与思考，他主张“任个人而排众数”，认为群众虽然表面沉默，但内心隐藏着盲目的破坏力量，这与把这种问题归结为“法西斯主义群众心理学”的西方马克思主义者威尔海姆·赖希不谋而合②，也从侧面论证本选题并非空谈。因此，本文将基于社会心理学的理论对鲁迅先生笔下的人物形象进行归类与分析。

一、何为“乌合之众”

提起“乌合之众”，总让人联想到古斯塔夫·勒庞的代表作《乌合之众——大众心理研究》。首先需要明确，“乌合之众”并不完全等同于群体。本文的“乌合之众”就其成员来说，根据勒庞的观点，他们具有以下特征：一是自觉的个性的消失以及感情和思想转向一个不同的方向；二是总是受着无意识因素的支配；三是丧失了理性分析的能力。③

《文化偏至论》中曾说，当“民主”变成对“众数”的崇拜，“必借众以凌寡，托言众志，压制乃尤烈于暴君”。在鲁迅看来，“麻木国民”的破坏力量不容小觑。按勒庞的观点归类，鲁迅眼中的“麻木国民”都是

① 温儒敏．中国现当代文学专题研究［M］．2版．北京：北京大学出版社，2013：8．

② 陈思和．中国现当代文学名篇十五讲［M］．北京：北京大学出版社，2013：24．

③ 古斯塔夫·勒庞．乌合之众——大众心理研究［M］．冯克利，译．北京：中央编译出版社，2004：3－10．

“乌合之众”的成员。但基于勒庞“群体为了自己只有一知半解的信仰、观念和只言片语……私人利益几乎是孤立的个人唯一的行为动机，却很少成为群体的强大动力”① 的观点，笔者便将“自私”与“冷漠”的个人排除在本文讨论范围之外，如杨二嫂、何小仙、普大夫等。此处的“乌合之众”都是故事配角，几乎没有一个像样的名字。他们易受暗示和轻信，缺乏理性思考；他们冲动、易变且急躁，随意宣泄情绪于他人；同时他们恪守封建礼教的训导，偏执、专横且保守。② “乌合之众”在每一个悲剧的成型中都起着推波助澜的作用，他们热衷于隔岸观火，喜欢玩味、欣赏别人的苦难，可怜、可恨又可悲。

（一）鲁迅笔下的“乌合之众”

《呐喊》围绕鲁镇展开，以多视角娓娓道来：鲁镇是“我”的故乡，村里有咸亨酒店，酒店有孔乙己，隔壁住着单四嫂子；村里有茶馆，茶馆有华老栓……相比之下，《彷徨》故事发生地点则较为庞杂。每个新故事中相似的人便是我们所说的“乌合之众”成员，经过笔者的研读与统计，其具体分布如表 1 所示：

表 1　《呐喊》《彷徨》中“乌合之众”列举

小说集	小说名	“乌合之众”的成员
《呐喊》	《狂人日记》	村人、狂人大哥
	《孔乙己》	“喝酒的人”、掌柜
	《药》	华老栓夫妇、茶馆坐客
	《明天》	阿五、老拱、王九妈等
	《头发的故事》	纠结于头发与服饰的“他们”
	《风波》	村人、七斤一家（七斤除外）

① 古斯塔夫·勒庞. 乌合之众——大众心理研究［M］. 冯克利，译. 北京：中央编译出版社，2004：29.

② 古斯塔夫·勒庞. 乌合之众——大众心理研究［M］. 冯克利，译. 北京：中央编译出版社，2004：12－27.

（续上表）

小说集	小说名	“乌合之众”的成员
《呐喊》	《阿Q正传》	未庄闲人、围观杀头的“看客”们
	《端午节》	方玄绰
《彷徨》	《祝福》	卫老婆子、柳妈、嘲笑她的人们
	《在酒楼上》	长庚、吕纬甫学生的家长们
	《肥皂》	围观与打趣孝女的人们
	《长明灯》	吉光屯的人（“他”除外）
	《示众》	“看与被看”的人们
	《孤独者》	寒石山村人、S城人
	《伤逝》	告密的“老东西”和“小东西”、路人和亲友
	《离婚》	前舱的“老女人”、庞庄客厅里的人

融入群体前或许是安居乐业的老百姓，贫穷但憨厚；融入群体后，道德观与信念都跟着群体走。究其根源，该群体以封建礼教为信仰，名望与意志孕育出的群体领袖使成员成为恭顺服从的使徒，并反过来维护领袖的权威。鲁迅批判国民性的原因就在这里。笔者认为，鲁迅并不是完全否定国民性，内心深处也有他的柔软。他怀念自己的童年，想念故乡的趣事，同情命运坎坷的祥林嫂，同时又期盼革命的曙光。一个人的清醒不足以攻破一群人的混沌，他明白他应该呐喊，显而易见，他也逃不过彷徨。

《娜拉走后怎样》中，鲁迅就曾坦言：“群众——尤其是中国的——永远是戏剧的看客。牺牲上场，如果显得慷慨，他们就看了悲壮剧；如果显得觳觫，他们就看了滑稽剧。北京的羊肉铺前常有几个人张着嘴看剥羊，仿佛颇为愉快，人的牺牲能给他们的益处，也不过如此。”① 这样的人几乎存在于每个故事，结局的大喜大悲也与这些人密切相关。鲁迅热爱观察，对麻木国民的模样更是了然于心，此等“众生相”也被鲁迅刻画得淋漓尽致。

① 鲁迅．鲁迅全集：第1卷·坟［M］．北京：人民文学出版社，1973：150－151．

（二）“乌合之众”的特点

1. 随波逐流，丧失理性

“乌合之众”的成员易受暗示，往往无意识地轻信群体，并且会将这种服从传染给其他人。事实上只要稍加理性分析就可以区分事实与“幻觉”，但他们往往把歪曲性的想象所引起的幻觉和真实事件混为一谈，并将其相互传染。① 这种机制便是勒庞所讲的“集体幻觉”。在《狂人日记》中，狂人认识到那些人“心思很不一样，一种是以为从来如此，应该吃的；一种是知道不该吃，可是仍然要吃，又怕别人说破他，所以听了我的话，越发气愤不过”。在狂人眼中，“他们大家连络，布满了罗网，逼我自戕”，“他们没有杀人的罪名，又偿了心愿”，“他们可是父子兄弟夫妇朋友师生仇敌和各不相识的人，都结成一伙，互相劝勉，互相牵掣，死也不肯跨过这一步”。“吃人”的是封建礼教，那么“吃人的人”便是恪守封建礼教的人，这类人便是我们所说的“乌合之众”。他们对于封建礼教缺乏理性分析，不曾试想推翻权威。其间也有清醒的人，但他们迫于群体压力只能隐藏“个性”，随波逐流地加入“吃人”的大军。狂人曾经也劝说最亲近的大哥：“他们要吃我，你一个人，原也无法可想；然而又何必去入伙。”令人唏嘘的是，在乌合之众潜移默化的影响下，大哥已经同化成他们的信徒，对狂人施加“疯子”的名目。

勒庞认为，无意识是种族的先天禀性，唯有教育能使其摆脱现状。鲁迅深知，生活在底层的群众，他们长期受着封建制度和世俗观念的禁锢和奴役。只要有口饭吃，能够活下去，就会甘心做一辈子的奴隶，并且还会很开心，就不会起来造反，就不会成为“革命的追随者”②。先生举例说：“倘使一个人，在路旁吐一口唾沫，自己蹲下去，看着，不久准可以围满一堆人；又假使又有一个人，无端地大叫一声，拔步便跑，同时准可以大家都逃散。”③ 他们无意识地成了悲剧的怂恿者，却从未对外提出质疑，从

① 古斯塔夫·勒庞．乌合之众——大众心理研究［M］．冯克利，译．北京：中央编译出版社，2004：15－17．

② 张娟．从精神分析角度解读鲁迅小说中看客形象［J］．文学教育（上），2008：68－69．

③ 鲁迅．鲁迅全集：第5卷·花边文学［M］．北京：人民文学出版社，1973：529．

未对内进行自省。茶馆里，康大叔提出用“人血馒头”救治华小栓，在场人无一质疑，夏瑜的豪言壮语“这大清的天下是我们大家的”却被认为根本不是“人话”，认为夏瑜“简直是发了疯了”。殊不知，夏瑜这句具有现代民族国家理念的话语早在300多年前就有类似：“天下者，非一人之天下也，天下人之天下也。”（《霜红龛集》卷三十二）这句精辟的话，可谓我们民族文化的精华。[①] 然而，这样的慷慨激昂却未能深入“乌合之众”的心。

甘于待在“舒适圈”，对于社会的动荡与变迁摆出一副事不关己的姿态，正如恩格斯所说的，“作为政治力量的因素，农民至今在多数场合下只是表现他们的那种根源于农村生活隔绝状态的冷漠态度”[②]。谣传皇朝复辟时，村人们集体回避七斤，谣传革命成功时，七斤嫂和村人又对他相当尊敬。阿Q声称自己姓赵，村人尊敬万分，认为“尊敬一些总没错”；革命余波圈及未庄，辫子盘头顶的人逐渐增加；阿Q被枪毙，他们认为“他坏，被枪毙便是他坏的证据”，而不深究真相，因为在他们眼中，被统治阶级枪毙的人都是实实在在的罪人。“乌合之众”比比皆是，但是一个人的清醒往往对抗不了一个群体的混沌。在每个悲剧的演变中，这些人都是“功不可没”。

2. 情绪失控，盲目宣泄

群体几乎完全受着无意识动机的支配，它的行为主要是受脊椎神经的影响，群体成员往往依据受到的刺激因素决定自己的行动。[③] 他们不会深思熟虑所造成的后果，呈现出来的可以是最血腥的狂热，可以是最极端的宽宏大量和英雄主义，也可以是鲁迅小说中所呈现出来的“看客”行为。

如《孔乙己》中的酒客。这些人多是“短衣帮”，斤斤计较得连热酒都要监督。深处社会底层的他们受到诸多冷眼，便随时将不满情绪宣泄在

---

① 柳传堆. 鲁迅小说中的“看客”形象新解——以《示众》为主要视点［J］. 三明学院学报，2008（3）：275－280.

② 恩格斯. 马克思恩格斯选集：第四卷［M］. 中共中央翻译局，译. 北京：人民出版社，1972：295.

③ 古斯塔夫·勒庞. 乌合之众——大众心理研究［M］. 冯克利，译. 北京：中央编译出版社，2004：13－14.

孔乙己身上以求得精神释放。社会低等成员“渴望通过某种惊心动魄的集体事业，去掩埋他们已经败坏和了无意义的自我”①，面对身穿长衫但落魄的孔乙己，他们仗着人多势众，一改面对强权时的低声下气，经常欺负他，或是说他偷东西，或是笑他连个秀才都没考取。群体数量的庞大让他们觉得自己势不可挡，哪怕孔乙己反抗，他们也可以仰仗数量优势继续回击。

因此，当七斤犯法时，村人不念旧情，反而觉得“有些畅快”，因为他们平日就对七斤含着长烟管谈论城中事的骄傲模样非常嫉妒。阿Q被打头转而调戏小尼姑以获得情绪宣泄，调戏行为的愈演愈烈也更是因为酒客的煽动。无论是在旁煽动或是冷眼旁观，都是冷漠的社会心理氛围的体现。如围观阿Q和小D打架的人、认为“枪毙没有杀头好看”的人、特意寻来听祥林嫂悲惨故事的人、嘲笑祥林嫂额上伤疤的人……尽管明明事不关己，但精神的空虚和内心的麻木夺走了他们的人性关怀。聚集成群便会无意识地转移与宣泄不良情绪，在旁观他人苦痛时寻得快感，而深处苦痛的人只能沦为他人娱乐和欣赏的对象。

3. 偏执保守，排斥异己

“乌合之众”信服群体观念，且这种信服沦为习惯，并衍生出保守倾向。他们对一切传统的迷恋与崇敬是绝对的；他们对一切有可能改变自身生活基本状态的新事物有着根深蒂固的无意识恐惧。② 简单来说，他们不希望有人打破他们的“舒适圈”。当有人试图打破时就会遭受围攻，成为被攻击对象。

《狂人日记》中的“他们”也遭受过知县、绅士等人的欺侮，却甘于接受这些莫名屈辱而对革命者坚持着“你不该说，你说便是你错”的立场；夏瑜“大清的天下是我们大家的”掀不起茶客内心的波澜，哪怕吞下沾着人血的馒头，他们也“全忘了什么味”；固守男女大防的未庄人仇视阿Q，连“十一岁的小女孩”见到他都连忙躲起；四铭夫妇留恋旧文化，

---

① 霍弗. 狂热分子：群众运动圣经［M］. 梁永安，译. 桂林：广西师范大学出版社，2011：56.

② 古斯塔夫·勒庞. 乌合之众——大众心理研究［M］. 冯克利，译. 北京：中央编译出版社，2004：27－28.

固守着“女子无才便是德”“女人就应该相夫教子”等观念，女学堂的建立和剪短发的女学生轻而易举地引起他们的不满，尽管四铭太太同为女子；“工人似的粗人”理直气壮地想要询问犯人情况，却被围观群众盯得落荒而逃；村人拼死维护长明灯，只因害怕“这里就要变海，我们就都要变泥鳅”；面对魏连殳，他们“此唱彼合，使他得不到辩驳的机会”，为的是让他参与旧的丧葬仪式；面对出轨的丈夫，争取婚姻自由的爱姑却沦为人群攻击的对象……清醒被当作疯狂，最终也会被群体抹平锋芒，就像“赴某地候补矣”的狂人以及“像苍蝇那样飞了一圈又飞回原来的点上”的吕纬甫，几经辗转后还是回到原点。时代使然，一个人的力量难免过于薄弱，就像试图追求新式恋爱的子君和涓生一样，最终只有“一人伤，一人逝”的结局。

伊罗生曾指出，身体的某些特征如毛发、肤色等都是姆庇之家成员的认同标记。[①]在那个年代，没有长辫的男人与短头发的女人最容易受到乌合之众的围攻。关于男人的辫子，周作人曾说：“有许多人反对剪辫子，理由说于‘孝道’有缺，照例儿子遭着父母之丧，要结麻丝七天，便是把苎麻丝替代辫线，编在辫子里边，假如剪了发就没有地方去结了。”[②] 可见，留辫子对于该群体具有一定意义。随着社会动荡，有时“长毛不让留辫子”，有时“皇帝要辫子”，辫子的存留问题牵动着“乌合之众”的心。但正如周作人所言，当此等孝思抵不住冷酷的法令时，聪明的他们想到了以下两种补救方法：“其一于遭大故的时候，用麻丝作一箍，套在头上，余下的几缕让它拖在脑后；其二是剃光了头，拿麻丝一大缕，用‘膏药粘’贴在顶门上，同样的挂了下去。”[③] 哪怕有新思想的洗礼，造成的变化也仅停留在名称和外在形式上。

此外，“乌合之众”还喜欢同化身边人，《孔乙己》中的“我”被酒客同化，才会在孔乙己教写“茴”字时，既在心中暗自嘲讽，又在口头上彰显轻蔑之态：“谁要你教，不是草头底下一个来回的回字么？”不仅如

① 伊罗生．群氓之族：群体认同与政治变迁［M］．邓博宸，译．桂林：广西师范大学出版社，2008：101．

② 周作人．鲁迅小说里的人物［M］．北京：北京十月文艺出版社，2013：57．

③ 周作人．鲁迅小说里的人物［M］．北京：北京十月文艺出版社，2013：5．

此，他们还通过代际教育将群体观念传递给小孩，如《在酒楼上》要求老师教授《诗经》《孟子》和《女儿经》，连革命青年吕纬甫都产生“不是我不教，他们不要教”的无奈。议论狂人的小孩子、与母亲同样天性漓薄，大骂九斤老太“这老不死的”的六斤、经常用“苇子”瞄准“他”的赤膊孩子、告密的“小东西”等，显然具备“乌合之众”的雏形。孩子代表的是未来，鲁迅在诉说大人故事时不惜笔墨地刻画小孩，说明在评判大人的同时满怀希冀，才会发出“救救孩子”的大声疾呼，忧愤深广的人道主义情怀溢于言表。

二、“乌合之众”的现实意义

理论上说，文学形象的含义是复杂而深刻的。《呐喊》与《彷徨》中的“乌合之众”都是小人物，但他们个性鲜明、活灵活现，兼具独特性与普遍性。既模糊到置换姓名与外貌也不影响故事的发展，又清晰到在身边就能轻松找到同特征人物。最初这些形象的产生是为了批判国民劣根性，后来发现这种性格突破民族界限，实属人类社会的某种群体特征，再后来，随着研究的深入与思想的进步，这也并非什么“劣根”，不过是历史遗留因素使然。鲁迅笔下“乌合之众”所涵盖的现实意义，早已超出其预期。

柏拉图曾说过一个“山洞人”的寓言，山洞里的囚徒都是昏睡无助的，根本看不到外面世界的真相，要把他们松绑和拉出山洞面对阳光，他们也会感到很痛苦。这山洞里的囚徒和洞外举着火光的人，就成了启蒙与被启蒙的关系。① 鲁迅曾谈道：“说到‘为什么’做小说罢，我仍抱着十多年前的‘启蒙主义’，以为必须是‘为人生’，而且要改良这人生。我深恶先前的称小说为‘闲书’，而且将‘为艺术而艺术’，看作不过是‘消闲’的新式的别号。所以我的取材，多采自病态社会的不幸的人们，意思是在揭出病苦，引起疗救的注意。”② 对鲁迅来说，文艺作品承载了一定的启蒙意义，是他实现救国救民伟大梦想的必要途径。谈及早期创作动机，鲁迅

---

① 柏拉图．理想国：第7卷［M］．郭斌和，等译．北京：商务印书馆，1986：272.

② 鲁迅．鲁迅全集：第5卷·南腔北调集［M］．北京：人民文学出版社，1973：107－108.

在《自选集·自序》中谈道："这些战士，我想，虽在寂寞中，想头是不错的，也来喊几声助助威罢。首先，就是因此。自然，在这中间，也不免夹杂些将旧社会的病根暴露出来，催人留心，设法加以疗治的希望。"① 这些话表明，鲁迅在最初创作时就重视小说的社会作用，试图通过不幸人的故事揭示社会普遍存在的弊病，引起革命者与群众自身的疗救。鲁迅清醒地认识到，哪怕只有一个人出现，其事实上往往代表着一个面目模糊的群体，因为那时的社会里多的是这样子的人。

1. 正视人性，引起自省

"乌合之众"作为麻木国民的代表，他们的存在势必是对人性拷问的证明。《中国现代文学三十年》中讲道："鲁迅的目的正是要打破'瞒与骗'，逼迫读者与他小说的人物，连同作家自己，正视人心、人性的卑污，承受精神的苦刑，在灵魂的搅动中发生精神的变化。"② 在小说里，他们随波逐流、丧失理性；情绪失控、盲目宣泄；偏执保守、排斥异己。他们是千千万万个"乌合之众"的缩影，是无数个被群体力量吞噬的可怜人，是人性最真实的写照。鲁迅明白，只有引领人们正视心灵与灵魂，引起向内的自省，而不是向外的翘首以盼，才能为彻底革命带来胜利的希望。

2. 警示后世，引以为戒

鲁迅曾言："我还（害）怕我所看见的（阿Q）并非现代的前身，而是其后，或者竟是二三十年之后。"③ 可见，鲁迅笔下的人物也承载一定的教育意义。然而不止于阿Q，于20世纪用以批判社会群体弊病的"乌合之众"，在如今的社会里依然随处可见。青少年受辱时无人劝阻，围观者反而甚多；疫情暴发的源头在"键盘侠"的口中得以大规模地揣测与传播；自输入性确诊病例出现后，相继有人发起地域歧视和网络暴力，"人肉"出确诊患者；当有人传出双黄连口服液可以抑制新冠病毒时，人们一哄而上，大肆抢购，使得该口服液甚至双黄莲蓉月饼也全面断货……屡见不鲜的"乌合之众"似乎纵向分布于整个社会，面对现实他们失去了理性思考

---

① 鲁迅. 鲁迅全集：第5卷·南腔北调集［M］. 北京：人民文学出版社，1973：50.

② 钱理群. 中国现代文学三十年［M］. 北京：北京大学出版社，1998：31.

③ 鲁迅. 鲁迅全集：第3卷·华盖集续编［M］. 北京：人民文学出版社，1973：367.

的能力，被群体吞噬掉自我，往往喜欢一哄而上和一哄而散。鲁迅早在20世纪就看穿了这群人，其笔下的“乌合之众”形象颇具深意，在一定程度上亦是用以警示后世，让后人引以为戒，切勿为“乌合之众”所吞噬。

三、结语

少时不懂鲁迅的犀利冷眼，其书连带其名留给我们的印象就像热夏里的午觉，昏昏沉沉又没完没了。而在现代文学的熏陶下，再次捧起鲁迅的著作，先入为主的印象一扫而空。我们往往可以通过解读鲁迅的作品洞悉历史的深刻，并将其与文学形象挂钩，延伸出相关研究。于当时，鲁迅是一个超前的存在，于如今，更是如此，尤其是在对社会百态的观察上。捧读《呐喊》与《彷徨》，总能在字里行间看到许多现实人物的影子，不禁深思：一百多年前有人如此，一百多年后还是有人如此。

“存在即合理”，鲁迅对于小人物的塑造从未吝啬笔墨，足以见他对小人物的重视。在他的笔下，那样的一些聚集成群的“乌合之众”也如同主角一般摇曳生姿：他们随波逐流，丧失理性；情绪失控，盲目宣泄；偏执保守，排斥异己。这些都体现了鲁迅对人性的剖析和审视以及对光明未来的呼唤，这便是笔者学习社会心理学后再读鲁迅著作的体会。当然，对于鲁迅作品的研究，笔者向来都认为任何一种理论都不能将其全方位叙述，至多都是一种片面的深刻。而作为入门者，笔者对于群体文化与文本的理解并不深刻，只能在此写下只言片语，或许短小，或许肤浅，但这懵懂中自然有那一份真意。

普宁英歌脸谱的艺术特征及其文化内涵

张曼纯① 孙长军②

摘 要：英歌是潮汕地区独具特色的民俗艺术，是融合舞蹈、戏曲、武术于一体的综合艺术。英歌舞表演和英歌脸谱真实地反映了潮汕人民独特的历史生活风貌，记载着潮汕地区的民俗活动，传承着中国的传统文化和民俗风情。本文以普宁英歌脸谱作为研究对象，试图从其“形”“色”两个角度展开论述，发掘普宁英歌脸谱的色彩美、抽象美和意蕴美。在“形”上，从英歌脸谱的眉、眼、口、鼻出发分析其象征性，在“色”上，基于“五色论”的用色规则探讨色彩与人物性格的对应关系，阐述脸谱造型呈现的标识、区分、评价的文化功能。最后，通过文献研究、田野调查对英歌脸谱求福禳灾、娱乐教化、文化认同的文化价值作出阐释。

关键词：英歌脸谱；形状；色彩；艺术特征；文化内涵

脸谱是中华民族传统的艺术形式，起源于原始图腾，在漫长的历史发展和丰富的戏曲文化中逐渐演变成一种独树一帜的、艺术化的化妆造型艺术。脸谱艺术发展至今，可谓洋洋大观，我国古老的戏剧剧种，如徽剧、汉剧、川剧、昆曲、秦腔等三百多个剧种，绝大多数都有自己的脸谱程式。广东潮汕民间广为流传的传统民俗舞蹈样式——普宁英歌，其舞蹈气势恢宏、风格粗犷，素有“北有安塞腰鼓，南有普宁英歌”的美誉，在发展过程中博采众长，逐渐形成了特色鲜明、极具艺术张力的普宁英歌脸谱。

---

① 张曼纯，广东海洋大学文学与新闻传播学院汉语言文学专业 2021 级本科生。
② 孙长军，广东海洋大学文学与新闻传播学院教授。

一、关于普宁英歌的研究

英歌脸谱是一种绘于英歌舞者脸部，用于传统民俗舞蹈英歌舞表演的妆造艺术，除了生、旦一些角色外，一般都色彩浓郁、造型夸张。迄今为止，学术界对英歌的研究成果大部分是对英歌文化的概括性研究，专门对英歌构成元素的研究极少，笔者在中国知网上以“普宁英歌”为关键词进行全文搜索，可以检索到23条相关研究文献，其中仅有3篇对英歌脸谱的相关内容做了较多的阐述，目前暂无相关的外国文献。从总体上看，当前对普宁英歌的研究大致可以分为五类：

1. 普宁英歌的源流与发展研究

普宁英歌是普宁人民在长期的生产、劳作中创作出来的民俗舞蹈，被当地人称为“英雄的赞歌”，具有广泛的群众基础和社会基础，但对它的起源，学术界有不同的见解：“傩舞说”认为“英歌舞是傩舞的一种变异形态，在英歌舞中有大量傩舞元素的遗存”①，隗芾对傩文化在潮汕地区的变异形态进行研究，研究显示英歌舞表演时用到的脸谱与傩舞面具十分相似，具有驱邪逐疫的喻意；《潮汕风俗考》中则根据“秧”与“英”在潮汕话里发音相近的特点，对北方秧歌表演和英歌舞进行对比研究，并在此基础上提出“秧歌起源说”②；王克芬在《中国舞蹈发展史》中表示英歌从武术发展而来，她将英歌舞和武术充分结合，最终得出“武术起源说”③的结论。此三种说法均以英歌舞的表演形态为基础，笔者合理推测，经过漫长的历史变迁，英歌舞的表演形态经过多次变化，其文化内涵也在变化的过程中逐渐丰富。此外，比较普遍的说法还有“祭孔说”和“戏曲说”。

2. 普宁英歌的存在现状与保护研究

近年来，由于各种现实原因，“普宁英歌”这一非物质文化遗产陷入了传承断代、生存艰难的困境，程新年、刘建其、何丽琴、张乐为总结了普宁英歌生存环境、分布状况以及表演规模等几个方面的问题，并在此基

---

① 隗芾．傩文化在潮汕的变异形态［J］．汕头大学学报（人文社会科学版），1990（2）：1－6.

② 周硕勋．潮州府志：卷十二［M］．朱兰书屋刻本，1763：9－10.

③ 王克芬．中国舞蹈发展史［M］．武汉：武汉大学出版社，2012：341－350.

础上展开非物质文化遗产保护策略的研究，建设性地提出相关保护策略，为从事普宁英歌保护工作的相关政府部门提供了理论参考。

3. 普宁英歌的元素采集与分析研究

普宁英歌舞者的服饰、脸谱和表演时所用到的英歌槌与其他舞种有显著区别，这些元素的灵活运用能为英歌舞表演增光添彩，为了更好地在舞台上呈现传统英歌剧目，对英歌构成元素的采集、整合与分析显得十分必要。李永祥对英歌舞的动态与结构特点进行剖析，指出普宁英歌舞的基本特征主要体现在舞蹈的单个动作形态和集体结构两方面。在陈家平看来，脸谱这一元素至关重要，提出没有画上英歌脸谱的英歌队不能视为正统①，明确了脸谱在普宁英歌这一传统民俗艺术中的重要地位。

4. 普宁英歌与潮汕文化的关联性研究

英歌艺术是浸染在潮汕文化中的一个瑰宝，它生于潮汕、长于潮汕，与潮汕地区息息相关，又在一定程度上丰富了潮汕文化。王汉武对普宁英歌与潮汕文化的相关性进行研究，归纳概括了英歌艺术与潮汕文化之间的“亲缘”关系。

5. 普宁英歌的综合研究

2006年5月20日，普宁英歌被正式列入第一批国家级非物质文化遗产名录，经过十余年的发展，获得了越来越多的社会关注，英歌舞的传承与保护逐渐成为大众关心的问题。普宁市地方政府广开言路、集思广益，如程新年撰写的《体育类非物质文化遗产健身项目开发研究——以普宁英歌为例》②，为英歌文化在体育休闲领域的发展提供了新思路。

从笔者收集的相关书籍和文献资料，包括期刊、专著、学位论文、新闻报道以及网络资源等来看，普宁英歌的研究目前主要集中在其起源、发展和对其传承与保护的理论研究，对于英歌元素的研究成果甚少，特别是对英歌脸谱这一代表性元素的采集、整理、归纳与分析较少，仍有很大的探讨空间。

---

① 陈家平. 英歌舞脸谱若干问题管见［M］//陈华南，王史凤. 普宁英歌：大型图文集. 广州：广东人民出版社，2014：285.

② 程新年. 体育类非物质文化遗产健身项目开发研究——以普宁英歌为例［J］. 体育科技文献通报，2015（3）：40-43.

笔者认为，作为潮汕民俗舞蹈最重要的构成元素之一的英歌脸谱艺术，不仅显示了剧中人物的性格和特征，而且反映了潮汕人民独特的历史精神文化风貌，具有同样的艺术价值和研究价值。因此，笔者借此契机，以普宁英歌脸谱为研究对象，结合其造型特征、色彩特征，进而总结出其蕴含的美学思想，为英歌脸谱的文化研究提供一定的理论参考，此研究对非物质文化遗产的保护工作也有一定的积极意义。

本文将围绕普宁英歌脸谱的艺术特征和文化价值展开分析，通过对英歌脸谱造型、色彩等方面的论述，探究绘制脸谱的程式及其遵循的规律，从中得出与实际情况相符的且具有参考价值的结论，望能弥补现阶段此方面研究的空白。再者，通过分析英歌脸谱的特点，结合脸谱本身被赋予的特定内涵，实现揭示脸谱所承载的文化功能与文化价值的目的。

从已查阅的文献来看，英歌脸谱多作为英歌文化研究的补充介绍或论述的素材，极少作为单独的研究对象出现。以普宁英歌脸谱作为研究对象撰写论文，有利于弥补英歌文化研究在该领域内理论的不足，丰富潮汕英歌这一传统民俗文化的研究内容。同时，针对当下英歌舞不容乐观的生存境况，对英歌脸谱的研究，有利于更多的人了解英歌文化，从而增强其文化认同感，重视地方民俗文化的发展，为从事非物质文化遗产传承保护工作的相关政府部门提供理论参考。从整体上看，这一研究，对于充实英歌文化研究资料库和保护民俗文化的多样性具有重要意义。

本文主要运用文献研究法、调查法、图像研究法展开研究。

文献研究法。通过中国知网、图书馆等相关学术资源，有计划、有目的地收集关于普宁英歌脸谱文化的文献资料，进行分类整理，仔细研读、比较并归纳前人的研究成果，发现有待探寻的空间。

调查法。实地考察普宁英歌队表演现场，与舞者、化妆师及相关工作人员交谈，及时记录英歌队的主要表演人物对应的脸谱及绘制脸谱的章程，将英歌脸谱与当地文化活动结合起来，探讨脸谱被赋予的文化功能和蕴含的文化价值。

图像研究法。为了更好地分析英歌脸谱的特点，笔者采用图像学的研究方法，收集脸谱图片，通过对脸谱造型和色彩的分析，归纳特征，揭示脸谱的文化内涵。

二、普宁英歌脸谱的造型特征

普宁英歌脸谱是以《水浒传》中勇闯大名府的各路英雄好汉为原型，结合他们的外貌、脾性及显著特征，运用不同的色块、图案，以夸张的手法在表演者脸上绘出有形、有色的化妆造型艺术。脸谱造型不仅要勾勒出人物的眉、眼、口、鼻，而且要勾画出符合人物身份和性格的特殊标志，开宗明义地告诉观众所刻画的人物的身份、性格，达到寓意褒贬、甄别善恶的艺术功能。因而观众可以在舞者表演时直接以脸识人，不必在推理、判断人物上费心思，通过脸谱的“形”与“色”两个方面即可知。

英歌脸谱的“形”具有象征功能。英歌不同于其他戏曲可以利用念白刻画人物、推动剧情的发展，舞英歌全靠吆喝，情节起伏由舞者敲击手中的双槌和小鼓来体现，因此，英歌脸谱在“形”的刻画上十分细致，观众可以轻松地辨别出每个舞者所扮演的人物，观其外表，窥其心胸。“形”主要体现在脸谱的脸型、眉形、眼形、鼻花、额花。

1. 脸型特征

脸型是脸谱最直观、最容易辨别的整体造型特征。英歌脸谱脸型的样式丰富，主要可以分为对脸、破脸、旋脸、定脸四种，其中最常见的是对脸和旋脸。

对脸是英歌脸谱绘制中最常运用到的一种样式，五官端正，用以表现忠肝义胆、正直不阿的人物；破脸打破了对称构图，常向左或向右成一条斜线，五官不端正，主要表现孔武有力、强悍凶猛的人物；旋脸最大的特点是鼻花、额部花纹和色块呈 S 形或反 S 形，具有强烈的、动态的视觉效果；定脸是用于特定人物的一种脸谱样式，相比其他样式，定脸所用到的色块、花纹、图案更加固定，一经确定，不可随意更换和修改。

2. 眉形特征

在英歌脸谱的化妆过程中，勾画眉眼是极为重要的一环，也是考验化妆师审美素质和技术手法的环节。眉形可以反映人物的性格态度，或嗔或怒，或正或邪，一对合格的眉毛可以让观众一眼判断出人物的情感色彩。眉形的画法各有差异，英歌脸谱中常运用到的有卧蚕眉、梳子眉、吊勾眉、瓦眉和疙瘩眉。

3．眼形特征

眼睛是心灵之窗，人物的内心活动主要是由眼神传递给观众，因而眼睛的刻画尤为重要，是传情达意的关键。绘制脸谱时一般会将眼部扩大化，将眼部形状做夸张化、图案化的变形处理，以突出不同人物的身份地位和性格特征。其他戏曲脸谱艺术的民间艺人画眼的口诀是“忠良正直画顺眼，吊眼猛烈少年环，三角细眼奸佞画，凶悍蛮横雌雄眼”，英歌脸谱在绘制上借鉴了这种画眼规律，有平眼、忠眼、残眼三种，其他眼形以此三种为基础，结合人物特色作出相应的改变。

4．鼻花特征

据英歌队化妆师的陈述，英歌脸谱威武的关键在鼻子，眉眼起助神、传神的作用，口部的装饰花纹则起协调、平衡的作用。英歌脸谱以对脸为主，鼻子是整个脸谱的中轴线，左右两边饰以相对称的色块和花纹，因此鼻部的花纹布局对脸谱的整体构图效果有很大影响。化妆师在勾画人物的鼻部花纹时十分谨慎，一旦鼻花失败，整个脸谱的构图就会松垮而不紧凑。

5．额花特征

英歌脸谱的额部花纹也是一大特色。一个合格的脸谱不仅要勾画出五官，而且要显示出不同人物的性格特征，额部的花纹就是为了更加突出人物形象，给观众创造一个更清晰、更容易分辨的人物特点。英歌脸谱的化妆师取具有代表性的自然形态特征，如英雄所使的兵器、看家本领、身份特征等，通过夸张化、抽象化的艺术变形，使之既具有指向性，又具有艺术美感。

德国哲学家恩斯特·卡西尔认为：“所有的文化形式其实都是符号形式。”[①] 英歌脸谱作为一种呈现于面部的、特征鲜明的视觉符号，美感是其最直接的诉求，因此，从美学角度来分析英歌脸谱的“形”，能够更好地展现其蕴含的审美观念和艺术价值。下面笔者从三个方面探讨英歌脸谱的美学特征。

第一，形式与内容的统一。内容是眉、眼、鼻花、额花等构成脸谱的

---

① 恩斯特·卡西尔．人论［M］．甘阳，译．上海：上海译文出版社，1985：33.

视觉元素的总和，形式是这些构成元素的结构和组织方式。英歌脸谱的五官构成并非各自独立的，而是相互配合、相辅相成的。以关胜为例，关胜外貌酷似其祖上关羽，面若重枣，故在着色上以红色为主，黑、白两色为辅，表明该人物是关羽的后代；五官布局上则以平眼搭配卧蚕眉，额部绘一太极，取阴阳调和之义，暗示其通晓天文地理，而平眼、卧蚕眉兼有眉清目秀、正大光明之义。各个元素根据艺人的布局组织在同一张脸谱上，共同呈现了关胜的形象，表现出关胜文韬武略、忠肝义胆的性格特征。元素的组成方式体现的是“美”的外观，元素所蕴含的内容则是“美”的内核，“艺术的内容就是理念，艺术的形式就是诉诸感官的形象”①。当理念贯通于形象中，形象处处表现出理念，达到水乳交融般一致时，也就是形式与内容的和谐统一，英歌脸谱的艺术美由此得以体现。

第二，共性与个性的统一。英歌脸谱的谱式看似变化多端，实际上每张脸谱都有固定的程式，它是“观众与创作者之间一种共同的默契”②。英歌艺人在绘制脸谱时，一方面按照程式组织各种元素，另一方面在遵循创作规律的同时体现自己对艺术的主观理解和审美倾向，将共性寓于个性之中。以眉、眼为例，脸谱的精气神关键在于眉、眼，它们在脸谱上的占比虽不多，但在表现人物的外貌、性格和气质上发挥着无可替代的作用。英歌脸谱在勾画眉眼时常做艺术性的加工，用黑色勾画眉弓和眼部，将眉眼的线条、眼周的花纹夸张化、图案化，以加强眉眼的存在感，使其更具有表现力。经过漫长的实践，每个人物都有属于自己的比较固定的眉眼组合画法，塑造身份尊贵、光明磊落的角色时，一般以卧蚕眉搭配平眼，如天罡星下凡的公孙胜；骁勇善战、赤胆忠心的将军形象则采用梳子眉配合忠眼，如圣水将单廷贵。而常用来表现人物个性的元素是绘在额部的纹饰，英歌队伍前有引路人时迁，手中舞蛇用以指挥，其额部画有一条蛇，加深观众心中舞蛇者的形象，同时辅助其他元素体现其身手敏捷、有勇有谋的性格特点。

第三，动态与静态的统一。脸谱是把人的真实容貌掩藏、用于舞台表

---

① 黑格尔．美学：第一卷［M］．朱光潜，译．北京：商务印书馆，1979：42.

② 焦菊隐．焦菊隐戏剧论文集［M］．上海：上海文艺出版社，1979：254.

演的假面，又有别于传统的假面。传统的假面虽构图精巧、造型夸张，但始终因表情木讷呆板被人诟病，脸谱是直接在表演者的面部进行彩绘，丰富的面部表情能使静态的脸谱更具表现力。除此之外，英歌脸谱巧妙地利用点、线、面的拆解组合实现视觉上的动态效果。在鲁道夫·阿恩海姆看来，运动是最容易引起视觉强烈注意的现象。[①] 换言之，动态的脸谱比静态的脸谱更容易抓住观众的注意力。以旋脸为例，旋脸脸谱的鼻花、额部花纹和色块呈S形或反S形，其他部位随着中心鼻花的畸变发生相应的变形，四周饰以扭转的花纹，通过线条的扭曲和夸张达到强烈的、动态的视觉效果，在无形中增强脸谱的律动感，给观众留下深刻的印象。脸谱是人们通过视觉途径获取信息的图像符号，静态的脸谱本身具有相对稳定性，有利于增强视觉传达的渗透力，而动态的视觉冲击则可以大大提升信息接收的效果，一动一静，相得益彰。

英歌脸谱的“色”具有寓意功能。色彩是给人以强烈视觉冲击和深刻心理效应的脸谱构成元素，与“形”相辅相成，共同表现脸谱所蕴含的情感特征。每张脸谱运用到的色彩都是人物身份、性格的象征，不同色彩的运用和搭配具有不同的寓意。因此，越了解色彩的寓意，越能判断它们的效果。

（1）英歌脸谱用色的寓意性。

英歌脸谱的色彩思维与其他戏曲脸谱艺术相同，受以阴阳五行为核心的古典哲学观念影响，色彩运用遵循中国传统色彩体系“五色论”的用色规则。五色即青、赤、黄、白、黑，对应东、南、中、西、北五个方位，在长期的历史文化发展中，其内在寓意性逐渐稳定并为民众所熟知和接受。英歌脸谱对五色的对比运用，不仅体现在利用五行相生相克的关系调和色彩冲突上，而且体现在色彩寓意性的继承上。

传统用色以赤、黑、白为基色，青、黄为补色。赤色，即红色，象征吉祥、喜庆，更有正直、忠勇之意，深受中国人青睐。《水浒传》中关胜是美髯公关羽的嫡系子孙，长相与关羽颇为相似，生的一张重枣面，因而

---

① 鲁道夫·阿恩海姆．艺术与视知觉［M］．滕守尧，朱疆源，译．成都：四川人民出版社，1998：508－560.

关胜的脸谱以红色为主色，象征其忠义、骁勇的性格特征。

黑色是一个神秘的颜色，在中国古代是北方的象征，本无褒贬之义，但在民间文化发展中逐渐形成一种定势，或用于渲染死亡、恐怖的气氛，或代表公正无私、刚正不阿的性格品质，如黑脸黑须的李逵，性情刚烈直爽，所以在脸谱用色规则中黑色与庄重、严肃、勇猛、爽直的性格特征相联系。

白色是一个不受推崇的颜色，经常与死亡、祭祀、噩兆相关，是不吉利的象征。长期以来，民众对白色的忌讳，让白色被赋予了阴险、狡猾、凶兆的文化内涵，传统脸谱中白色对应的人物也多是诡计多端、腹有鳞甲之流，但英歌脸谱中的张顺是一个例外，因水里功夫了得，身白如雪，穿梭在水面时如白条闪现，得绰号“浪里白条”，英歌艺人在创作时有意识地保留了其肤色特点。

青色与黄色均作为补色，且都有凶猛、悍勇的寓意，常常作为性情刚烈的猛将的脸谱补色。“色彩的寓意性特征是历史的积淀，每一种颜色都具有其相对应的人物角色性格特征，其寓意性特征一经形成就有很强的稳定性和延续性。”① 英歌艺人们对色彩象征义的规范使用，令英歌脸谱的谱式更加鲜明、独特，即使人们不认识所有梁山好汉，也能从脸谱色彩上判断人物的身份、性格。

（2）英歌脸谱用色的特点。

鲁道夫·阿恩海姆曾说：“一切视觉表象都是由色彩和亮度产生的。”② 在视觉感受中，最影响观众的是色彩，如果没有色彩，仅靠脸谱的形状来区分人物可谓强人所难。英歌脸谱常用色彩的两大基本属性，即明度和纯度。明度指色彩的明暗程度，纯度指色彩的饱和程度，脸谱常选取明暗适中、饱和度高的颜色，总体呈现出着色大胆、对比强烈的特点，具体分析如下：

第一，英歌脸谱的着色大胆。英歌舞表演的地点一般在户外，大部分

---

① 张美荣．西秦社火脸谱艺术特征及其文化内涵初探［D］．北京：中国艺术研究院，2012：33．

② 鲁道夫·阿恩海姆．艺术与视知觉［M］．滕守尧，朱疆源，译．成都：四川人民出版社，1998：451．

观众远观，为了不影响表演效果，大部分舞者的脸谱色彩浓郁、造型夸张。以红色在英歌脸谱谱式的应用为例，红色不仅色泽鲜艳，而且是所有可见光中波长最长的，视觉冲击力大，可将色感传至远方，无论是与明度最低的黑色搭配，还是与浅色背景相称，均可显现出来。

第二，英歌脸谱的色彩对比强烈。英歌艺人十分擅长色彩的搭配，不同明度、纯度的颜色相撞不仅能使脸谱富有层次，而且能够给予观众强烈的视觉冲击。脸谱最为常见的是黑白对比，比如黑旋风李逵，其脸谱以黑色作为底色，黑脸、黑须，两颊着以白色，将明度最高和最低的两个颜色组织在同一张脸谱上，给人强烈的视觉反差感。

英歌脸谱“作为民间文化观念的物化形式，显示了它作为一种审美形式的特殊性”①，而“形”与“色”的内在意蕴集中体现了这种特殊性。“形”通过整合五官的格局、形状及其变化，辅以花纹、图案的装饰，表明人物的身份，突出人物的性格特征；“色”通过运用符合民间文化定势和民众审美习惯的五色，使脸谱上的纹饰更加清晰、具体，更具存在感和表现力。总之，英歌脸谱“形”与“色”两个方面蕴含着艺人巧妙的艺术构思和丰富的情感寄寓，所遵循的规律都是为了更加清晰明了地呈现人物特征，令脸谱的辨析功能更加突出，达到脸谱整体与部分相统一，同时加强脸谱的艺术表现力。

三、英歌脸谱的美学特征

李泽厚曾提道：“美是美感的基础，美感来自于人的社会生活，人的物质实践引发了人的美感。”② 英歌脸谱艺术是艺人们在长期的艺术实践中，对民间艺术的感受、提炼，以及对人物形象的鉴赏、分析，综合作出评价，逐渐形成的一套比较完善的化妆手法。艺人绘制脸谱注重整体性，利用五官、色彩、纹饰各个元素之间的相互组合，通过抽象化、艺术化的加工产生新的有机结合的含义，在表达特定的寓意之余，达到构图的和谐统一，使整体造型呈现圆润协调的艺术美感。

---

① 潘鲁生．民义学论纲［M］．北京：北京工艺美术出版社，1998：121．
② 李泽厚，戴阿宝．美的历程——李泽厚访谈录［J］．文艺争鸣，2003（1）：43－48．

观众对脸谱的感应首先是色彩，其次是形状，最后才是色彩与形状所达到的视觉平衡关系。英歌脸谱的色彩具有强烈的视觉冲击力是毋庸置疑的，但是脸谱的色彩要求形状与色彩达到融合一致，符合主次、虚实、匀称等美的规律，仅凭色彩是远远不够的。形状作为色彩的载体，“感性的色彩只有纳入到理性的形状中，才能呈现强烈的视觉冲击力”①。

根据格式塔心理学理论，形状会影响色彩对比的强弱，形状越单一，外部轮廓越简洁，对比效果越强；形状、外部轮廓越复杂，对比效果就会减弱。例如，将关胜和鲁智深的脸谱进行对比，前者以相对简单的形状填充大面积的红色，后者将黑色纳入相对复杂的形状中，很显然，前者在视觉上的识别力、记忆力较优于后者。这是因为简单的形状可以通过复杂的色彩增强对比效果，使脸谱的画面更加丰富、更具有层次；复杂的形状与复杂的颜色则会令画面混乱不堪，让人分不清主次。

可见，想要达到自然又和谐的视觉效果，使英歌脸谱在色彩上更统一、更醒目，必须合理安排色彩与形状的搭配。只有将色彩与形状放在脸谱这个整体中互相配合，才能使一张脸谱上的所有色彩互相关联，达到融洽、醒目的视觉美感。

英歌脸谱是由客观物象和主观判断融合而形成的艺术形象，具有明显的抽象性。所谓抽象就是提炼的过程，艺人在实践的基础上，大量舍弃人物的非本质特征，以分离、提纯的方式突出最具代表性的人物的本质特征，从而产生比具象更深刻、更富内涵的艺术形象。

英歌脸谱作为传统的民间艺术，为了强调人物的内心世界，在勾画脸谱时采用抽象的艺术表现手法，根据人物的面部特征，提取最具代表性的特征，加以夸张、变形、重组，并巧妙地组合在脸谱上，去伪存真。化妆不在于重现水浒人物的本貌，而在于表现人物的个性和精神品质，缺乏抽象美的英歌脸谱是没有灵魂和生命力的。如张顺的脸谱形象，对其眉眼、嘴、两腮加以组织，运用夸张的表现手法强调眉弓和下眼睑，使其呈现出展翅的蝴蝶状，嘴微微向下弯曲似鱼嘴，两腮勾成圆弧形，象征其在水中如鱼一般自由自在。艺人在创作的过程中针对张顺水性好这一人物特征，

① 王力穋. 京剧脸谱艺术中色彩的视觉及心理表述性［J］. 戏剧文学，2009（9）：72－74.

加以夸张、变形，惟妙惟肖地勾勒出其“浪里白条”的形象。

通过舍弃与人物无关或浮于表面的非本质特征，突破人物具体样貌的限制，仅凭点、线、面以及色块等抽象形式的组合所体现出的艺术美感，即英歌脸谱的抽象美。抽象并不意味着凭空捏造，全靠臆想，而是在现实人物的基础上运用夸张的艺术表现手法，或强调人物的本质特征，或将代表人物的具体形象抽象化成具有寓意性的纹饰，鲜明地表现人物的身份地位和性格特征，丰富脸谱的美感。

英歌脸谱的意蕴美是指通过运用特定的元素、形式加以表现精神、意境的美，包括作为艺术形象的脸谱的情志、风骨，作为艺术创作者的英歌艺人的审美情趣和作为艺术鉴赏者的观众的体验、理解、评价。

英歌舞是走街串巷的表演艺术，少则24或36人，多则上百人，这就要求脸谱必须醒目以达到辨识、美化、烘托气氛的目的，这也是英歌脸谱追求鲜艳色彩、华丽纹饰和夸张造型的客观原因。经过三百多年的流传演变，英歌舞从原来的边唱边舞到现在纯靠吆喝，失去语言的描述，只能以更加丰富的图案、色彩来传达，因而脸谱中所蕴含的内容对英歌舞的表演至关重要。

英歌脸谱的意蕴美是创作者和鉴赏者双向活动促成的产物，是两者共同创造的美。就脸谱的表现形式来看，鲜明地体现出了中国古代朴素的价值观，即对英雄人物的赞颂，往往将正面人物的正面气质进行重点描绘，使加工后的艺术形象更符合民众心中正义凛然、惩奸除恶的英雄形象。英歌人物是以落草为寇的梁山好汉作为原型，“寇”原指强盗和侵略者，与英雄大相径庭，但结合历史背景，北宋末年内忧外患，朝廷内部各个势力互相倾轧，社会生产遭到极大破坏，百姓不堪重负，去而为盗，梁山好汉正是当时反抗腐朽朝廷、匡扶正义的英雄代表。艺人在勾画脸谱时着力将梁山好汉庄严肃穆、疾恶如仇的形象呈现出来，观众观赏英歌队表演时热情赞颂英雄人物，由此可见，无论是绘制英歌脸谱的艺人还是欣赏英歌舞表演的观众，心中都有一把衡量善恶的秤，共同的价值观成为连接两者的纽带。此外，脸谱还有中国古典哲学观的体现，古人用太极论世界的起源，十分推崇万物相生相克、相互依存的哲学观，《易·系辞》有“是故易有太极，是生两仪”，两仪即阴、阳二仪，阴阳又兼五行，主张阴阳调和、对称均衡。仔细观察英歌脸谱的谱系会发现，脸谱在形式和内容上都暗含阴阳五行的哲学观。大多数人物的脸谱都是对脸，内部线条匀润、对称，即使是夸张的纹饰图案的线条也以圆弧形为主。在色彩运用上也沿用了中国传统的色彩体系“五色论”，五色与五行相对应，其被赋予的人文内涵也直接或间接地与五行有关。

综上，英歌脸谱所体现的意蕴美是美的创造者和美的鉴赏者共同产生的，艺人选择观众所认同的图案语言或是社会约定俗成的意义符号，观众在见到艺术形象时，能很快了解艺人所要表达的内容。这种双向活动经过长期的发展，逐渐变成艺人和观众之间的默契，也促使脸谱这一艺术形象所蕴含的情感、精神、气韵日趋稳定，并自然流露在英歌舞的表演之中。

四、英歌脸谱的文化功能与文化内涵

英歌舞是潮汕地区盛行的一种民俗舞蹈，扎根于浓厚的潮汕文化中，它在潮汕人心中是英雄的象征、喜庆的代表、驱邪的途径，人们通过跳英歌舞和观赏英歌舞驱邪除恶、迎祥接福。在英歌舞表演中，脸谱被赋予了丰富的文化功能和文化价值：一方面，脸谱作为人物的重要标识，用于表现人物的身份，体现其文化功能；另一方面，脸谱蕴含的文化价值与潮汕地区的民风、民俗息息相关。

1. 英歌脸谱的文化功能

英歌舞表演不同于其他戏曲表演，可以通过旁白介绍登场人物、推动剧情发展，而其全靠吆喝，脸谱是展示人物身份的重要媒介，所以表演前舞者的化妆尤为重要。英歌舞者通过化妆脱离自然形态，以剧中人物的仪容演绎角色，展示人物的外在造型特征，发挥脸谱的标识功能、区分功能和评价功能。

第一，标识功能。脸谱的标识功能体现在多个方面，包括人物五官、用色、纹饰、专用图案等，通过这些外在特征，展示人物的身份、个性、本领，能使观众一眼辨出，自然联系到人物的生平事迹，以及性格特征、精神品质。脸谱虽不能完全刻出人物的原貌，但每个人物都力求做到离形不离神，如艺人在塑造张顺这一人物时，通过简单的圆弧线条勾画出饱满的两腮和形似鱼嘴的嘴形，作为其善水战的标识。

第二，区分功能。相比其他戏曲脸谱，英歌脸谱的类型比较单一，以《水浒传》中梁山好汉作为原型，且多是为民除害、除暴安良的正面英雄形象，无奸佞善恶之分，不利于观众在短时间内辨别出脸谱人物。但即使是同类形象，每个人物也有不同于他人的性格差异，这些差异就是艺人们创作和再创作过程中的区分依据。比如鲁智深、武松、李逵三人，均是性情耿直、不畏强暴的武将形象，但又各有特点，鲁智深行动莽撞但粗中有细，武松粗鲁蛮横但有谋有略，李逵则与他们大不相同，做事不计后果，是实实在在的莽撞人。这些性格差异通过不同的形式展示在人物的脸谱中，这也就是脸谱的区分功能。

第三，评价功能。每个脸谱的绘制过程都是艺人们经过长期的艺术实践，对人物不断进行揣摩、认知、鉴赏、评价创作而成的，在历代的流传过程中无可避免地经过了再评价、再创造，无形中加入了艺人们的审美意识、价值观念、评价标准，因此脸谱具有天生的评价功能。但这种充满主观色彩的评价在向民众传递的过程中，由于民众的主观理解和经验认识，以及脸谱本身的丰富内涵，可能存在偏差，因而需要一个为民众集体接受和默认的基本内涵，并在发展过程中整理、归纳成有序的系统。比如，“黑旋风”李逵这一形象黑脸黑须，用黑白两色传达其爱憎分明的性格特征。

标识功能用于展示人物的身份，区分功能用于区分同类人物，评价功能则是艺人与观众沟通的桥梁，三者互为表里、相辅相成。

2. 英歌脸谱的民俗文化内涵

英歌脸谱艺术根植于潮汕民间，并依附在英歌舞表演中被传承，是英歌文化的重要载体。脸谱作为一种视觉符号，在特定的情境下具有独立性，但从艺术创作和艺术传承的角度看，它更多地作为一种文化载体，附属在民俗文化内涵中。英歌脸谱属于民间艺术的范畴，在传承过程中几乎不具备独立的价值，它必须借助英歌舞这一民俗活动赋予其特定的意义、内涵，才能在传承过程中被民众所理解和接受。

英歌文化以英歌舞表演作为依托，英歌舞表演以英歌脸谱为表现形式。英歌舞表演是潮汕地区广为流传的一种民间敬神、娱人活动，迄今为止已有三百多年的历史，深受民众喜爱和推崇，具有广泛的群众基础和社会基础。经过民间艺人们的经营，脸谱随着英歌的发展逐渐形成固定的谱式，被赋予驱邪除恶、吉祥喜庆的内涵，与英歌舞表演互为依托。每年农历正月初一至十五，潮汕各地的英歌队都会走街串巷拜新年、送祝福，围观群众之多，可谓万人空巷。脸谱必须克服远距离、自然打光的表演条件，呈现出醒目、灵动、传达人物讯息、烘托现场气氛的效果。英歌舞活动的展开离不开脸谱的参与，以它为媒，用它传递讯息、营造氛围，寄托群众迎祥接福的祈愿。脸谱以英歌舞为依托，观众通过看英歌表演认识脸谱、了解脸谱，将脸谱牢记于心，使得英歌脸谱得以历代流传，经久不衰。

英歌脸谱“是民俗的直接需要，它来源于民俗，是民俗的组成部分，它的内容和形式大多受民俗活动和民俗心理的制约”①，在一定程度上反映了民俗心理。英歌舞在最初作为敬神活动盛行潮汕各地，脸谱更多地呈现出以正压邪、祈祥纳福的功利性的民俗心理，反映出当时民众最本质的现实需求。随着历史文化的变迁和现代科学观念的普及，其祭祀色彩减弱，娱乐色彩增强，逐渐演变成民众喜闻乐见的民俗活动，除了承载祈福避灾的社会祈愿，更多地关注到民众的内心世界，满足民众的审美和娱乐需求。由此可以看出，民俗心理从纯粹的功利性向审美性转变，正是这种转变，促使英歌脸谱在传承过程中迸发出日益蓬勃的生命力。

在英歌舞表演中，脸谱在民众心里并不具备独立的价值，它作为英歌文化的载体，为传达英歌舞表演中民众所需要的讯息而存在，也就是说脸谱的价值不在于其本身，而在于被赋予的内涵。在英歌舞表演中，观众不在乎脸谱本身具备什么价值，而是在乎脸谱是否能准确、及时地传达人物的身份信息，是否能满足祭祀需求。而今，英歌舞不再是纯粹的敬神、祭祀活动，而是英歌文化的艺术传达，与潮汕地区的民俗活动、风俗习惯紧密联系在一起，甚至成为民众生活的一部分，近几年更是作为手工艺品走进千家万户。

3. 英歌脸谱的社会文化内涵

一是求福禳灾。在物质匮乏、天灾不断的年代，民众寄希望于超自然

① 张紫晨. 民俗学与民间艺术［M］. 长沙：湖南美术出版社，1990：18.

力量，通过祭谢神灵的方式，达到祝愿丰收、祈求平安的目的。英歌舞正是潮汕人民表达美好祝愿、驱邪祈福的酬神活动，人们通过跳英歌舞或观看英歌舞表演获取“好彩头”。而英歌脸谱作为重要的表演元素，在英歌舞的传承过程中始终以除恶惩奸、扬正立善的形象存在，在一定程度上满足了人们的心理需要，间接起到维系社会安定、抚慰民众情绪的作用，因而在传承过程中被不断赋予祈求平安、以正祛邪的文化内涵，逐渐变成民众的精神寄托。时至今日，普宁当地民众仍然十分推崇英歌文化，一些大型建筑落成、学校庆典、大桥通车、新房落户，都会请英歌队大舞一番。正因英歌文化是人们的精神寄托，英歌脸谱在传承过程中具有旺盛的生命力，在今天仍然发挥着维系社会和谐、生活幸福的作用，满足人们的心理需要。

二是娱乐教化。英歌舞是潮汕地区酬神、娱人的民俗活动，在传承过程中，其祭祀色彩逐渐减弱，娱乐色彩逐渐丰富，俨然成为一种大型的文化娱乐活动，极大地丰富了人们的文化活动，满足了人们的精神和娱乐需求。脸谱在辅助英歌舞表演实现娱乐功能的同时，“以有规律性的活动约束人们的行为和意识”①。这种约束力主要体现在对民众的无声教化和精神导向中。首先，英歌脸谱以水浒英雄作为创作原型，民众通过了解脸谱背后的英雄事迹，学习向上、向善的精神；其次，“在潮汕信仰圈中，‘英歌等于正气’的逻辑已然形成”②。人们在无形中被共同的文化观念所塑造，文化的习惯在无形中成为民众的习惯，文化的信仰无形中影响民众的信仰，这就是英歌脸谱及其表演活动潜移默化的教化功能。

三是文化认同。英歌脸谱在如今其审美艺术性已远远超过其功能性，成为一种别具特色的地方艺术形式，对于提升文化凝聚力具有重要意义。随着城市化的不断发展，人们的生活方式发生极大改变，居住习惯相较从前更加独立，对英歌这种大型群体活动接触较少，对民俗文化的认同感也相对降低。而英歌脸谱在政府和艺人的经营下，已经面向市场、走向大

① 杨传喜. 对民间美术形象符号及其文化内涵的解读［D］. 福州：福建师范大学，2006：33－36.

② 陈丹. “非遗”时代潮汕英歌的价值面向与发展研究［J］. 北京舞蹈学院学报，2016（6）：95－102.

众，脱胎于化妆造型艺术的脸谱工艺品成为一种供人欣赏的装饰品，脸谱除恶驱邪、祈求平安的功能也移植到工艺品上，使民俗文化有了新的传承载体。英歌脸谱发展至今，已经逐渐脱离原始的、功利性的民俗心理，更加关注人们的内心和审美需要，对英歌的造型有更加多元的审美趋向，与在长期历史发展中形成的朴素民风、民俗联系更加紧密，有利于增强民众对英歌文化乃至潮汕文化的认同感和归属感，从而提升文化凝聚力。

论苏轼谪儋诗文中的民俗文化

黄丹萍① 张 莲②

摘　要：苏轼是中国古代文学史上里程碑式的人物，其一生创作众多的文学作品。在其晚年被贬海南儋州三年期间所创作的诗文中，蕴含了许多与当地百姓相关的民俗文化事象。从民俗学的角度来探析，苏轼的诗文中所蕴含的民俗文化事象主要体现在三个大方面：一是儋州人民以薯芋为主粮，喜食蚝、鼠、蝙蝠、蛙、蛇、槟榔等特色食物的饮食民俗；二是狩猎习俗、歌舞习俗、节日习俗、“坐男使女立”习俗等社会民俗；三是雕题习俗、“杀牛治病”习俗等信仰民俗。苏轼诗文中出现的这些民俗文化“碎片”无一不展现出了北宋时期海南儋州的风土人情和地域文化特色，也体现出了苏轼在遭遇贬谪之后仍以超然、达观之心态处世的崇高人生境界。

关键词：苏轼；儋州；诗文；民俗文化

苏轼是个千年一遇的全才，在文学艺术领域的多个方面均颇有建树，如诗、词、散文、书法、绘画等。虽然他的文学造诣极高，堪称宋代文学成就最高之代表，但他的人生历程并非一帆风顺。苏轼的一生经历了“三起三落”，命途多舛，仕途坎坷，三次遭遇贬谪，前后被贬黄州、惠州、儋州，一贬再贬，贬谪之地越来越荒凉偏僻，且逐渐偏离朝廷，偏离京城政治文化中心。

从文学创作的角度来看，所谓“诗人不幸诗家兴”。苏轼每一次遭遇

---

① 黄丹萍，广东海洋大学文学与新闻传播学院汉语言文学专业 2021 级本科生。
② 张莲，广东海洋大学文学与新闻传播学院讲师。

贬谪的时期都是其文学创作的丰收阶段。绍圣四年（1097），苏轼在朝堂因与权贵政见不合而第三次遭受贬谪，此次的贬谪之地为海南儋州，这时的苏轼已是62岁的垂垂老者。此时的他虽然历经了人生和仕途的重重磨难，但在文学创作上仍然激情四溢，文采不减盛年。在贬谪儋州的三年时间里，苏轼创造了其文学创作生涯中的又一高峰。苏轼自评儋州三年是他的三大功业之一。这一时期，他流传至今的作品共有297篇（不含存疑篇目），其中以诗、文居多。

在宋朝，海南是蛮夷之地，生活条件极为艰苦恶劣。当时，儋州主要是汉黎聚居地，而生活在此偏远之地又作为少数民族之一的黎族，其文化风俗必定与中原地区有所差异，故而苏轼在贬谪儋州时期诗文中所体现出来的民俗文化几乎都与黎族人民相关。

苏轼在被贬儋州时期所创作的诗文，都贯穿着浓郁的民俗气息，这与儋州当地的民俗文化，特别是黎族风俗息息相关。本文主要通过研究苏轼在贬谪儋州时期的诗文创作以了解北宋时期海南儋州的民俗文化，领略一代大文豪——苏轼笔下的儋州风情。此外，苏轼贬谪儋州时期的诗文也折射出诗人对儋州民俗文化的认同、赞扬与理解，体现出诗人遭遇贬谪之后并未郁郁寡欢、萎靡不振，而是把儋州当成了自己的第二个故乡，以随遇而安的心态偏居一隅，积极地融入当地百姓的生活之中。

至今，关于苏轼贬谪儋州时期诗文中民俗文化的研究并不多，散见于几篇期刊论文或者仅仅只是在某些论文中有所涉及，且多是海南籍或是岭南地区的学者对其进行研究。如周俊《苏轼儋州文学创作中的民族民俗事象》；曹艳春和周和军《苏轼谪居海南诗文中的海南形象研究》；韩国强《苏轼笔下的儋州风情》；尹逸如《苏轼的黎族风俗观》；丁晓东《苏轼与儋州》。学界对苏轼该时期的文学创作也并没有形成大规模、专门化、细致化的研究。目前主要的观点认为："惠州、儋州的贬谪生活是黄州的继续，苏轼的思想和创作也是黄州时期的继续和发展。"① 学者普遍认为，苏轼创作的黄金时期是被贬黄州时期，我们平时耳熟能详的诗句和文章段落大多也是在黄州时期所作。故而，大多研究苏轼的学者都有所侧重地偏向

① 王水照. 论苏轼创作的发展阶段［J］. 社会科学战线，1984（1）：259－269.

其黄州时期的文学创作。由此可知，专门对苏轼贬谪儋州时期诗文中民俗文化的研究比较少，有的只是将其作为某一方面或者某一部分在论文中粗略地论述。一般论文涉及苏轼儋州时期文学创作的研究，多从海南的自然景观、民俗文化和作者豁达超脱的人生境界等方面进行综合化的阐释，而本文将主要从民俗文化方面对苏轼贬谪儋州时期的诗文进行较为细化的分析与研究。

一、饮食民俗

在宋朝时期，海南儋州作为流放之地，生存环境恶劣，生活条件艰苦。居住在此的黎族人民在饮食方面有着自己的民族特色与文化。无论是对自然环境的适应，还是对本民族文化的遵从，宋朝时期的儋州黎族人民的饮食文化独具特色，与汉族人民传统意义上的饮食习俗有较大的差异。在苏轼贬谪儋州时期创作的诗文中，笔者可以明确地了解到薯芋是儋州黎族人民日常生活中的主要粮食。而除了主粮之外，苏轼在谪儋诗文中也提及了一些地方特色吃食，如蚝、鼠、蝙蝠、蛙、蛇、槟榔等。

1. 主要粮食——薯芋

初到儋州之时，苏轼极其不适应这里的气候和生活环境，这里荒凉、落后、贫穷，再加之湿热的气候，目之所及、所感皆远远超出了其想象。苏轼入儋之时就已做好了“无复生还”的准备，就如他自己在《与王敏仲十八首·十六》中言：“某垂老投荒，无复生还之望。昨与长子迈诀，已置后事矣。今到海南，首当作棺，次便作墓……”[①] 足以见之，苏轼在初到海南时，对海南的印象并不好。这也从侧面佐证了海南生活条件的恶劣。所幸，苏轼是个乐天派，他对于体肤之苦并不在乎，而是以豁达、乐观之心态积极地融入当地百姓的生活之中，以至于他后来在《别海南黎民表》中写道：“我本儋耳氏，寄生西蜀州。”[②] 从此处便可看出，苏轼入儋后很快便适应并融入了当地百姓的生活，并逐渐开始用文字记录当地黎族人民的生活习俗。

---

① 苏轼. 苏轼文集［M］. 孔凡礼，点校. 北京：中华书局，1986：1695.
② 林冠群. 新编东坡海外集［M］. 郑州：中州古籍出版社，2015：416.

在苏轼的笔下，儋州黎族人民以薯芋为主要粮食。如东坡先生在《记薯米》中言“海南以薯米为粮，几米之十六”①；在《酬刘柴桑》中说“红薯与紫芋，远插墙四周”②；在《闻子由瘦》中提到“土人顿顿食薯芋，荐以薰鼠烧蝙蝠”③；在《和陶〈劝农〉六首》的序中也提到“海南多荒田，俗以贸香为业，所产粳稌，不足于食，乃以薯芋杂米作粥糜以取饱”④。由此可见，儋州当地百姓以红薯与紫芋作为主粮。至于其中的缘由，笔者结合宋朝时期海南儋州的地理人文环境和苏轼诗文中的描述，大致可窥探一二。一是宋朝时期的海南百姓生活贫苦，农业耕作技术落后，生产力水平低，所产稻米远远不足以满足当地百姓的日常生活所需，只得以薯芋为粮补给日常粮食所缺；二是宋朝时期的海南自然环境恶劣，而红薯与紫芋对生态环境的适应性较强，我国多数地区皆可以种植薯芋，故而产量多且种植成本较低的薯芋便成为儋州百姓日常生活中的主粮；三是红薯与紫芋是饱腹感极强的农作物，可以使当地贫苦的人民有效、快速地充饥，解决了儋州百姓基本的温饱问题。

2. 特色吃食——蚝、鼠、蝙蝠、蛙、蛇、槟榔等

苏轼被贬海南儋州时期所居住的地方是一个汉黎聚居地，黎族饮食文化对苏轼的影响极大。海南岛作为一个四面环海的岛屿，地处热带，动植物资源丰富多样，因而在饮食上，作为土著居民的黎族百姓也有许多特色吃食。由于独特的地理环境，此地的很多吃食都有别于中原地区，他们喜欢吃蚝、鼠、蝙蝠、蛇、蛙、橄榄，嚼槟榔，等等。如由于海南四面环海，生蚝又是海鲜中富含营养价值的代表，所以儋州人民喜爱吃生蚝。不仅当地居民喜欢吃生蚝，苏轼本人对鲜美可口的生蚝也是食之如饴，回味无穷。如苏轼在品尝了生蚝的美味之后，写下了脍炙人口的《食蚝》之诗，他在诗中写道：“肉与浆入与酒并煮，食之甚美，未始有也。”⑤ 可见，苏轼被贬海南时期对生蚝这种美食也是念兹在兹，喜爱非常的。还有，儋

---

① 林冠群．新编东坡海外集［M］．郑州：中州古籍出版社，2015：164.
② 林冠群．新编东坡海外集［M］．郑州：中州古籍出版社，2015：175.
③ 林冠群．新编东坡海外集［M］．郑州：中州古籍出版社，2015：32.
④ 林冠群．新编东坡海外集［M］．郑州：中州古籍出版社，2015：28.
⑤ 林冠群．新编东坡海外集［M］．郑州：中州古籍出版社，2015：252.

州人民会以鼠、蝙蝠、蛙、蛇等动物为食，这与海南丰富的动植物资源和落后的生产力有关。苏轼在《闻子由瘦》中写“土人顿顿食薯芋，荐以薰鼠烧蝙蝠。旧闻蜜唧尝呕吐，稍近虾蟆缘习俗”①；在《丙子重九二首·其一》中说“蜑酒蘖众毒，酸甜如梨楂。何以侑一樽，邻翁馈蛙蛇”②。在两首诗中，苏轼所提到的“薰鼠”“蝙蝠”“蛙”“蛇”等都是儋州人民日常生活中的盘中之食。此外，海南盛产槟榔、橄榄等，儋州人民日常也会以这些植物果实为食，这在苏轼的诗文中也有所体现，如他的《食槟榔》《橄榄》等。

二、社会民俗

谚语有云：“千里不同风，百里不同俗。”中国之大，各地、各民族都有自己特定的社会习俗，且往往一经确定的某一社会习俗具有一定的稳定性和传承性。故而，一个地区或一个民族的社会习俗可以定义为在一定时期和特定范围内，对大多数人起潜移默化的作用并被其共同自觉遵守的约定俗成的行为。社会习俗是一个地区大多数人的文化理解与认同，是一个民族共同精神的形式化体现。儋州历史悠久，地理环境相对封闭，与外界交往闭塞，促使儋州黎族人民形成了自己独特的民俗文化。在苏轼的诗文中，主要记录了狩猎习俗、歌舞习俗、节日习俗和“坐男使女立”习俗等儋州黎族百姓的社会民俗。苏轼贬谪儋州时期的诗文对黎族社会民俗的描写与记录，为后人了解古代儋州黎族人民异彩纷呈的风俗习惯和风格独特的黎族文化提供了一个独特的视角，同时具有一定的史料价值。

1. 狩猎习俗

海南位于热带地区，动植物资源丰富。然而，宋朝时期的海南农业耕种技术落后，所以每每遇上年岁不济、粮食歉收之时，当地人民常常食不果腹，需要外出狩猎以谋求生存，补给身体所需。在狩猎习俗上，《地理志·海南》中有一句话是这样描述当地黎族百姓的：“以击鼓为乐，以射

① 林冠群. 新编东坡海外集［M］. 郑州：中州古籍出版社，2015：32.

② 林冠群. 新编东坡海外集［M］. 郑州：中州古籍出版社，2015：2203.

猎为生。”① 由此可见，黎人在日常生活中常常以击鼓作为生活的乐趣，而以狩猎作为重要的谋生手段。儋州居民的狩猎习俗在苏轼的诗文中也有明确的描述，如在《和陶〈劝农〉六首·其三》：

岂无良田，膴膴平陆。兽踪交缔，鸟喙谐穆。
惊麏朝射，猛狶夜逐。芋羹薯糜，以饱耆宿。②

从苏轼的这首诗中，可以看出当时的儋州野兽众多，有鸟、麏（獐子）、狶（野猪）等。儋州居民为了狩猎是“惊麏朝射，猛狶夜逐”，即早起射獐子，入夜逐野猪。此外，苏轼在其另一首诗《夜猎行》中也描写了儋州百姓半夜一同围猎的宏大场面。由此可见，在农耕技术落后的儋州，狩猎是当地人民日常生活的重要组成部分，是当地人民谋求生存的主要补充形式。

2. 歌舞习俗

儋州民间的歌舞习俗历史悠久，闻名遐迩。黎族人民几乎人人能歌善舞，歌舞既是他们重要的庆祝形式，也是其日常生活中主要的娱乐方式。《地理志·海南》中有这样的记载：“春则秋千会，邻峒男女妆饰来游，携乎并肩，互歌相答。”③ 足见在儋州民间，歌舞习俗早已渗透在人们日常的生活之中。

在苏轼贬谪儋州时期的诗文中，我们不难找出关于黎族人民欢歌乐舞场面的相关描写。首先，在离别相送时，黎族人民会以歌舞相送，以此来表达对友人的祝福和崇高礼遇。如苏轼在其歌咏岭南杰出的巾帼女英雄——冼夫人的诗作《和陶〈拟古〉九首·其五》中云：“铜鼓壶芦笙，歌此迎送诗。”④ 在此处，“铜鼓”“壶芦笙”都是我国古代少数民族著名的乐器。这句诗写出了黎族人民载歌载舞相送冼夫人的热闹场面，表达了儋州黎族人民对冼夫人的敬佩和感恩之情。此外，苏轼在其贬谪儋州时期

① 乐史. 地理志·海南：六种［M］. 海口：海南出版社，2006：484.
② 林冠群. 新编东坡海外集［M］. 郑州：中州古籍出版社，2015：29.
③ 乐史. 地理志·海南：六种［M］. 海口：海南出版社，2006：485.
④ 林冠群. 新编东坡海外集［M］. 郑州：中州古籍出版社，2015：47.

也切身感受过儋州黎族人民的歌舞热情。为了记录在儋州时期的生活，为了感念儋州人民的好客热情，苏轼在《将至广州，用过韵，寄迈、迨二子》一诗中回忆儋州时期的生活时，最不能忘却的是黎音："蛮唱与黎歌，余音犹杳杳。"① 其次，黎族人民不仅在送别时会以歌舞相送，在重要的时刻或节日，他们也会载歌载舞地庆祝。如苏轼在其诗《儋耳》中写"野老已歌丰岁语"②，即农人为丰收而歌。以此种种，无一不体现出儋州黎族人民对歌舞的喜爱，这种歌舞习俗不断沿袭，成为黎族人民重要的生活习俗。

3. 节日习俗

作为一个少数民族，黎族具有与传统汉族相似的节日文化，也有属于自己的独特节日习俗。在苏轼的诗文中，虽然没有将黎族的节日习俗一一列举，但一些较为重要的节日习俗也有提及。如苏轼在其诗《纵笔三首·其三》中写道："明日东家知祀灶，只鸡斗酒定膰吾。"③ 此处描写的便是作者谪居海南时的黎族邻居有"祀灶"的习俗。"祀灶"就是祭灶神，汉族古代的五祀之一。在这个节日习俗上，汉黎一致，黎族也有祭祀灶神的习俗。在苏轼的笔下，黎族人民除"祀灶"的习俗之外，也过诸如上元节等传统的汉族节日。如其《书上元夜游》中写的便是儋州人民过上元节时的热闹场景："己卯上元，予在儋州，有老书生数人来过，曰：'良月嘉夜，先生能一出乎？'予欣然从之。步城西，入僧舍，历小巷，民夷杂糅，屠沽纷然。"④ 而苏诗《上元夜，过赴儋守召，独坐有感》中又写道："静看月窗盘蜥蜴，卧闻风幔落蛜蝛。"⑤ 该句描写的则是作者在儋州上元之夜独坐时的所见所闻，诗人以独特的视角为我们描绘出一个美丽、静谧的上元夜景图。此外，在苏轼的诗文中，黎族人民也有与汉族人民不同的节日习俗。如在其《海南人不作寒食，而以上巳上冢。予携一瓢酒，寻诸生，

① 苏轼．苏轼诗集［M］．王文诰辑注，孔凡礼点校．北京：中华书局，1982：2390.
② 林冠群．新编东坡海外集［M］．郑州：中州古籍出版社，2015：418.
③ 林冠群．新编东坡海外集［M］．郑州：中州古籍出版社，2015：262.
④ 林冠群．新编东坡海外集［M］．郑州：中州古籍出版社，2015：197.
⑤ 林冠群．新编东坡海外集［M］．郑州：中州古籍出版社，2015：193.

皆出矣。独老符秀才在，因与饮，至醉。符盖儋人之安贫守静者也》中便指出黎族人民不似汉族一般过寒食节以踏青、祭奠先人，而是过上巳节。上巳节俗称“三月三”，最初源于汉族，后汉人逐渐不过此节日，而黎族却仍然保持着过上巳节的习俗。黎族人民在每年的农历三月初三会结伴去水边沐浴、祭祀、宴饮、郊外游春等。由此可看出，黎族人民所过的很多节日与汉族传统节日一致，但对于具体的节日习俗而言则更多的具有黎族的文化特色。

4. “坐男使女立”习俗

海南之地受封闭的地理环境和特定文化习俗的影响，宋朝时仍保留着某些母系社会的习俗。在苏轼的《书杜子美诗后》中提道：“土风坐男使女立，男当门户女出入。”① 该句诗记录了当时的海南仍然保持着“坐男使女立”的习俗。“坐男”即男人在家闲坐，“女立”即女人外出谋生养家，颇有几分“男主内，女主外”之意。换言之，在农耕时代，女人需要承担繁重的体力活，而男人却赋闲在家或只需承担任务较轻的家务活。这种“坐男使女立”的习俗对于中国封建时代的小农社会而言，无疑是一种极其严重的陋习。男性与女性相比，本就具有天生的体力优势，但海南“坐男使女立”的习俗无疑是对体力资源的一种浪费，同时使得女性在身体上承载更多的劳累与辛苦。

“坐男使女立”原出自杜甫的诗作《负薪行》，这首诗是杜甫为川东一带的妇女鸣不平而作。苏轼在诵读了杜甫的这首诗歌后，在其后题道：“海南亦有此风，每诵此诗，以谕父老。然未易变其俗也。”② 苏轼认为海南也同样存在“坐男使女立”的陋习，他希望海南的父老乡亲可以改变这种不良风气以此来提高生产力水平，改善当地百姓落后贫困的生活现状。为此，苏轼对儋州的百姓进行了多番的劝导，但其结果仍是无济于事。

三、信仰民俗

每一个民族都有自己的信仰和文化，各个民族所信仰的对象或是所崇

---

① 林冠群. 新编东坡海外集［M］. 郑州：中州古籍出版社，2015：244.

② 林冠群. 新编东坡海外集［M］. 郑州：中州古籍出版社，2015：244.

拜的神灵常常就是本民族传说中的始祖或守护神。当然，作为海南岛的居民，黎族人民也有自己的信仰和所崇拜的对象。苏轼的诗文就记录了黎族独具特色的雕题习俗和“杀牛治病”习俗。

1. 雕题习俗

雕题俗称“文身”，最早盛行于我国少数民族地区，而作为少数民族之一的黎族，雕题习俗颇具代表性。总体而言，黎族的雕题习俗历史悠久，最早记录该习俗的书籍可追溯到先秦时期的《山海经·海经·海内南经》：“伯虑国、离耳国、雕题国、北朐国，皆在郁水南。郁水出湘陵南海。”① 据考证，此处的“雕题国”就是海南，而“雕题”则指的是黎族的文身习俗。

黎族的文身现象主要体现在黎族妇女的身上，其文身的主要部位是面、手、脚等，其他身体部位也可以施纹，但面部是黎族妇女施纹最细致且图案最丰富的部位。雕题习俗是儋州黎族人民独特的民俗，这个民俗与黎族的文化信仰休戚相关。因为黎族文身最早与图腾崇拜有关，其刻烙的图案或者符号代表着黎族人民对生命的诚挚敬畏，代表着黎族人民对生活的美好祈愿，是黎族人民文化信仰最显著的体现。

苏轼贬谪儋州时期，与黎族人民关系亲密，故而对黎族的雕题习俗也有所了解。他曾在其诗《和陶〈与殷晋安别〉》中云：“久安儋耳陋，日与雕题亲。”② 从该句诗中，我们不难看出苏轼对于黎族人民的雕题习俗其实并不陌生，在日常生活中应该常常可以看见带有文身的黎族妇女。这也从侧面体现出“雕题”这个习俗在黎族人民生活中的重要地位。可以说，文身是黎族的重要象征之一。作为黎族人民信仰的物质化表现，雕题习俗展现出了黎族文化独特而神秘的魅力。

2. “杀牛治病”习俗

作为蛮夷之地的海南，生活环境恶劣，医药条件自然也极其落后。宋朝时期的儋州，由于落后的医疗技术和封建迷信的思想，当地百姓一旦得

---

① 袁珂. 山海经校注［M］. 上海：上海古籍出版社，1980：269.

② 林冠群. 新编东坡海外集［M］. 郑州：中州古籍出版社，2015：200.

病，往往依靠巫术或者祈求神灵的庇护以驱除病魔。所以，当地一直存在“杀牛治病”的习俗，即人一旦生病，当地百姓不是去寻医问药，而是屠杀耕牛以祭神，寻求神灵的庇佑。民国《儋县志》曾记载：“疾病以巫为医，以牛为药。”① 这就是宋时儋州人民治疗疾病的主要方式。

苏轼在《书柳子厚牛赋后》中说儋州百姓：“病不饮药，但杀牛以祷，富者至杀十数牛。死者不复云，幸而不死，即归德于牛。”② 在耕牛异常珍贵的农耕时代，儋州人民在生病之时，往往听信巫医的谗言而杀牛治病。如此行为不仅无法医治疾病，也使得许多耕牛无辜丧命。这不仅是封建迷信的一种表现，也是农耕事业的极大损失。苏轼还记载道：“间有饮药者，巫辄云：‘神怒，病不可复治。’亲戚皆为却药，禁医不得入门，人、牛皆死而后已。”③ 即如果其间有因生病而饮药之人，巫医则会欺骗他们说，生病吃药会惹怒神明，如此一来病就再也不可治愈了。因此，“杀牛治病”的结果往往是人牛俱亡。

苏轼写《书柳子厚牛赋后》不仅是为了记录儋州人民的生活情景，而且是为了劝导当地百姓改变这种封建迷信的不良习俗。总体而言，苏轼及其作品一方面对儋州人民思想的开化有一定的积极作用，在一定程度上提高了儋州百姓的思想认识。但从另一方面来说，这种变化又是极其微弱的，因为这种受根深蒂固的封建思想而演化出来的民俗已经被当地人固化成一种模式，在实际生活中并非那么轻易就能够被改变。

四、结语

苏轼虽是北宋时期著名的大文豪，但他的人生历程伴随着仕途的起伏而多有波折，而这一次次的贬谪经历却促成了他在文学史上的功与名。在贬谪儋州的三年时期里，他克服了生理与心理上的多重困难，写下了许多脍炙人口的篇章，这其中有多篇诗文记录了海南当地的民俗文化。本文通

---

① 彭元藻. 广东省儋县志［M］. 台北：成文出版社，1974：129.
② 林冠群. 新编东坡海外集［M］. 郑州：中州古籍出版社，2015：294.
③ 林冠群. 新编东坡海外集［M］. 郑州：中州古籍出版社，2015：294.

过对苏轼笔下这些民俗“碎片”的梳理，不仅有助于后人感受宋朝时期儋州的民俗风情，而且有益于我们了解儋州人民的基本生活面貌，有一定的文学价值和史料价值。同时，苏轼对谪儋时期诗文中民俗文化的书写反射出了作者“既来之，则安之”的超然心态。而正是苏轼的这种豁达心胸与达观的心态陪伴着他走过了遭遇贬谪的艰难岁月，成就了他一生的功业。

张九龄诗中的“岭南”

温玉婷[1]　刘　刚[2]

摘　要：岭南地区是我国近现代知名度很高的地区，历史上最初的记载可追溯到秦代。然而直至初盛唐相交时期，岭南对时人来说仍旧是个陌生且“恶”的地方。无论是唐人对岭南的“普遍印象”，还是士人以岭南风物为题材的文学作品，都透露着当时人们对岭南的不喜情绪。究其原因，有地理的客观因素，也有诗人的主观情感因素。张九龄是我国初盛唐相交时期的著名文学家、政治家，是岭南地区本土诗人，有“岭南第一人”的美誉。通过对他诗歌中“涉岭诗”的深入研读，从中可欣赏到较为客观真实的秀丽岭南风光，发现其涉岭诗不仅是他的情感载体，也促成了岭南诗派的开创，并留下了“曲江流风”，为岭南诗派形成“归真返璞”的诗学主张奠定了一定的基础。

关键词：张九龄；岭南；涉岭诗；清澹

在开始讨论之前首先要明确本文提及的两个概念——“岭南”和“涉岭诗”。本文论及的“岭南”有两个含义，第一是指作为地域名称的岭南地区，而且是特指张九龄所处时代的岭南地区；第二是指张九龄现存诗歌中的“涉岭诗”所书写的岭南，是一个文学作品中的物象或意象。而“涉岭诗”这一概念是一个简称，全称是“涉及岭南的诗歌”，为简洁文本，故下文皆使用这一简称。因“岭南诗”在概念上并不统一，且本文中心内容并非探讨何为岭南诗，因此，为避免引发争议，本文所提及的岭南地区

① 温玉婷，广东海洋大学文学与新闻传播学院汉语言文学专业 2017 级本科生。
② 刘刚，广东海洋大学文学与新闻传播学院副教授。

诗歌皆为“涉岭诗”。

一、张九龄诗歌中涉岭诗统计

本文选择由熊飞先生校注的2008年中华书局出版的《张九龄集校注》中整理收录的涉及岭南描写的诗歌为主要研究对象，为减少争议，《张九龄集校注》中补遗和备考部分的张九龄诗歌不计入本次研究。经整理发现有50首涉岭诗，如表1所示：

表1　张九龄涉岭诗统计表

序号	卷	页码	诗题
1	卷一	103	酬周判官巡至始兴会改秘书少监见贻之作兼呈耿广州
2		108	酬王六霁后书怀见示
3		109	酬王六寒朝见诒
4		110	酬王履震游园林见贻
5	卷二	124	晚霁登王六东阁
6		136	秋晚登楼望南江入始兴郡路
7		141	陪王司马登薛公逍遥台
8		151	林亭咏
9		157	始兴南山下有林泉，尝卜居焉，荆州卧病有怀此地
10		159	高斋闲望言怀
11		160	与弟游家园
12		164	园中时蔬尽皆锄理唯秋兰数本委而不顾彼虽一物有足悲者遂赋二章
13		169	林亭寓言
14		170	南山下旧居闲放
15		176	感遇·其五
16		178	感遇·其七
17	卷三	192	送使广州
18		197	东湖临泛饯王司马

（续上表）

序号	卷	页码	诗题
19	卷三	209	送广州周判官
20		210	别乡人南还
21		211	郡江南上别孙侍卿
22		214	初发江陵有怀
23		215	自豫章南还江上作
24		216	道逢北使题赠京邑亲知
25		218	溪行寄王震
26		224	西江夜行
27		225	使还湘水
28		226	初发道中寄远
29		227	湘中作
30		229	自湘水南行
31		230	南还湘水言怀
32		231	初入湘中有喜
33		235	耒阳溪夜行
34		236	江上
35		238	赴使泷峡
36		252	南还以诗代书赠京师旧僚
37		255	初发道中赠王司马兼寄诸公
38		256	夏日奉使南海在道中作
39		260	浈阳峡
40		261	使至广州
41		263	春江晚景
42		264	与王六履震广州津亭晓望
43		265	初发曲江溪中
44		266	自始兴溪夜上赴岭
45		270	巡按自漓水南行
46		271	使还都湘东作

（续上表）

序号	卷	页码	诗题
47	卷四	277	望月怀远
48		278	秋夕望月
49		328	二弟宰邑南海，见群雁南飞，因成咏以寄
50		329	将发还乡示诸弟

二、张九龄涉岭诗所呈现的岭南地理和文化空间

（一）张九龄涉岭诗的岭南地理空间界定

张九龄诗中“岭南”的地理空间应是其所在的唐时岭南地区。唐朝时期的岭南区域，以现代地图来看，其北靠五岭，南临南海，西连云贵，东接福建，其范围包括了广东、海南、广西的大部分地区和当时越南国的北部地区。其中的“五岭”分别为越城岭、都庞岭、萌渚岭、骑田岭和大庾岭，“大体分布在广西东部至广东东部和湖南、江西五省区交界处，是中国江南最大的横向构造带山脉，是长江和珠江二大流域的分水岭”①。而五岭的区域范围也不单是指五个岭名，也包括穿越五岭的五条通道。以“岭南”作为地域名命名的记录最早出现在《隋书·地理表》② 中，而以“岭南”作为政治地理名使用也始于唐朝，而后一直沿用至今。

（二）张九龄涉岭诗中的岭南地理与文化

1. *唐人对岭南的普遍印象及其原因*

岭南于唐朝时期中原人的印象更多是一个流放之地，遥远是岭南的标签。除了遥远之外，更让人产生忧虑的是岭南的地理“恶”和人文“恶”。之所以会有这种印象，主要是因为交通不便、信息闭塞。

---

① 马伟明．岭南文化形成与发展的历史地理基础浅论［J］．长沙大学学报，2010，24（1）：75.

② 侯艳．唐宋历史地理与诗歌地理中的岭南［J］．广西社会科学，2014（11）：105.

岭南与中原相距较远，环境气候大不相同，其中还有五岭相隔，交通的异常不便和气候的不同造成了一个“北不来、南不往”的局面，使得大多数唐人只能从书上获知岭南的大致情况。然而，史书方志对于岭南的记载却又经常夸大其不好的一面，如《后汉书》中记载：“《礼记》称：‘南方曰蛮，雕题交趾。’其俗男女同川而浴……娶妻美，则让其兄。”① 正经的有地位的史书的记载也如此浮夸，就更不用说其他方志和笔记了。

文人的主观情绪也是岭南“恶”的普遍印象的促成者。据王雪玲《两〈唐书〉所见流人的地域分布及其特征》统计的结果，唐代赴岭南的士人有 1 248 人，其中文人 381 人，自流贬而来的就有 152 人。② 同样是写岭南，流贬之人在写岭南的时候大都是带着“怨”和“念”的情绪。“怨”是怨恨被流放，“念”是想念家乡、想念与岭南相比更为熟悉的中原生活。然而虽为流贬者，但是流贬之人大都名气大、地位高，其所作诗文容易引人关注，就更把其中带有浓烈主观色彩的岭南“恶”印象推进阅览者心中了。

2. 本土诗人张九龄笔下的岭南地理和文化风貌

在张九龄的笔下，岭南的春日是“江林多秀发，云日复相鲜”、夏日是“云雨俱行罢，江天已洞开”、秋日是“潦收沙衍出，霜降天宇晶”、冬日是“水纹天上碧，日气海边红”。岭南的气象环境则是夏季大多炎热，有如“炎氛霁后灭，边绪望中来”；虽为最南疆，但秋天也会结霜，有如“潦收沙衍出，霜降天宇晶”。除此之外，山林多瘴气也是其中一个特点，有如“秋瘴宁我毒”。而岭南的民俗风情则是“土风从楚别，出水入湘奇”。

3. 唐时岭南的“普遍印象”与“本土印象”的差异及其原因

唐人对岭南的“普遍印象”可以用三个字来概括——远、艰、恶。“远”是指对于中原地区的人们来说岭南非常遥远；“艰”是指岭南气候环境和地理面貌让常年生活在中原地区的人觉得岭南难以让人生存；“恶”

---

① 陈玉莎. 张九龄及其诗歌创作对中国古代岭南文化的影响研究［D］. 南昌：江西师范大学，2019：6.

② 王雪玲. 两《唐书》所见流人的地域分布及其特征［J］. 中国历史地理论丛，2002（4）：81.

指的是中原人觉得岭南的教化相当落后，是个“穷山恶水”之地。他们涉岭诗的立意和主题多是描写岭南的不好之处。

而张九龄笔下的岭南“本土印象”则充满着乡邦意识，在他的笔下，岭南环境优美，字里行间无不透露着对家乡的赞美与喜爱之情。“所谓乡邦意识……具体表现为对家乡自然环境、风俗人情的由衷热爱及对乡邦先贤和地方文化传统的尊崇。”①

普遍印象与本土印象的差别如此之大，究其原因，笔者认为有三：

一是因为未去过实地，不了解实际情况，再加之史书方志的误传和名人文学作品对岭南“恶”的印象的加强，导致印象产生差别。

二是“本土”与“非本土”的不同立场所致。作为“本土”人士，张九龄的“涉岭诗”主题和立意主要关注的是光明面。而在岭南生活的“非本土”人士，因身处他乡，心理上产生了一种委屈的情绪，使得原本秀丽的岭南山水在他们眼中变成了望乡、归乡的阻碍，所以在他们的笔下，岭南的形象总是负面居多。

三是心态问题。以刘禹锡为例。刘禹锡在连州为官时，“作有《莫徭歌》《插田歌》《海阳十咏》等……能够看到连州作为岭南州郡的可爱一面”②。而在此之前他已经贬官至朗州十年了。离自己的家乡越来越远，但他并不以此为意，反而还能深入百姓生活，了解风俗民情，“甚至出游山水，发现美丽，散发忧心，并对其作忠实记录，使得千余年后的读者还能了解到中唐连州人民打猎、捕鱼、插田等生活实况”③。而这一切都是刘禹锡豁达乐观的性格使然。反观其他没有如此豁达心态的流贬诗人，被贬后受到强烈刺激，难免会把心中的愤懑倾泻在流贬之地的事物上，因此写下了放大岭南不好一面的诗歌，揭开其面纱，也不过是些放大了的心影。

三、张九龄涉岭诗书写岭南的题材和主题

张九龄的涉岭诗多作于三次南还期间。第一次因与时宰姚崇不协，以

---

① 李婵娟．乡邦意识与地域诗学观之建构——以明清之际的岭南诗坛为个案［J］．学术研究，2016（2）：169.

② 邓小清，李德辉．唐人岭南诗的三个类别［J］．古典文学知识，2018（3）：46.

③ 邓小清，李德辉．唐人岭南诗的三个类别［J］．古典文学知识，2018（3）：41－47.

陪伴母亲和归家养病为由辞官南还；第二次奉命前往南岳，南还进行祭拜事宜；最后一次“南还祭祖，五月因病卒于曲江私邸”①。仕途的起起伏伏让张九龄涉岭诗的题材与主题多样化。

1. 题材归纳

张九龄的涉岭诗题材颇为多样，大致可分为四种：

第一种，山水诗。张九龄涉岭诗大部分都有山水景物的描写，因此山水风景是其涉岭诗中最常见的题材。而他的山水诗并非全都是纯粹描写山水风景的，还可细分为两类。一是山水送别诗。此类诗是以诗人送别或告别友人、乡人为主题的诗，主要抒写离情别意，用以表达深厚情谊或抒发别乡之愁，如代表作《别乡人南还》。② 二是山水记行诗。记行诗又称记游诗、行旅诗。此类诗是诗人北上或南还时途中所见所闻有感而作的，与纯粹的山水诗略有区别，是“以记抒情”为主的，如代表作《赴使泷峡》。③

第二种，咏物诗。咏物诗顾名思义，咏物以言志，借所咏之物表达自己的志向、志趣或品质，如代表作《浈阳峡》。④

第三种，田园诗。田园诗与山水诗略有区别，山水诗描绘的是自然风光，生活气息较少，而田园诗描绘的是田园生活，虽然也是自然风光，但生活气息浓郁。张九龄的涉岭诗里也有以描写田园风光为主的诗歌，如代表作《园中时蔬尽皆锄理唯秋兰数本委而不顾彼虽一物有足悲者遂赋二章》。⑤

第四种，咏怀诗。咏怀诗与咏物诗类似却有区别，咏物诗是借物抒怀，而咏怀诗是直抒胸臆。张九龄涉岭诗中咏怀诗的特点大多倾向于咏物诗和山水诗，因为张九龄的涉岭诗普遍是以借景物来抒情的寄情山水诗和小部分咏物以言志的咏物诗，诗风比较含蓄，因此其涉岭诗中完全直抒胸臆的咏怀诗并不多。不过有一首非常闻名的咏怀诗——《望月怀远》⑥，全

---

① 丘悦. 唐代八大诗人的岭南书写［D］. 广州：广东外语外贸大学，2015：53.
② 熊飞. 张九龄集校注［M］. 中华书局，2008：210.
③ 熊飞. 张九龄集校注［M］. 中华书局，2008：238.
④ 熊飞. 张九龄集校注［M］. 中华书局，2008：260.
⑤ 熊飞. 张九龄集校注［M］. 中华书局，2008：165.
⑥ 熊飞. 张九龄集校注［M］. 中华书局，2008：277.

诗以月光为背景，营造出一种淡雅的诗境。诗由月亮起兴，月亮代表团圆，但实际上诗人当时的情况并不团圆，而后一个“怨”字贴切传神地抒发了心中别离的愁思，最后寄情于虚幻世界，以慰藉在现实生活中无法实现的遗憾。

2．主题归纳

虽然整理后的张九龄涉岭诗只有50首，但因都作于三次南还期间，诗人的经历不断丰富，心境也在一直在变化，因此他的涉岭诗主题也是多样的。大致可分为四类：

第一类，关注现实、忧国忧民。张九龄的人生理想是报答君恩后衣锦还乡，在他的酬和诗中常常可以看到其对自己为官生涯的剖析，如代表作《酬周判官巡至始兴会改秘书少监见贻之作兼呈耿广州》。[①]这首诗作于“开元十九年（731）三月接到由桂州都督改任秘书少监诏命之时”[②]，在接到诏命后，张九龄对亦友亦徒的后辈周子谅倾述了自己的心声，他说自己为官是因为“阴庆荷先德，素风惭后裔”“于时初自勉，揆己无兼济”，但因“忽捧天书委，将革海隅弊。朝闻循诚节，夕饮蒙瘴疠”，所以就不能怕生死，必须担起重任，以不辜负君主重任托付的信任。

第二类，“香草美人”，托物言志。张九龄常常效仿屈原香草美人的手法，借物抒发自己的内心情绪，表达自己的高尚志趣。在他的涉岭诗中，最常出现橘、鹤等高洁的象征，如《别乡人南还》中的“橘柚南中暖，桑榆北地阴”，又如《感遇·其七》中的“江南有丹橘，经冬犹绿林”、《二弟宰邑南海，见群雁南飞，因成咏以寄》中的“双凫侣晨泛，独鹤参宵警”等。张九龄将自己和“橘”“鹤”等意象联系起来，旨在体现他忠贞爱国的精神，同时塑造了一个坚贞不渝的高尚人格形象。

第三类，以景寄情，思乡怀远。张九龄在三次南还途中留下了不少思念故乡的诗作，如《春江晚景》《溪行寄王震》《初入湘中有喜》等，这部分作品的特点是山林、猿鸟、橘、江水、荔枝等具有岭南特色的意象较常出现，虽然是思乡之作，但它们常以秀丽喜人的状态出现，从而反衬诗

① 熊飞．张九龄集校注［M］．中华书局，2008：102.
② 熊飞．张九龄集校注［M］．中华书局，2008：103.

人思乡之情的深切，风光越是秀丽，说明诗人的思念之情越是浓烈。

第四类，放情山水，归隐田园。张九龄创作了许多归隐诗，其“牵涉到退隐的诗达60首，占200首的1/3，分布在早期、贬谪洪州期和贬荆州期”①。在张九龄的涉岭诗中，在贬谪洪州和荆州期间所作的诗歌几乎都有归隐之心的痕迹。如贬洪州期间所作《秋晚登楼望南江入始兴郡路》中的“物生贵得性，身累由近名”，此时的他亦官亦隐，身在朝堂，心在江湖。而荆州期间的涉岭诗则能看出他是真的在准备辞官归养了，如《始兴南山下有林泉，尝卜居焉，荆州卧病有怀此地》中说“归此老吾老，过当日千金”，这首诗创作不久后，他就辞官回家了。

四、张九龄涉岭诗书写岭南的文学意义

1. 涉岭诗在张九龄诗中的地位

根据由熊飞先生校注的2008年中华书局出版的《张九龄集校注》一书，除去需补遗和备考的，整理收录的张九龄诗歌有205首，其中奉和、酬答、宴集的有九十余首。张九龄并不是一个全职诗人，他一生大部分的时间都在做官，真正创作的时间是比较少的，因此他的诗作大多都是奉和、酬答、宴集类，几乎占总收录的一半。然而“奉和诗写的是明堂庙器、盛世元音；酬答、宴集之作，大多数是在应酬，甚至是应景之作，很少写出个人的真情实感，多数都没有什么思想价值可言。真正能反映出张九龄的真实感情，为其赢得诗史上一席地位的，是他的咏怀诗和山水诗”②。

在张九龄的二百余首诗歌中，除去“没有什么思想价值可言”的奉和、酬答、宴集诗后，50首涉岭诗占“有思想价值可言”的二分之一，而这50首诗中大部分为山水诗。那么张九龄的山水诗有着怎样的地位呢？杭勇先生曾说“陶谢的融合实际上在张九龄的山水诗中才基本完成”③。张九龄的山水诗已经基本脱离六朝山水诗只流文于表的写法，注重景象描写的

① 马茂军. 张九龄具有岭南特色的诗歌创作［J］. 嘉应学院学报，2005（5）：47.
② 李谷乔. 张九龄诗歌论稿［D］. 长春：吉林大学，2005：7.
③ 李谷乔. 张九龄诗歌论稿［D］. 长春：吉林大学，2005：83.

整体直观性，且在描绘的山水风景中恰当地融入自己的人生志趣和思想感情，语言清雅纯真，境界如陶渊明诗歌那般的“沛然如肺腑中流出，殊不见有斧凿痕”。杭勇先生评张九龄山水诗：“初步形成了兴象玲珑的意境，基本具备了盛唐山水诗的审美特征，体现了他在诗歌上的艺术创变。”①

除此之外，张九龄山水诗的另一成就是开创了清澹之派，促成了清澹自然的美学风格的形成。何为“清澹”？顾建国先生对此进行过详细考究并得出结论：“‘清澹’主要是指诗歌语言上的清新省净和风格上的古雅隽永。”②

张九龄诗清澹自然的风格在其用词中就能明显感受到，如“霜清百丈水，风落万重林”（《赴使泷峡》）、“苔益山文古，池添竹气清”（《林亭咏》）等，诗句中提到的景都带有“清”字，与初唐时期山水诗绮丽的景物描写相比，显得别具一格。而有些诗虽并未带“清”字，但仍能给人清新脱俗之感，如“重林间五色，对壁耸千寻”（《浈阳峡》）、“湘流绕南岳，绝目转青青”（《湘中作》）等，“写景疏括，意态澹荡”，读后让人感觉清朗之风拂面而来。

因此，可以说山水诗代表了张九龄文学创作的最重要成就。而作为以山水诗居多的涉岭诗，其在张诗中的地位也就不言而喻了。

2. 张九龄涉岭诗对岭南诗史的影响

张九龄的涉岭诗对岭南诗史的影响主要是促成岭南诗派的开创，留下了“曲江流风”，为岭南诗派形成“归真返璞”的诗学主张奠定了一定的基础。

张九龄有“岭南诗人之祖”的称号。盛唐时期的几位著名诗人如孟浩然、王维等都曾受到张九龄提携。在张九龄的影响下，中原地区逐渐出现了学习张九龄诗风的氛围。而后的李白、岑参、杜甫、王昌龄等诗人也对张九龄的诗歌极为推崇，让学习张九龄诗风的氛围得以持续。岭南地区也不例外，张九龄作为初盛唐相交之际的著名文学家之一，再加上身居高位，使岭南地区掀起的学诗作诗的风气更为猛烈，当时的岭南学子皆以张

---

① 杭勇．张九龄山水诗的意境营造［J］．湖南第一师范学院学报，2011，11（1）：83.

② 顾建国．张九龄研究［D］．南京：南京师范大学，2006：81.

九龄为楷模，一边向往着他的人生境遇和学习他的处世为人，同时学习他的文学创作。这种学习的风气一直在传播，经过数年的酝酿后，“元末明初开始出现文人集社，清初开始文学团体甚至大规模地涌现，最终形成了真正意义上的具有鲜明地方风格特色的诗派”① ——岭南诗派。

岭南诗派发端于唐宋，形成于明朝，在清朝发展至鼎盛，甚至可以与吴、越、闽、江右四家诗派平分秋色。然而，当时的岭南诗派并没有形成一个如江西诗派、桐城派等诗派一样的完整的文学团体，也没有明确提出共同的诗歌理论。但是这并不说明岭南诗派没有一个共同的诗学主张。大部分岭南诗人自觉遵守“曲江流风”，在明初南园诗社的基础上形成了一个庞大脉络，因为这部分诗社诗人的诗风一致，带有鲜明的岭南特色，因此将其统称为岭南诗派，可以认为“曲江流风”是岭南诗派共同的诗歌创作理论。

“曲江流风”是指张九龄诗歌创作的主要特色，具体表现为创作风格清澹古雅，思想内容关注民生，坚守本心。“归真返璞”是“曲江流风”的具象表达。“璞”指的是未经雕琢的玉石，“真”指的是情感之真。张九龄涉岭诗的题材普遍源于生活，有充满自然气息的山水风光，也有充满生活气息的风俗人情和田园生活，处处充满着古朴韵味。其诗语言真朴自然，有着岭南人务实的精神特质。加之张九龄常常寄情于山水，大则忧国忧民，小则思乡归隐，无论大处小处，都饱含着真挚情感，十分动人。张九龄一改齐梁以来奢靡的诗风，开创清澹一派，古朴雅正是其山水诗的主调，也是涉岭诗的主要风格。

而最早提出“曲江流风”说法的是薛始亨：“独吾粤犹奉先正典型……彬彬乎曲江流风，于斯为盛。”② 不仅归纳了张九龄诗歌的风格，也肯定了他的模范作用。除此之外，著名岭南文学家屈大均也曾提出“曲江规矩”：“吾粤诗始曲江，以正始元音先开风气。千千余年以来作者冰彬彬，家三唐而户汉魏，皆谨守曲江规矩，无敢以新声野体而伤大雅。”③ 他

① 陈玉莎．张九龄及其诗歌创作对中国古代岭南文化的影响研究［D］．南昌：江西师范大学，2019：33.

② 陈子升．中州草堂遗集·第五册［M］．台北：台北新文丰出版公司，1998：272.

③ 屈大均．广东新语［M］．北京：书目文献出版社，1998：4.

认为岭南诗歌始于张九龄，而岭南诗歌最大的特点是诗歌充满了由张九龄开创的“雅”“正”风气，而这种风气是后世诗人自觉学习、模仿张九龄的结果。同时，屈大均在《广东新语》中多次提及张九龄对岭南诗坛的贡献，如“粤人以诗为诗，自曲江始”“东粤诗盛于张曲江公”等。[①]

五、结语

走进张九龄诗中的“岭南”，能看到岭南地区一直都是一个风光秀丽的地方，有好山有好水，民风虽与中原有异，但其源楚湘，是为一家，并非蛮人蛮地，而且物产丰富，气候宜人，只要开发得当，甚至可以成为比中原更宜居的地方。它固有不好的地方，但这个“不好”更多的是昔人对其的陌生及在负面情绪里对其的丑化。随着对作为探究岭南地区的主要材料——涉岭诗的深入研究，在一边领略较为客观真实的古时岭南风貌，感受诗人给读者带来的视觉盛宴，从侧面了解古时岭南被“污名化”的原因的同时，对张九龄的诗歌有了更深入的了解。张九龄的涉岭诗不仅是其抒怀言志的载体，也是后人模仿学习的范本，其为岭南地区形成自己的文学流派产生了深远的影响。

① 屈大均．屈大均全集：第三册［M］．北京：人民文学出版社，1998：347.

语言文字研究

《新华字典》（第12版）新增词研究

张慧冬[1]　张　伟[2]

摘　要：《新华字典》（第12版）中收入了大量的新增词，以这些新增词为研究对象能够了解和把握字典的收词原则。首先，采用计量统计法对新增词进行统计分析，从宏观上研究新增词的音节数量、词性和语义领域。音节数量包括单音节、双音节等；词性上划分为名词、动词等；语义领域包括社会生活、网络科技等。其次，考察新增词的“全新式”和“半新式”词义，将新增词的词义与现实语料相结合，进行实例分析。最后，探讨新增词增收的普遍性、规范性、稳定性原则以及新增词的意义和局限性。通过对新增词的研究，进一步拓展《新华字典》的研究领域，为汉语词汇的研究提供了新的学术视角，能更好地帮助人们了解词汇的发展变化和社会动态。

关键词：《新华字典》（第12版）；新增词；词义；收词原则

《新华字典》最早被称为“伍记小字典”。第一版由人民教育出版社出版，其后由商务印书馆出版。《新华字典》作为中国第一部现代汉语字典，同时是反映社会生活变化的工具书之一，每一次修订都能在一定程度上记录语言的发展和时代的变化。

不同版次的《新华字典》反映了中国不同历史时期的社会特点和语言文字的变化。1953年10月，《新华字典》由人民教育出版社出版。第二版于1954年出版。商务印书馆于1957年6月出版了商务新1版《新华字

① 张慧冬，广东海洋大学文学与新闻传播学院汉语国际教育专业2017级本科生。
② 张伟，广东海洋大学文学与新闻传播学院副教授。

典》。《新华字典》第12版于2020年8月10日出版，新版修订的主要内容包括：增补字头、添加新词新义新用法、完善检字表等。

《新华字典》是我国第一部以词汇规范和运用为旨归的字典，编写《新华字典》的主要目的是让读者正确理解汉语词汇，掌握现代规范的词汇，并正确使用。① 它主要面向中小学师生，同时兼顾各类人群的需求。随着全世界中文热潮的兴起，《新华字典》还将走向世界不同的国家和地区，为国内外交流做出更多贡献。

由于《新华字典》（第12版）面世时间短，研究成果不多。目前，据中国知网数据库统计，与《新华字典》（第12版）研究相关的文献大体有2篇，分别是张铁文（2020）的《汉语辞书中地理类及科技类附录的设置和修订——以〈新华字典〉第12版为例》② 和付娜的《〈新华字典〉12版释文用标点符号研究》③，前者提出了对地理类和科技类附录进行设置和修订，为读者提供及时准确的相关信息和看法，后者关注了第12版《新华字典》修订设立标点符号的问题。对《新华字典》收词的研究，有戴文颖的《〈新华字典〉复音词研究》④，付娜的《〈新华字典〉复音词合注研究》⑤ 以及金欣欣的《谈〈新华字典〉中的复音词》⑥ 等研究成果。

本文的研究对象是《新华字典》（第12版）中收录的新增词。本文所讲的新增词是指《新华字典》（第12版）收录但《新华字典》（第11版）未收录的词，包括字头下所收的带注解的复音词或词组，外加方括号“[ ]”，并进行具体释义，也包括注解中新增的配例，也就是原本存在但没有收录的词语，将其放在所归属的义项下，以例词的方式融入其中。本文主要通过与《新华字典》（第11版）的比较，找出《新华字典》（第12版）的新增词，在此基础上从语言学本身出发，对新增词展开研究，这将有助于促进现代汉语词汇的研究。同时，可以为汉语词汇的研究提供新的

---

① 谢仁友.《新华字典》与人民教育出版社 [J]. 中国出版，2008 (5)：55－57.

② 张铁文. 汉语辞书中地理类及科技类附录的设置和修订——以《新华字典》第12版为例 [J]. 中国出版，2020 (18)：49－52.

③ 付娜.《新华字典》12版释文用标点符号研究 [J]. 中国出版，2020 (14)：53－55.

④ 戴文颖.《新华字典》复音词研究 [D]. 北京：中国社会科学院，2013.

⑤ 付娜.《新华字典》复音词合注研究 [J]. 辞书研究，2018 (5)：11－16，93.

⑥ 金欣欣. 谈《新华字典》中的复音词 [J]. 语言教学与研究，1998 (3)：144－151.

学术视角，并进一步开拓现有《新华字典》的研究领域。通过对新增词的研究，更好地了解词汇的发展变化和当今社会动态。

一、《新华字典》(第12版) 新增词基本情况考察

《新华字典》(第12版) 新收录了393个词，下面将从音节数量、词性、语义领域等方面进行考察。

1. 新增词音节数量统计

如表1所示，《新华字典》(第12版) 新收录了393个词，音节的数量不尽相同。单字共13个，这些单字大都生僻不常用，如“奤”“梼”“过”等。以及新化学元素的中文名，如“鉝”“鉨”等。

双音节词在《新华字典》(第12版) 的新增词中所占的数量最多，共234个，如“网购”“和服”“娇美”“天价”“经书”“集锦”“红磡”等。新增词中，双音节词最多，这符合现代汉语词汇的发展规律。汉语中有许多双音节词，人们在日常生活中经常使用。随着社会的发展，人们的生活节奏也在加快，语言也要求简洁凝练，于是出现了新的缩略词，如“官媒”“蟠虬”等。

三音节词共67个，如“黄牛党”“二维码”“数据库”“软指标”“白茆镇”“打工仔”“博眼球”“奋奤屯”“孔家埭”等。

四音节词共74个，有来自古代汉语的成语，如“薪火相传”“南辕北辙”“自作自受”等。除了成语外，还有很多习用词组，如“庄严承诺”“一致对外”“垃圾分类”等。总的来说，双音节词语、三音节词语和四音节以近年来出现的新词语为主。

五音节以上的词数量比较少，其中五音节词共4个，如“金匮肾气丸”，七音节词1个，即“非物质文化遗产”。

表1 《新华字典》(第12版) 新增词音节数量统计

音节数量	数量（个）	所占比例（%）
单音节新增词	13	3.31

（续上表）

音节数量	数量（个）	所占比例（%）
双音节新增词	234	59. 54
三音节新增词	67	17. 05
四音节新增词	74	18. 83
五音节以上新增词	5	1. 27

2. 新增词词性统计

《新华字典》（第 12 版）的新增词主要以实词为主。其中，有一部分词的性质属于短语。现代汉语中有很多的名词和动词在社会生活中被广泛使用，因此新增词主要是名词和动词，如“片头”“网银”“诗仙”“代购”“接龙”等。形容词占少数，如“繁琐”“懦弱”，其他的更少，如“哼唷”。经过统计，新增词语词性统计如表 2 所示。

表 2 《新华字典》（第 12 版）新增词词性统计

词性	数量（个）	比例（%）
名词	221	56. 23
动词	134	34. 10
形容词	36	9. 16
副词	1	0. 25
叹词	1	0. 25

3. 新增词语义领域统计

新增词涉及的语义领域较为宽泛，比如政治、法律、经济和日常生活等。结合对新增词的语义考察，笔者将新增词的语义划分为网络科技、经济贸易、政治政党、社会生活及其他这几大类。因为有些词不能绝对说明它们属于哪个领域，所以在统计过程中会有一定的误差。经过统计，新增词语义领域分布如表 3 所示。

表3 《新华字典》（第12版）新增词语义领域分布统计

语义领域	数量（个）	所占比例（%）	例子
网络科技类	31	7.89	二维码、自媒体、点赞、海淘、刷屏、截屏、数据库、秒杀
经济贸易类	3	0.76	炒股票、房贷
政治政党类	4	1.02	反腐倡廉、顶层设计、党派
社会生活类	224	57.00	代驾、众筹、青蒿素、智库、裸婚、工匠精神
其他	131	33.33	哒嗪、痴情、茇茇草

以上新增词语义领域的分类只是相对的，存在一些不确定因素。对词义的认识和分类具有一定主观性，而且分类具有层次性，有的词可能会属于不止一个类别，因此较难统一。

从以上不同领域的分类中，我们可以看出，新增词与人们的生活息息相关。2012年以来，国家反腐力度不断加强，社会逐步形成“反腐败”的氛围，随着社会的不断发展，大量的政治类新增词也进入人们的生活，如“反腐倡廉”。受社会发展的影响，股市是经济领域的一个分支，股市在中国的普及以及蓬勃发展的势态，反映社会的经济状况以及我国经济领域发生的变化，为满足表达需要，“股”也成了高频语素。新的经济发展模式催生与之相关的新词，如“炒股票”。随着社会的不断发展和变化，新的生活方式也是人们所追求的，一些如“代购”“裸婚”“接龙”等词出现在人们的视野中，这些词在一定程度上反映了人们的生活状况和社会发展状况。如今人们生活在一个科学技术快速发展的信息化时代，媒体种类也众多。随着科技的进步，互联网在人们生活中发挥着越来越大的作用，出现了诸如“秒杀”“海淘”“数据库”等词语。智能产品进入人们的生活后，对生活的影响也是巨大的，出现了诸如“二维码”“刷屏”等词语。统计的过程中，笔者还发现新版《新华字典》增加了大量地名，如“图们”“陈堰”“岽坑”，将它们纳入规范汉字，能为信息系统建设和社会管理提供保证。

二、《新华字典》（第12版）新增词词义考察

新增词在一定程度上反映了新时期特别是近几年来社会生活的新变化。下面对《新华字典》（第12版）新增词的词义进行分类考察。

1. “全新式”新词新义考察

“全新式”新词新义的产生是标记社会新事物、新现象、新观念的结果，是随着新事物、新现象的出现而产生的，并随着网络和媒体的广泛传播而推广。[①] 这类词的特点是其所表示概念和意义是新的。例如：

“爆”下新增：［爆表］表示实际数值超过仪表上的最高刻度，形容数量极大或程度极高。

（1）北京全市花粉浓度处于比较高的水平，而包括东城、西城等在内的十个区花粉浓度更是连连“爆表”，处于6级极高水平。

（2）经过上午场和下午场的激烈比拼，共有11位参赛选手能力爆表，全部通关！

“爆表”除了形容仪表爆炸，程度极高外，如例（1）表示花粉浓度特别高。现今网络上还用来形容人的其中一个方面很厉害。此引申义出自日本漫画《龙珠》：悟空在与赛亚人对抗时使出界王拳，结果贝吉塔的战斗力指示器爆炸，即爆表。此后在多部动漫作品中都出现过相似设定。自此，“爆表”表示能力迅猛提升一瞬间爆发的意思产生了。如例（2）说明参赛选手能力强。

“筹”下新增：［众筹］表示向大众募集资金，以支持进行某项活动。

（3）“因病致贫、因病返贫”后朋友圈众筹的效果也江河日下。

（4）“众筹扶贫”得到当地农户的高度赞誉，“以购代扶”的电商扶贫新思路应运而生。

① 李枫.《现代汉语词典》（第6版）新增词语研究［D］. 长春：吉林大学，2014：21.

“众筹”这一词来自“crowdfunding”的翻译，表示大众筹资。在我们的日常生活中接触比较多的平台有轻松筹、水滴筹等。例（3）和例（4）中说明了“众筹”的方式和目的。

“码”下新增：[二维码] 一种通过平面图形记录数据的编码，可以方便地进行信息存储、传递和识别。

“屏”下新增：[刷屏] 某信息短时间内在手机或电脑屏幕上大量出现。

“刷”下新增：[刷卡] 用磁卡等卡片贴近机器，以识别卡中相关信息，确认持卡人身份或增减卡中金额等：~消费，~乘坐公交车。[刷脸] 通过人脸识别技术鉴定身份，进行考勤或支付等。

“赞”下新增：[点赞] 在网络上点击代表“赞”的标记表示称赞，泛指赞扬、支持：为英雄~。

“自”下新增：[自媒体] 普通大众用来传播信息的工具，如博客、微博、微信等。

当今的时代是一个全民刷屏和被社交媒体包围的时代，“刷屏”“刷卡”“点赞”“自媒体”等词应运而生，代表了生活中的新现象。人人都是“刷一代”，出门坐公交车、坐地铁刷卡，去买东西结账时刷手机二维码，进出通过刷脸进行人脸识别。在日常生活和网络通过点赞来表示对他人的肯定和赞赏。自媒体也逐步成为一个新兴的行业。

2. “半新式”新词新义考察

“半新式”新词新义指既有词语增加新义项，就是既有词语在原有意义的基础上产生了新的义项，也有词语通过比喻、类推等来改变词义。①例如：

“充”下增加 [充电] 比喻义“补充知识，提高技能等”：只有不断~，才能跟上时代。

(5) 在做好服务的同时，海原县司法行政人员不忘集中“充电”，不断提升行政执法办事效能。

① 李枫.《现代汉语词典》(第6版) 新增词语研究 [D]. 长春：吉林大学，2014：22.

“充电”原指增加电量，现在也指为了自我提升进一步学习和工作。

“做”下新增：[做功课] 比喻事先做准备工作。

(6) 孩子们一边做功课，一边等待忙完工作的家长来接。

(7) 尽管提前做了一些功课，当真正来到“人造太阳”面前，这个庞然大物依然让人震撼。

“做功课”原指写老师布置的作业，同时做功课也是佛教用语，指佛教徒做早晚课等。现在比喻提前做好准备工作，包括找资料等。与这类似的表达还有“做攻略”。如例（6）中的“做功课”就是指完成老师布置的作业，而在例（7）中，则是比喻提前做准备工作。

“秒”的“计量单位”义项下增加引申义“指极短的时间，瞬间”：秒杀（在极短的时间内就完成或结束）。

“秒”通常作为量词来使用，表示时间，而现在语义被引申泛化，在《新华字典》（第12版）中增加“秒杀”，这一表达被广泛使用。“秒赞”“秒删”“秒回”“秒懂”等用“秒”加相关动词来表达在极短的时间内就完成的动作行为。

三、《新华字典》（第12版）新增词相关问题分析

（一）《新华字典》（第12版）新增词增收原则

在我们的日常工作和生活中，我们会接触和使用这些新增词。社会生活发展如此之快，有时我们会对这些词语的使用是否规范，哪些词应该被收录产生疑问，《新华字典》既要坚持传统又要顺应时代，应该遵循哪些原则呢？王铁昆从社会发展、民族心理、传统文化对词语的影响等角度出发，对新词新语规范问题，提出了普遍性原则、必要性原则、明确性原则、高效率原则。① 下面结合实例，探讨《新华字典》（第12版）新增词

① 王铁昆. 新词新语的规范问题［J］. 天津师范大学学报（社会科学版），1989（2）：75－80.

增收原则。

1. 普遍性原则

普遍性原则意味着使用范围应该是广泛的，不能仅在网上或其他有限领域中使用，却没有走进大众日常生活。

《新华字典》是一本供读者使用的小型工具书，它主要供中小学师生使用，同时兼顾了各类人群的需要。在增收词语时，必须考虑所收词语是否具有普遍性、通俗性、可接受性。笔者认为，普遍性主要体现在当前使用范围和接受程度上。第12版新增的词大多与人们的生活息息相关，且得到主流媒体的认可，用户量大，应用范围广。如“海”的“指外国或跟外国有关的”义项下增加：［海归］［海淘］以及“购”的“买”义项下增加：［网购］。网络的便捷，使得人们更加方便购物，想到要买的东西就能网上下单，或者通过跨境购买。“赞”下新增：［点赞］，“点赞”一词不仅在网络上被广泛使用，在日常生活和新闻媒体中也被频繁使用。人们在表示赞扬、支持时，通常会用到这个词。这些词已是家喻户晓，《新华字典》（第12版）将其收录。

2. 稳定性原则

稳定性原则指的是增添的新词要经得起时间的考验，要有生命力，不能昙花一现。江蓝生先生认为，新词、新义、新用法增收的依据是通用性和稳定性原则。所谓稳定性，是指词形、词义及其用法已经基本稳定下来的，有的新词虽然出现时间还不算长，但合语法，且能在词义和用法上填补汉语词汇系统中的空缺，使表达更加丰富多彩的也可收录。① 《新华字典》（第12版）与前一版本间隔9年，经过一段时间的应用，形式相对固定，意义趋于稳定，词语被公众认可和接受的频率高、范围广。例如，“刷屏”表示短时间内重复地发相同的内容，这一词已经稳定下来，为公众所接受。一些词语虽然出现在公众传媒上，但转瞬即逝、临时性强且缺乏稳定性，因此没有成为专家学者的考察对象。例如，“硬核”这个词没有被收录，由于对其词义的理解存在差异，能使用的语境较多，还不够稳定，因此没被收录。从《新华字典》（第12版）中的大量词语可以看出其

① 江蓝生.《现代汉语词典》（第6版）概述［J］. 辞书研究，2013（2）：1－19.

收词谨慎，严格遵循稳定性原则，既不“乱收”，也不“拒收”，以保证社会交往的便利，丰富汉语词汇体系，丰富语言表达材料。

3．规范性原则

规范性原则指的是收进的新词符合汉语和汉字的形成和发展规律。2016年12月23日，教育部和国家语委发布了《国家语言文字事业“十三五”发展规划》，其中第一条规划就有强调加强语言文字规范化建设。①

规范性原则是《新华字典》收词的一项重要原则，词语的规范性表现在很多方面。规范性原则即《新华字典》关注词语是否符合汉语词汇规范。语言是不断变化和发展的，词汇是语言发展过程中一个敏感的环节。因此，汉语词汇的规范化就显得尤为重要。现代汉语词汇量大，规范化相对复杂。如果草率收录，只会增加语言混乱。有些词在一定时期内使用频率较高，后来就不怎么流行了，同样不能视为规范词语，如“神马”“酿紫”“童鞋”等词语不符合规范。

（二）《新华字典》（第12版）新增词的作用和局限性

词语是感知社会生活变化最敏锐、最独特的视角。新增词在记录社会和语言生活，客观观察汉语词汇发展等方面起着重要的作用。2020年出版的《新华字典》增收300多个词，涵盖我们生活的各个方面。通过了解词语的收录情况，我们可以更清晰、更准确地观察近年来汉语词汇的发展变化。同时，新增词在一定程度上也反映了当前社会发展的趋势。

1．《新华字典》（第12版）新增词的作用

本文对新版《新华字典》增添的300多个新词进行了分类整理，通过这样的分析和研究工作，不仅能进一步帮助我们掌握现代汉语词汇的发展状况，而且可以通过语言帮助我们了解社会发展状况。因此，对《新华字典》的新增词进行分析、整理和研究具有重要意义。新增词及时反映了社会语言的新面貌，使我们的语言可以与时俱进、表达得更加生动，也为语言生活树立了新的使用标准。

---

① 国家语言文字事业“十三五”发展规划［EB/OL］．（2016－12－23）［2022－04－08］．http：//www.gov.cn/xinwen/2017－01/16/content_5160213.htm.

随着社会生活的发展变化，语言学和辞书学的理论研究日益深入，这对辞书的编校工作提出了更高的要求。《新华字典》（第12版）的修订着眼于国家语言标准的实施，并不断修订以满足时代的发展以及读者的需求。

2.《新华字典》（第12版）新增词的局限性

《新华字典》（第12版）收录的部分新增词有待进一步讨论。例如，《新华字典》（第12版）收录了“买单”，而现实生活中，有的人说“买单”，有的人说“埋单”。从意义上说，二者有着根本的差别。“买单”一词源起早年广州开埠穗港异地间商业票据往来，本地付款，异地取货，当下付钱“买”到的其实是提单。[①] 从语言来源讲，“埋单”来自粤方言。就读音而言，它们有不同的声调，并且不是严格意义上的异形词。从通用性上，“买单”使用更为广泛。“买单”和“埋单”到底哪个是更为规范用法，可能仍需要一些时间来检验，目前，规范的用法应是“买单”，因此《新华字典》（第12版）收录了“买单”。

《新华字典》（第12版）增添了许多网络流行词，如“点赞”“粉丝”“刷屏”等。一部分网络流行词引起网友的激烈讨论。从《中国青年报》发起的一项投票可以看出，有的网民表示赞同，认为《新华字典》需要“新”，顺应时代的潮流，跟上时代的步伐。而有的网民认为，《新华字典》应有它的权威性和严肃性，网络流行语更新速度太快，并且被收进字典的实用性不是很高。笔者认为，一部分网络流行词最终能否被社会接受，还要经受时间的考验。同时，在使用网络流行词时，我们应该以积极的态度保护和使用规范汉字，保持汉语的纯洁性。此外，我们也要相信修订者增入的网络流行词是经过反复考察调研才确定下来的。

四、结语

《新华字典》自1953年出版第一版，迄今已出第十二版。随着社会的发展、语言的演变，为了更好地适应读者的需求，《新华字典》在收词等方面不断地修订，这次修订相距第11版间隔9年。在过去的近10年里，

① 何蔚，田秀蓉．“埋单”与“买单”及其根源初探［J］．文学教育（上），2014（1）：129.

政治、经济和文化均发生了不同的变化。作为人类社会交际工具的语言，也相应地发生了变化。与语音和语法相比，词汇在语言系统中的变化速度是比较快的。《新华字典》作为全面普及的基础性辞书，收词也会有此体现。本文通过计量统计的方法，对比第12版和第11版，统计出新增词393个，其中包括近年来产生的新词，有新的意义的词，以及一些存在已久但尚未收录的词。

新增词反映了近年来我国发展中出现的新事物、新概念和新变化，包括新造词语和旧有语素或词语产生新的意义和新的用法。比如，“量”增加了新义项，即“在单位时间内网络上传输的数据量”，如“手机流量”。新增“二维码”一词，反映了现代社会中兴起的新的生活方式。“裸婚”一词带来了新的价值观，也符合语言的经济要求。

然而，由于笔者的知识水平和研究能力不足，对新增词语定义的描述可能还不够深刻，并且新增词可研究的角度是多方位的。因为是人工比对，新增词语的数量会出现一定的误差，希望以后能够对这方面进行补充，使研究得到进一步拓展。此外，对新词语的研究停留在表面，部分还有待改进。比如，在新增词的社会属性分类中，对新增词的分类和分析可能不够准确和客观；在统计过程中，对于一些不确定的词，其结果的准确性可能较低，等等。这些问题需要通过日后的不断学习和实践操作来解决。

《HSK 标准教程5》与新 HSK 五级考试词汇配合度分析

罗如茵[①]　刘连海[②]

摘　要：词汇编排是影响教材质量的重要因素，而教材词汇与考试词汇的配合度是衡量语言考试类教材优劣的主要标杆，为开展教学活动及进行教材修订提供科学的数据支撑。《HSK 标准教程 5》每课生词量波动较大，呈“过山车”式波动；教材生词复现率低，复现次数两次及以上的词仅 192 个；教材生词与真题词汇之间覆盖率仅为 70.54%，配合度有待提高。因此，教材修订时可适当提高教材生词复现率和教材词汇与最新真题词汇的覆盖率。教师在使用过程中需注意根据生词量调整课时，适当增加生词练习，从真题出发开展教学活动。

关键词：《HSK 标准教程 5》；词汇覆盖率；教材配合度

HSK 五级作为汉语能力中高级的转折点，对于汉语学习者意义非凡。教材词汇编排，以及教材词汇与考试词汇配合度高低是衡量教材质量的重要指标。《HSK 标准教程》系列教材与考试配合度的研究近年来呈现增多的趋势。潘婳竹将词汇配合度研究分为生词总量的确定、教材生词复现率、教材生词与真题词汇的覆盖度等，为教材与考试词汇配合度相关研究奠定了基础。[③] 杨安然在潘婳竹的基础上进行了改进，在生词量确定部分，

---

① 罗如茵，广东海洋大学文学与新闻传播学院汉语国际教育专业 2017 级本科生。

② 刘连海，广东海洋大学文学与新闻传播学院讲师。

③ 潘婳竹.《HSK 标准教程 1》与 HSK 一级考试配合度研究 [D]. 南昌：江西师范大学，2016.

将作为人物姓名的专有名词不纳入生词量的范围。① 李云艳借鉴了潘婳竹的大致框架，并对教材生词的复现间隔进行了统计，以探讨教材生词的复现间隔、复现次数的设计是否符合学生的学习规律。② 孙宇慧则在现有研究的基础上，单独对教材各课的超纲词进行了统计。③

现有研究对于中低级汉语教材与 HSK 考试的研究较多，但针对高级汉语教材与新 HSK 五级考试之间配合度分析的研究仍较少。本文参照前人的方法，以《HSK 标准教程 5》和 10 套新 HSK 五级真题作为研究对象，通过定量统计和定性分析的方法对教材词汇的编写特点进行分析，并将教材词汇和新 HSK 五级考试词汇进行对比，分析教材词汇与真题的适配程度，总结出教材词汇编写的特点，为教材使用者提供使用建议。

一、《HSK 标准教程 5》的词汇分析

1.《HSK 标准教程 5》的生词量统计

《HSK 标准教程 5》中附有词汇总表，包括“生词表”“专有名词表”和“超纲词表”。教材上下两册“生词表”中共有生词 1 091 个，其中“缺乏”一词上下册各出现 1 次，但完全相同，故算 1 个计入。此外，“专有名词表”中专有名词有 73 个，其中“翟峰、子路、孔子、夕、七郎、李广、扬雄、鲁迅、郁达夫、科恩、麦布里奇、卢米埃尔、梅西、刘炽平、张小龙、詹姆士 · 奈史密斯、赵奢、赵括、廉颇、丹尼尔 · 卡内曼、理查德 · 希尔斯、灰姑娘、文文、郝琳硕、赵福根、比尔 · 盖茨、刘辰、建伟、佩 · 詹森、老舍”共 30 个名词属表人物姓名，故不计入统计，剩余的 43 个专有名词计入生词量中。这样，本文所统计的生词共 1 412 个，其中生词 1 091 个，超纲词 278 个，专有名词 43 个。

2.《HSK 标准教程 5》的每课生词设置

每课生词量的设置是否合理，是教材编写需要考虑的重要因素。因

---

① 杨安然.《HSK 标准教程 2》与 HSK 二级配合度调查研究［D］. 石家庄：河北师范大学，2018.

② 李云艳.《HSK 标准教程 3》教材评价［D］. 海口：海南师范大学，2018.

③ 孙宇慧.《HSK 标准教程 4》与新 HSK 四级考试配合度研究［D］. 武汉：华中师范大学，2020.

此，本文对各课生词进行统计，结果如表 1 所示（表中“生词”指在教材“生词表”中出现的词）：

表 1 《HSK 标准教程 5》各课生词量统计

课数	生词	专有名词	超纲词	总生词量	课数	生词	专有名词	超纲词	总生词量
1	28	0	8	36	19	30	0	14	44
2	36	0	3	39	20	28	2	8	38
3	35	2	6	43	21	29	2	12	43
4	35	2	5	42	22	28	1	6	35
5	25	0	5	30	23	37	4	3	44
6	37	0	4	41	24	31	1	6	38
7	39	1	6	46	25	28	0	12	40
8	38	0	5	43	26	20	1	15	36
9	34	6	4	44	27	26	0	8	34
10	30	2	7	39	28	29	5	10	44
11	36	4	5	45	29	27	0	9	36
12	33	2	10	45	30	25	0	11	36
13	30	1	7	38	31	23	0	6	29
14	31	1	10	42	32	35	0	4	39
15	29	3	10	42	33	32	1	6	39
16	32	0	9	41	34	23	0	11	34
17	28	2	5	35	35	25	0	10	35
18	32	0	8	40	36	27	0	10	37

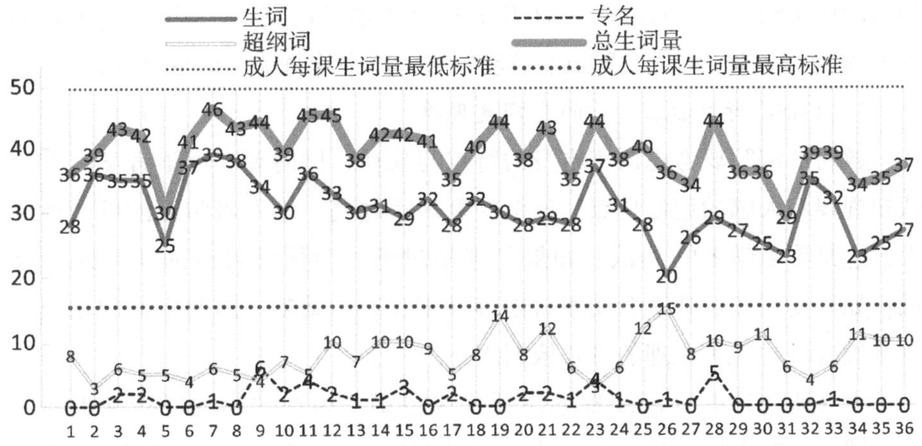

图 1 《HSK 标准教程 5》词汇分布

由图 1 可知，《HSK 标准教程 5》共有 36 课，平均每课生词量为 39. 22 个，其中第 31 课的生词量最少，为 29 个，第 7 课的生词量最多，为 46 个。

大多数学者认为每课的词汇量应得到控制。周小兵认为："每堂课学习多少生词为宜，这是个很复杂的问题。它涉及大脑短时记忆的贮存容量、大脑的加工量、学习者习得词语的潜能以及教学中的许多变因等复杂因素，过多过少都不行。"① 从图 1 可看出，《HSK 标准教程 5》每课生词量总体波动变化较大，有的课生词多，有的少，生词量最多与最少的课相差 17 个词。对于每课生词量多少为宜，目前学者们还没有明确的共识。刘珣认为"初级阶段汉语课每课的生词量应从三五个词开始逐步增加，一般不宜超过 30 个"②，徐子亮认为中级阶段的学生一节课可接受 20 多个生词。③ 那么高级阶段的教材生词量应该如何设置？根据国家汉办 2012 年启动的国际中文教学指南网络平台及《国际汉语教学通用课程大纲规定》，成年人的对外汉语教材平均每课生词数应在 15. 35 ~49. 07 个。本文所统计的教材生词量共 1 412 个，平均每课生词量 39. 22 个，正处于 15. 35 ~

① 周小兵．对外汉语教学入门［M］．广州：中山大学出版社，2017：175.

② 刘珣．对外汉语教育学引论［M］．北京：北京语言文化大学出版社，2000：361.

③ 徐子亮．汉语作为外语教学的认知理论研究［M］．北京：华语教学出版社，2000：64.

49.07 中后区间，生词量符合 HSK 五级高级水平的定位。因此，《HSK 标准教程 5》每课生词量设置虽然波动较大，但平均每课生词量设置较合理。

3.《HSK 标准教程 5》的生词复现率

教材的编写要考虑语言本身的特点与规律，同时要考虑语言学习者的认知规律和人脑的记忆特点。词汇的复现率越高，学习者掌握的可能性越大，这是许多学者的共识。如果复现率过低，会使学习者的学习效果降低；如果复现率过高，会使教材内容过于庞杂、繁复。因此生词的复现率也是检验教材是否合理的重要依据之一。

本文所统计的词汇复现率以课文为范围。因在实际的对外汉语教学中，课文是教学的主体，教材中的“热身”“注释”“练习”“扩展”“运用”部分，由于课时的限制、教师的教学安排等原因可能不会进行课堂讲授，且课后学生是否主动学习也不可知，故仅对教材课文部分（包括课文的名字）进行统计。

复现次数指一个词汇在课文材料中出现的次数减一。具体如表 2 所示。

表 2 《HSK 标准教程 5》生词的复现次数

复现次数	词量	占比	总词频	平均复现次数
复现 0 次	992	70.25%		
复现 1 次	228	16.15%		
复现 2 次	84	5.95%		
复现 3 次	44	3.12%		
复现 4 次	12	0.85%		
复现 5 次	18	1.27%		
复现 6 次	6	0.42%		
复现 7 次	8	0.57%	971	0.69 次
复现 8 次	5	0.35%		
复现 9 次	6	0.42%		
复现 10 次	2	0.14%		
复现 11 次	2	0.14%		

（续上表）

复现次数	词量	占比	总词频	平均复现次数
复现 12 次	1	0.07%		
复现 13 次	1	0.07%		
复现 14 次	1	0.07%		
复现 16 次	1	0.07%		
复现 22 次	1	0.07%		

通过表 2 可知，教材生词复现次数差距较大，复现次数最高为 22 次，复现次数最低为 0 次。其中复现次数集中在 0 次的高达 992 个，占生词总量的 70.25%；经过复现的生词为 420 个，占生词总量的 29.75%。

学者们对学习者要掌握一个词汇，其最低复现次数的要求尚无定论。柳燕梅根据对比实验认为生词出现 3 次更容易让学生习得生词①；江新对词汇复现率进行实验研究，结果得出最低出现次数为 3～5 次更佳②；刘珣认为"一般来说，新词至少需要 6～8 次重现，才能初步掌握"③。

由于《HSK 标准教程 5》的生词量较多，考虑到课文内容和主题的词汇复现的安排难度，故认为本教材生词出现次数 3 次（即复现 2 次）最佳。我们将复现两次及以上的生词称为"教材高频词"，共 192 个词；复现两次以下的生词，称为"教材低频词"，共 1 220 个。教材低频词占比 86.40%，由此可知，教材的大多词汇的复现率没有达到学习者识记词汇的需求。教材高频词如表 3 所示。

---

① 柳燕梅．生词重现率对欧美学生汉语词汇学习的影响［J］．语言教学与研究，2002（5）：59－63.

② 江新．词的复现率和字的复现率对非汉字圈学生双字词学习的影响［J］．世界汉语教学，2005（4）：31－38.

③ 刘珣．对外汉语教育学引论［M］．北京：北京语言文化大学出版社，2000：363.

表3 教材高频词

复现次数	词量	词汇
复现22次	1	为（wéi）
复现16次	1	萝卜
复现14次	1	（象）棋
复现13次	1	四合院
复现12次	1	以
复现11次	2	猴子、摊
复现10次	2	便、市场
复现9次	6	评委、主人、产生、则（conj.）、微信、志愿者
复现8次	5	闹钟、沙丁鱼、养、数、如何
复现7次	8	方式、人类、效应、抽象、屋（子）、背（bēi）、算、成语
复现6次	6	士兵、（大）象、赵国、家乡、思考、称
复现5次	18	直（adv.）、反而、如今、意义、盲人、摸、失去、作为、导演、所、状态、企业、经营、对手、鲶鱼、令、升、盆（子）
复现4次	12	人生、包括、锅、表现、记忆、腾讯、保养、石头、时期、锯（子）、箭、受（伤）
复现3次	44	靠、立刻、感受、待遇、人才、食物、从而、伤害、果然、寻找、朝三暮四、行为、橡子、格外、创造、曾经、显示、逐渐、光线、享受、移动、领导、筐、所谓、通常、充分、理论、模式、人员、目前、最初、属于、行动、门槛、般、计算、灰、翻、醉、签、撞、射（击）、除夕、根（m.）
复现2次	84	峰终定律；抱怨；蚊子；打工；稳定；帆船；积蓄；驾驶；陆地；时刻；时代；满足；去世；即；古代；形状；制造；分别；精诚所至，金石为开；作战；连续；固定；粮食；倒；争论；奔跑；摄影师；请求；危害；实验；实现；产品；以及；程度；缺乏；桃；启发；造成；派（v.）；主动；节食；明显；表明；高峰；主持；作品；幅；猩猩；调整；单位；作文；对待；巨大；组织；利用；步骤；珍惜；基本；原则；现场；体验；专注；挤；运输；活力；社区；数据；生产；缓解；垮；艘；蹄（子）；铃；丝；毫无；狂；治（疗）；夜；镇；种（v.）；局；乘；废；根（n.）

在表3中，“超纲词表”中的词汇为：评委、蚊子、帆船、积蓄、箭、盲人、将军、朝三暮四、橡子、奔跑、锯（子）、四合院、种、高峰、萝卜、般、丝、摊、毫无、效应、将军、局、现场、乘、专注、垮、沙丁鱼、鲶鱼、活力、门槛、社区、保养，共32个。“专有名词表”中的词汇为：微信、腾讯、赵国、峰终定律，共4个。作为词汇教学重点的“生词表”词汇共有156个，占比81.25%。教材高频词中不完全是大纲词，超纲词占一定比例，故大纲词的复现应该引起重视。

虽然我们选择词汇出现3次（复现2次），作为划分教材高频词的标准，但可以看出，不管我们以哪位学者的最低复现率标准来对这本教材的生词进行衡量，复现率情况都是不容乐观的。我们对比了1～3级《HSK标准教程》的词汇复现率情况，发现其他教程的情况同样不乐观。《HSK标准教程1》以复现2次为基准得出仅39%的词汇符合复现标准，对无基础的学习者来说词汇复现率过低①；《HSK标准教程2》以复现次数5次为基准得出符合复现标准的词汇仅占生词总数的23.6%②；《HSK标准教程3》以复现6次为标准，则仅36个词符合标准，词汇复现率有待提高③。当然，使学习者更好更快地掌握生词是教材编写的难点，学习新词仅仅依靠生词的不断复现是不足够的，与此同时也要关注生词本身，所以如果能够在教学活动中有意识地加强学生的生词训练，那么学生将更好地识记生词。

二、新HSK五级真题词汇分析

1. HSK五级真题词汇总量及真题高频词统计

本文以国家汉办公布的10套新HSK五级真题为调查对象，对《HSK标准教程5》与新HSK五级考试词汇的配合度进行检验。试题的编号分别是：H51001、H51002、H51003、H51004、H51005、H51222、H51223、

① 潘婳竹.《HSK标准教程1》与HSK一级考试配合度研究［D］．南昌：江西师范大学，2016.

② 杨安然.《HSK标准教程2》与HSK二级配合度调查研究［D］．石家庄：河北师范大学，2018.

③ 李云艳.《HSK标准教程3》教材评价［D］．海口：海南师范大学，2018.

H51224、H51225、H51327。试题分为听力、阅读和书写三部分，统计范围包括听力的听力材料及其听力选项、阅读和书写部分的题目和选项。

因示例出现在不同题型，且每套试题示例内容相同，故只对其进行一次统计。得出这 10 套真题的词汇量为 7 498 个，平均每套真题出现 749.8 个词语。由于本次统计十套真题，故设定在每套真题中出现十次及以上的词汇为各套真题的高频词。十套真题高频词的交集和并集如表 4 所示：

表 4　十套真题高频词的交集和并集

	十套真题高频词的交集	十套真题高频词的并集
词汇	的、了、我、是、他、你、有、什么、在、说、很、人、都、可以、去、也、不、要、就、好、一个、到、和、我们、那、会、做、吗、上、男、还、自己	的、了、我、是、他、你、有、什么、在、说、很、人、都、可以、去、也、不、要、就、好、她、知道、一个、想、没有到、和、我们、那、公司、对、会、现在、时候、把、做、吧、能、您、吗、给、女、儿子、上、着、男、多、不能、得、还、看、自己、里、呢、这个、那个、最、太、再、喜欢、工作、中国、孩子、主要、为什么、人们、地、来、很多、怎么、买、又、让、时间、工人、觉得、阅读、用、别人、需要、个、更、老板、这、他们、大、告诉、被、它、学生、快乐、因为、飞机、而、如果、正确、关于、不是、发现、根据、下列、哪项

2. HSK 真题词汇与教材生词之间的覆盖率分析

教材生词对真题词汇的覆盖率是衡量教材与新 HSK 考试配合度的重要指标。通过统计得知，教材生词与真题词汇的覆盖率为 70.54%，共有 996 个教材生词在真题中出现。值得注意的是，“超纲词表”和“专有名词表”中均有词汇在真题中出现（见表 5），这要求教师在教授生词时，不能忽视教材中的超纲词。

表5　专有名词表和超纲词表的真题覆盖情况

	数目	词汇
超纲词表	65	串、扑、艘、由来、猩猩、元素、模式、纳入、终点、瞬间、国君、种、用户、打猎、奔跑、意识、记载、玉、军队、盲目、顺畅、困扰、思维、寓言、生物、招（儿）、不妨、图、沙子、生存、题材、疾病、收集、真相、乐趣、暴雨、抢救、回报、真理、砸、无意、天敌、活力、忙碌、反省、雇、来、现场、乘、潜力、佳、可口、拥有、炎热、释放、诚信、倒闭、适当、效应、钟、心态、不假思索、犯、过于、舞蹈
专有名词表	7	西汉、华北、云南、春秋、楚国、血压、战国

将真题高频词与本文统计的教材生词进行对比，结果显示没有真题高频词在教材生词中出现，但通过真题高频词“公司”“工作”“老板”“飞机”可知，五级真题的内容离不开工作与出行，教师可以有针对性地对与工作、出行相关的题目进行练习，有助于学习者通过 HSK 五级考试。

三、教材词汇的问题及使用建议

通过对教材词汇编排及与新 HSK 五级真题之间的对比分析，我们发现教材词汇编排上存在一些问题：

1. 每课生词量的波动较大

每课生词量波动过大容易使学习者对学习生词产生一定的排斥心理，不利于其更好地掌握生词。在教材中生词量最多的课与最少的课相差 17 个词，除第六课到第十六课的生词量波动较为平缓外，其余课的生词量呈“过山车”式波动。主题式教学是《HSK 标准教程》系列的编写理念之一，词汇有其归属的主题类别，与课文主题相关联的词较多，则生词量多，反之则少，这是难以改变的客观现实。因此，教师在使用本教材时，建议对生词量多的课适当增加课时。

2. 教材生词复现率低

生词复现率低容易导致学习者的学习效率低，学习者需要花更多的课余时间来掌握生词。复现达到两次及以上标准的词仅有 192 个，未达到标准的有 1 220 个，其中未经复现的词高达 992 个，比复现达标的词多出好几倍，若将复现的标准提高则更多生词不达标。但词汇能出现的主题少，词汇重复编排难度大，若是为了复现率而在编写过程中刻意复现，容易造成课文的语句生硬且上下文联系不紧密。对此，只有在使用该教材时尽量对教材中的生词不断进行练习和使用，才能达到一定的效果。

3. 教材生词与真题词汇的覆盖程度不够高

共有 996 个教材生词在真题中出现，覆盖率仅为 70.54%，因此教材生词与真题词汇的覆盖率需要再接再厉。值得注意的是，教材的“专有名词表”“超纲词表”中均有词汇在五级真题中出现，因此，在重点学习“生词表”的同时，不能忽视对“专有名词表”和“超纲词表”的学习，有余力的学生可适当拓展学习一些超纲词。此外，“公司”“工作”“老板”“飞机”为真题高频词，我们可以看出与工作、出行相关的内容是五级考试中的热门主题，建议教师多对相关练习题进行讲解与回顾。

综上，笔者认为《HSK 标准教程 5》词汇与新 HSK 五级考试词汇配合度有待提高，教材编写仍需做较大努力。《HSK 标准教程》系列注重“考教结合”，这要求教材修订时要将目光更多投向真题。教师在使用教材时，也要从真题出发，有针对性地对学生进行词汇教学。

四、结语

通过对《HSK 标准教程 5》中词汇编排、出现、频率等的统计分析，我们发现其合乎认知记忆规律的合理之处，但也存在变动幅度过大的问题。将教材词汇与 10 套新 HSK 五级真题词汇的覆盖率进行对比，可以看出教材生词与真题词汇覆盖率仅为 70.54%，存在覆盖率较低的问题，教材与考试词汇配合度也需改进。因此我们建议，教师和学生在使用教材时，要针对这些问题采取应对措施，教材修订也需考虑词汇编排及词汇与考试配合度的问题。

浅析对外汉语教材中趋向补语“起来”的设置及教学设计
——以《HSK标准教程》《新实用汉语》《发展汉语》为例

蔡靖婷[①] 黎海情[②]

摘　要：位于动词后的趋向补语“起来”主要有四个语义：表示自下而上的位移的位移义、表示动作或事情产生一定结果的结果义、表示动作开始并持续的时体义以及表示主观评价等语义的情态义。位于形容词后的趋向补语“起来”为状态的开始并持续或性质的开始并保持。本文以表格的形式对《HSK标准教程》《新实用汉语》和《发展汉语》三本教材的语义选择、语义教学顺序、例句展示以及练习进行罗列，从教材设置方面提出“位移义—结果义—时体义—情态义”的语义教学顺序及注意新旧知识衔接，运用以语境引导的发现式教学的练习设置建议，从教学上提出运用类义义场教学和调动学生联想机制的建议，最后提出具体练习及教学设计。

关键词：趋向补语“起来”；教材分析；教材及教学建议；练习及教学

根据前人研究，从整体看，“V＋起来”的语法化过程中衍生出来的语义可大致分为：位移义、结果义、时体义和情态义四种，“A＋起来”兼表

① 蔡靖婷，广东海洋大学文学与新闻传播学院汉语国际教育专业2017级本科生。
② 黎海情，广东海洋大学文学与新闻传播学院讲师。

状态的出现及持续和形成某种状态。从动词的语义特征角度看，"V＋起来"中动词的语义特征有四种情况：①表位移义，动词具有［＋向上趋向］特征。②表结果义，动词具有［＋聚拢/隐存/使凸起］特征。③表时体义，动词具有［＋动态持续］特征。从形容词的语义特征看，"A＋起来"中的形容词一般都具有量的属性、可变性及状态可持续性。从"V＋起来"与宾语共现时的位置关系看，"V＋起来"与宾语共现主要有五种格式。从教材研究角度看，对于教材中的趋向补语"起来"的分析，现有研究不多。冯华君针对《博雅汉语》中的趋向补语教学设置安排，提出要注重课堂导入的直观性，以及使用对比分析法和提高复现率的教学建议和教材编写建议。[①] 臧杰对《发展汉语》新旧两版进行比较研究，考察了趋向补语的分布情况，并对学习者的偏误重新进行分类。[②] 刘圆媛从语法编排、语法讲解和练习编排三方面对《发展汉语》（第二版）和《博雅汉语》（第二版）进行分析，找出了两部教材中的侧重点和问题。[③]

从汉语本体角度出发研究趋向补语"起来"已较成熟，然而针对这一语法点的教材设置研究及教学设想却较少，且现有教材设置研究及教学设想对学生的认知规律考虑不足。因此，本文以《HSK 标准教程》《新实用汉语》和《发展汉语》三本教材中的趋向补语"起来"为研究对象，将汉语本体研究成果引入教材研究，提出具体的教材编写及教学建议。

一、《HSK 标准教程》《新实用汉语》《发展汉语》教材分析

为对《HSK 标准教程》《新实用汉语》《发展汉语》教材中趋向补语"起来"的设置有更清晰的了解，我们以表格的形式罗列三本教材中的对这一语法点的教学设置，具体如表 1 至表 3 所示：

① 冯华君.《博雅汉语》复合趋向补语教学研究［D］. 昆明：云南大学，2016.
② 臧杰. 趋向补语的对外汉语教学与研究［D］. 锦州：渤海大学，2013.
③ 刘圆媛. 对外汉语教材中的趋向补语研究［D］. 昆明：云南师范大学，2020.

表1 《HSK标准教程》对趋向补语“起来”的教学设置

单元	语法点	语法点示例	意义	词性	句法格式
《HSK标准教程3》第13课	复合趋向补语	坐久了还可以站起来休息一会儿。	位移义	动词	无宾式
《HSK标准教程3》第14课	A把B+V+趋向补语			动词	把+O+V+起来
《HSK标准教程3》第19课	趋向补语的部分引申义	你能记起来我是谁了吗？/你能想起来那是什么时候的事吗？	结果义	动词	V+起来+O
		对不起，我想不起来你的名字了。/我想起来了，她小时候像个男孩子。	结果义	动词	V+起来+O
		这是你做的饭吗？/他今天一句话也没说，看起来有点儿不高兴。	情态义	动词	无宾式
《HSK标准教程4》第15课	起来作趋向补语和可能补语	你这样躺着看书对眼睛不好，快坐起来！/需要长时间坐着工作的人，一个小时左右一定要站起来活动活动。	位移义	动词	无宾式
		我突然想起来得去银行，所以不能陪你去大使馆了。	结果义	动词	V+起来+O
		我想起来了，这孩子又聪明又可爱，你们教育得真好。		动词	V+起来+O
《HSK标准教程5》第5课	“起来”表示分散到集中	地下水流到这里，碰到火成岩挡住了路，就积蓄起来。/渔夫想，这网一收起来，鱼一定可以装满整条船。	结果义	动词	无宾式

（续上表）

单元	语法点	语法点示例	意义	词性	句法格式
	“起来”表示由显露到隐蔽	刘丽知道自己做得不对，躲起来不敢见我。/为了不被坏人抢走，他把壶埋入地下藏了起来。	结果义	动词	无宾式/把+O+V+起来

表2 《新实用汉语（课本）》对趋向补语“起来”的教学设置

单元	语法点	语法点示例	意义	词性	句法格式
第23课	包括“起来”在内的复合趋向补语	休息好了。小云，你帮我站起来……	位移义	动词	无宾式
第36课	“起来”的引申用法	喜欢起古诗来了。	时体义	动词	V+起来+O
		大家都唱起“祝你生日快乐”来了。	时体义	动词	V+起来+O+来
		北京热起来了。	趋向表达的扩散义（可理解为结果义的一种）	形容词	
		快要考试了，他现在忙起来了。	时体义	动词	无宾式
第57课	“起来”作补语表连接、结合或者固定	你不要丢了你拼命建立起来的事业。/那些书是从大学到工作我自己买起来的。/两个班的同学加起来是多少？/大家围起来坐。/我们要团结起来。	结果义	动词	无宾式

（续上表）

单元	语法点	语法点示例	意义	词性	句法格式
		现在想起来，那是学生时代最愉快的时刻了。	结果义	动词	无宾式
	“V”起来作插入语或句子的前一部分，表评估或从某个方面来看的意思	这篇文章读起来会使你非常激动。/看起来这件事他还不知道。	情态义	动词	无宾式

表 3 《发展汉语》对趋向补语“起来”的教学设置

	语法点	语法点示例	意义	词性	句法格式
《发展汉语初级综合 2》第 3 课	包括“起来”在内的复合趋向补语（趋向补语的位置，“把 + O + V + 起来”）	下课了，大家站起来。	位移义	动词	无宾式
		请您把车票拿起来看一下。	位移义	动词	把 + O + V + 起来
	分项解释：“V/A + 起来”（包括“起来”位置教学）	他们大声唱起来。/听了我的话，她笑了起来。/他高兴地唱起歌来。/他急忙查起词典来。	时体义	动词	无宾式/无宾式/V + 起 + O + 来/V + 起 + O + 来
		一回到家就热了起来。	时体义	形容词	

(续上表)

	语法点	语法点示例	意义	词性	句法格式
《发展汉语初级综合1》第13课	“起来”表示分散到集中	请帮我把这些礼物包起来。/经验是一点儿一点儿积累起来。/新修的公路把几个小镇连接起来了。	结果义	动词	把+O+V+起来/无宾式/把+O+V+起来
	“V”起来做插入语或句子的前一部分，表评估或从某个方面来看的意思	铅笔用到短得都快拿不住了，虽然写起来不太舒服，但是能给家里省一点儿钱。	情态义	动词	无宾式

1. 各语义教学顺序设置分析

通过表1至表3我们可了解到，《HSK标准教程》中“V+起来”语义教学顺序为“位移义、结果义、情态义—位移义、结果义”；《新实用汉语》中“V+起来”教学采用“位移义、时体义—结果义、情态义”顺序；《发展汉语》采用“位移义、时体义、时体义—结果义、情态义”顺序。

《HSK标准教程》《新实用汉语》《发展汉语》这三本教材有一个共同的优点，即在教学之初便有意识地使趋向补语“起来”以多个语义出现。由于这三本教材对趋向补语“起来”各语义教学顺序的设置需要考虑学生需要、与课文话题对应等各种因素，因此教材的教学顺序不可能完全按照语义演变顺序走，如在《新实用汉语》和《发展汉语》中，使用频率更高的时体义被放在结果义前进行教学。但我们也发现，三本教材对趋向补语“起来”各语义的教学设置的安排充分考虑了学生的实际需要以及课文话题需要的因素，却忽略了最原本的语义演变顺序，且对存在于同一篇课文中的不同语义的“V+起来”没有进行明确的区分解释。例如，《发展汉语》从“下课了，大家站起来”过渡到“他们大声唱起来”，位移义与时体义之间的联系不够紧密，学生难以理解其中的联系，且不能自如地运用趋向补语“起来”这两种语义的表达。

2. 练习设置分析

练习主要以《HSK 标准教程》《新实用汉语》《发展汉语》这三本教材中的课后练习及语法点后的练习为分析对象。三本教材中对“V/A + 起来”不同引申义的练习设置如表 4 所示：

表 4 《HSK 标准教程》《新实用汉语》《发展汉语》对“V/A + 起来”不同引申义的练习设置

语义	教材	练习设置	备注
位移义	《HSK 标准教程》	根据词语选择对应的图片、朗读短语和句子、选词填空、完成句子	
	《新实用汉语》	熟读下列短语	
	《发展汉语》	对话练习和阅读理解	
结果义	《HSK 标准教程》	用所给词语描述图片、完成句子	
	《新实用汉语》	选词填空	引导学生区分趋向补语“起来”和“开来”
	《发展汉语》	选词填空	通过有“动作使事物由分散到集中”这一义项的词汇的聚合，使学生掌握趋向补语“起来”的搭配组合
时体义	《HSK 标准教程》	选词填空、完成句子	
	《新实用汉语》	熟读下列短语	
	《发展汉语》	选词填空、模仿例子完成句子、根据提示完成对话、情境表达、阅读理解和回忆课文完成短文	

（续上表）

语义	教材	练习设置	备注
情态义	《HSK标准教程》	完成句子、用所给词语描述图片	
	《新实用汉语》		
	《发展汉语》	用合适的动词完成句子、根据情境完成会话练习、用所给的词语和格式造句和完成对话	在“根据情境完成会话练习”中设置了结果义的复习

通过对三本教材中趋向补语“起来”各语义练习的设置罗列，我们可得出以下结论：一是练习量不足。三本教材中出现趋向补语“起来”的地方往往只有1～2道练习题，并未提供足够的练习语境和练习机会。二是各教材在注重对各趋向补语语义区分的同时鲜有对趋向补语“起来”各语义进行区分训练。三是趣味性不足，三本教材的练习中多以控制性练习为主，控制性练习中又以替换练习（包括给出相应替换词语的练习和不给出相应词语来完成句子等练习）为主，学生容易感到枯燥乏味。《新实用汉语》的一大特点是每篇课文都会引入2～3个功能项目，但功能项目与趋向补语“起来”的结合程度不高，学生难以学以致用。

三本教材所采取的复习策略不一、各有优劣。《HSK标准教程》在复习上会注意帮助学生区分新旧语义，如在《HSK标准教程4》第19课中设置“你看见我的钱包放哪儿了啊？（　）”“每个人都对小时候有美好的回忆，（　）”等内容，通过使用“想起来”这个词组来完成句子的练习，可以引导学生注意同形式在不同语境中的不同含义，提高学生对语境和词语引申义判断的敏锐力。《新实用汉语》主要通过在“课文”和“阅读与复述”阶段来复现已出现过的“起来”的语义进行复习。《发展汉语》更为注重精讲多练的原则，通过大量的练习来帮助学生掌握，但教材存在复习不及时的问题。

二、教材编写建议

（一）教学顺序建议

“总体设计就是要根据语言规律、语言学习规律和语言教学规律为全部教学活动设计或选择一种最佳教学方案。”① 因此，语法点的教学顺序也要遵循这三个规律。我们认为趋向补语“起来”各语义最佳教学顺序是“位移义—结果义—时体义—情态义”。从语言规律来看，齐沪扬、曾传禄将“V起来”的语义变化历程描述为“位移义—结果义—时体义—情态义”。② 此教学顺序是符合语义演变顺序的。从语言学习规律来看，人们对事物的认知往往由浅入深、从具体到抽象。我们可以从是否直观可感及确定性因素两个方面判断具体与抽象。位移义是空间维度的位移，起止点明确；位移义隐喻投射到事件上衍生出结果义，起止点明确；空间维度投射到时间维度上衍生出时体义，时体义起点明确、终点未知；描绘客观事物的时体义进一步抽象化以描绘主观感觉、态度，衍生出情态义。从语言教学规律来看，由易到难、循序渐进是教学的不二法则。语法化的过程实际上也是一个使用范围不断扩大的过程。能进入表情态义的“V＋起来”的动词范围比前几个语义更为广泛，用法也更为复杂。从教学可行性角度看，语法点的教学顺序并非教材以及教师教学考虑的唯一因素，但笔者认为针对较难掌握的趋向补语“起来”，教师在学生对趋向补语“起来”各语义有一定接触后，可以按照此顺序辅助学生理解并记忆。

（二）练习设置建议

1. 注意新旧知识的衔接

泛化指旧知识的迁移，分化指对新旧知识的区分。以上述三本教材中出现频率最高的替换练习来看，练习一般为趋向补语“起来”某一语义单一出现，各语义间区分的意识不强。对于位移义的理解，教师只要说清位

---

① 赵金铭. 对外汉语教学概论［M］. 北京：商务印书馆，2004.

② 齐沪扬，曾传禄. “V起来”的语义分化及相关问题［J］. 汉语学习，2009（2）：3－11.

移方向并与其他趋向补语比较，学生一般就能较好地区分并掌握。但随着引申义的引入，当练习所提供语境不足或学生掌握得不够透彻时，学生就容易混淆各语义的用法，从而出现各种偏误。因此，我们应注意增加对各语义的区分练习，如在替换练习等控制性练习中，同时设置几个语境，让学生用趋向补语“起来”进行表达，从而体会趋向补语“起来”不同语义之间的联系和区别。用已掌握的旧知识点来阐释新知识点也是练习的一种好方式。如对于较抽象的时体义和情态义，教师给出句子“通过这次学习，大家开始喜欢古诗了”“我认为这首歌很好听”，让学生转化成“通过这次学习，大家喜欢起古诗来了”“这首歌听起来很好听”等句式。设置趋向补语“起来”多个语义同时出现的语境也有助于帮助区分各语义，如“小明认为这首歌听起来很好听，他一听到这首歌的前奏便记起来这首歌的旋律，站起来跳起了舞来”。

2. 运用语境引导发现式练习

语境分为语言语境和情景语境。语言语境指口语中的前言后语和书面语中的上下文。情景语境则指说话时牵涉的人或物、时间处所、社会环境以及说听双方的辅助性交际工具。① 教材练习的设置可以依赖上下文语境，也可以依赖情景语境。练习的目的也是让学生可以在不同语境中判断、选择、使用正确得体的表达。

从教学实践上看，趋向补语“起来”经历了一个语法化的过程，且这个过程仍在持续。语义演变的持续性导致我们不能把“V/A＋起来”各语义完全切分为一个个义项。即使切分了，在运用中我们仍发现了许多歧义现象。因此，我们认为只有结合语境理论与发现式教学模式，才能引导学生自主建立起稳固的关于趋向补语“起来”的语义、结构、功能使用框架，进而更好地掌握这一语法点。

三、教学建议

1. 运用类义义场教学

类义义场是指成员同属于一个较大的类的语义场。② 类义义场教学指

① 黄伯荣，廖序东．现代汉语：上［M］．增订6版．北京：高等教育出版社，2017：225.
② 黄伯荣，廖序东．现代汉语：上［M］．增订6版．北京：高等教育出版社，2017：238.

在学习趋向补语“起来”前，先教授或帮助学生总结能与趋向补语“起来”搭配的动词和形容词，为学生进行半机械及交际练习提供“脚手架”，有利于引导学生自行搭配组合，提高练习正确率，增强学习积极性。

笔者结合前人观点，总结出能进入“A+起来”结构的形容词可以分为两类：一是情绪类，主要为对未知事物的情绪表达的词语。二是评价类，又可分为正向评价和负向评价。正向评价指让人有“外扩”感觉或表程度加深的词语；负向评价指让人有“内聚”感觉或表程度降低的词语。以《汉语水平词汇与汉字等级大纲》甲级词为例，笔者采用人工筛选的办法，挑选出甲级词中能与趋向补语“起来”搭配的形容词，并以CCL语料库为检验标准，出现频率不小于5的纳入教学范围：大、少、深、多、饿、丰富、高兴、黑、红、好、好看、黄、简单、干净、急、挤、健康、精彩、精神、渴、苦、困难、冷、累、亮、绿、乱、团结、麻烦、满意、慢、忙、努力、暖和、漂亮、清楚、热情、热、容易、认真、舒服、熟、酸、疼、危险、伟大、辛苦、友好、愉快。

《汉语水平词汇与汉字等级大纲》甲级词中能与趋向补语“起来”搭配的动词：擦、参观、查、唱、吃、穿、打、戴、倒、等、点、动、锻炼、饿、发、放、方便、分、复习、负责、改、改变、干、高兴、搞、工作、刮、关心、喝、花、画、回答、活动、换、记、检查、见、数、教育、叫、接、解决、介绍、看、看病、考试、咳嗽、客气、利用、领导、怕、拍、跑、碰、批评、骑、请假、散步、上课、实践、睡觉、算、抬、提、踢、听、推、脱、握手、喜欢、响、写、学习、研究、游泳、运动、找、照顾、照相、走、准备、抽、吹、丢、发展、飞、挂、建设、笑、坐、爬、关、集合、联系、收拾、装。

根据能进入“V/A+起来”中动词、形容词的语义特点，我们可以做以下分类，如表5至表6所示。

表 5　按形容词的语义特点来分

情绪类	评价类		
	正向评价	负向评价	中性评价
高兴、急、麻烦、满意、舒服、熟、酸、疼、愉快	健康、精彩、精神、亮、暖和、热情、热、伟大、大、深、多、丰富、忙、好看、亮、漂亮、认真	少、饿、渴、冷、挤、慢、危险、辛苦	累、乱、苦、困难、黑、红、绿、黄、好、简单、干净、团结、努力、清楚、友好、容易

表 6　按动的语义特点来分

向上趋向	动态持续	聚拢/隐存/使凸起
抽、吹、丢、发展、飞、挂、建设、笑、坐、爬	擦、参观、查、唱、吃、穿、打、戴、倒、等、点、动、锻炼、饿、发、放、分、复习、负责、改、改变、干、高兴、搞、工作、刮、关心、画、回答、活动、换、记、检查、见、数、教育、叫、接、解决、介绍、看、看病、考试、咳嗽、客气、利用、领导、怕、拍、跑、碰、批评、骑、请假、散步、上课、实践、睡觉、算、抬、提、踢、听、推、脱、握手、喜欢、响、写、学习、研究、游泳、运动、找、照顾、照相、走、准备	关、集合、联系、收拾、装

以情绪类词为例，教师可先通过头脑风暴等活动让学生说出自己熟悉的有［＋外扩/内聚］义的情绪类词，并通过给出“一想到明天要交作业，小明就急起来了”等例子，让学生通过模仿自行创设语境，说出包含“A＋起来”结构的表达。这种方式不仅可以让学生注意其中的动词和形容词的语义特点，也可以调动学生自主搭配的积极性。

2. 运用联想策略

联想策略是学生学习新事物的重要策略之一。多义词的各语义无非是从隐喻和转喻两种机制衍生而来的，把握词语之间的隐喻联系，提高隐喻意识，能帮助学生更好地了解并记忆词语的各种含义。抓住隐喻机制的系统性可以帮助学生树立隐喻意识，更好地理解甚至是推断词语的引申义，提高词语记忆效率。

树立对“V/A+起来”这一构式的联想机制主要从两个方面出发，一是从该结构的本义位移义所引申出其他语义的隐喻过程，二是能进入该结构的动词和形容词之间的内在联系。对于从位移义引申出的结果义等其他语义在上文已有详细阐述。对于能进入“V+起来”的动词而言，动词有[+向上趋向]、[+聚拢/隐存/使凸起]和[+动态持续]的语义特征。[+聚拢/隐存/使凸起]语义是由向上趋向的位移义在其他方向引申的结果，[+动态持续]语义是向上趋向位移投射到时间领域的结果。对于“A+起来”中的词语，周卫东认为“A+起来”在空间、时间和数量维度上有所引申，能进入这一结构的形容词也因此带有该维度的语义特征。① 空间维度上，空间自下而上的位移义引申出其他方向的位移义，如外扩和内聚。因此，可进入这一结构的形容词具有[+外扩/内聚]义，如“冷起来”“热起来”。时间维度上，“A+起来”结构中的形容词表示对未知性事物的不确定性的情绪或状态，如“想想自己空虚无望的前途，她不由得苦恼起来”。数量维度上，“A+起来”结构中的形容词有程度的深浅特征，如“繁华起来”“高大起来”。在教学时，教师可以通过讲解词语本义及引申义之间的联系，帮助学生理解词义，提高隐喻能力。

四、练习及教学设计

（一）练习设计

根据以上的理论分析，我们尝试提出教材练习编写设计。丁安琪为我们提供了发现式语法编写的基本格式：呈现语法材料，发现语法规则；机械或半机械的语法操练活动；有意义的交际任务活动。② 语法规则的练习主要从训练形式、意义和功能三个目的出发，为追求练习的高效性，往往

---

① 周卫东.“A起来”组合的选择限制及其认知理据[J].汉语学习，2019(4)：103-112.

② 丁安琪.国别汉语多媒体教材练习设计研究——学生需求分析调查报告[J].国际汉语教育研究，2013(0)：159-166.

这三个目的都要兼顾。以下将结合三本教材中的练习，以旧知识为趋向补语“起来”的位移义、结果义和时体义，新知识为趋向补语“起来”的情态义为例说明展示以语境引导的发现式练习过程：

第一，呈现语法材料，发现语法规则。

练习一：感知语义、推测话语出现情境。

坐久了还可以站起来休息一会儿。

你能记起来我是谁了吗？

大家都唱起“祝你生日快乐”来了。

这是你做的饭吗？看起来很好吃。/他今天一句话也没说，看起来有点儿不高兴。

练习目的：通过材料的提供，让学生根据语境和旧知识推断出趋向补语“起来”的情态义，并推测例句出现语境。

练习说明：①在呈现过程中，要注意传递旧知识的材料与以往提供的材料相区别，以考查学生在新语境下能否熟练判断各语义。②练习要注意新旧知识练习量的比例。旧知识练习的目的是检验巩固，而新知识练习的目的为导入感知。因此，新知识练习量要能满足让学生自主推断出材料中“起来”语义的需求。

第二，机械与半机械的语法操练活动。

练习二：根据上下文用“V＋起来”填空。

铅笔用到短得都快拿不住了，虽然（　　　）不太舒服，但是能给家里省一点儿钱。

一碗鸡汤，上面一层油，（　　　）连热气都没有，可是超过了一百度。

练习目的：让学生进一步体会“V＋起来”的情态义。

练习说明：由于练习一的目的主要是让学生初步感知趋向补语“起

来”的情态义，故设置了通过不充分的上下文语境推测话语可能出现的情境的练习。练习二则提供了充分的上下文语境，且语境的具象性较强，学生可从例句中找出明确的填空依据，教师也可通过提供实物示范、直观图片来引导学生完成练习。如让学生拿着一支非常短的铅笔写字，并问其感受，让学生自主总结出趋向补语“起来”具有评价的功能。

练习三：根据上下文语境填空。

这篇文章（　　）起来会使你非常激动。

（　　）起来这件事他还不知道。

练习目的：引导学生总结表情态义“V + 起来”中动词特点，练习趋向补语“起来”前词语搭配能力。

练习说明：一般来说，机械与半机械练习最枯燥乏味，学生也很容易丧失兴趣。教材编写时应有意将练习与功能项目相结合。《新实用汉语》在前四册的每篇课文中都会安排2 ~3 个功能项目，此处练习既可复习旧的功能项目，进一步提高表达能力，也可以引入新的功能项目。

第三，有意义的交际任务活动。

练习四：教师搜集关于“中西课堂的区别”的资料，并以图片或表演的方式加以呈现，让同学们进行猜测。猜测的同学需要尽可能使用“V + 起来”结构，并填写下表。

中西课堂的区别	
学生	
教师	
教学环境	
……	

练习目的：通过有意义的交际任务，让学生结合生活实际使用“V + 起来”结构，在实际交际活动中有利于发现学生偏误，反馈教学效果，增

强学生实际交际能力。

练习说明：①在练习前教师应进行相应的词汇及语法点复习，为学生的流利表达提供“脚手架”。②练习时，教师应对练习内容有所引导，如从学生、老师和学习环境三方面进行讨论，并提醒学生使用“V＋起来”结构。

练习五：请同学们说说最近遇到的出乎意料的事情，并填写下表。

事件	第一感觉	实际上
写汉字	简单	难
这个西瓜	很红	不甜
……		

练习目的：通过练习，帮助学生将有意义表达与“V＋起来”的情态义表达相结合，提高学生语言交际能力。

练习说明：在练习开始前，教师可以通过教授相应表达来降低练习难度，如：“写汉字说起来简单，写起来难。”“这个西瓜看起来很红，吃起来不甜。”

（二）教学设计

根据以上教学建议，本文以《新实用汉语（课本5）》中第57课《初为人妻》为文本，并结合《汉语水平词汇与汉字等级大纲》甲级词进行结果义的教学设计，如表7所示：

表 7　结果义教学设计

教学对象	初、中级汉语水平留学生		
教学目标	总目标	帮助学生掌握与趋向补语“起来”有关的语音、语义、语法知识，提高相应的听、说、读技能	
	知识目标	语音	掌握“起来”作为趋向补语的轻声表达
		语义	掌握并能根据语境区分趋向补语“起来”的结果义和情态义
		语法	能选择恰当的动词、形容词与趋向补语“起来”形成正确搭配；能较好地运用趋向补语“起来”与宾语同现“V＋起＋O＋来”格式
	技能目标	能运用趋向补语“起来”的结果义与时体义进行流利交际	
教学难点	对趋向补语“起来”与宾语共现时位置的选择		
教学重点	①趋向补语“起来”各语义；②与趋向补语“起来”所搭配的动词语义特征		

教学步骤具体如下：

1. 导入

教师询问：“××，请你想一想，并说说你学生时代什么时候最愉快?”让学生作出回答。教师边板书边重复学生答案“××想起来了，他（她）学生时代最愉快的时刻是……”，根据课文提出问题“本文作者学生时代最快乐是什么时候呢?”让学生根据课文回答。

教师引导学生注意“现在想起来，那是学生时代最愉快的时刻了”。

2. 语法教学

教师帮助学生总结“V＋起来”可以表示动作的结束。

让学生根据课文寻找与课文理解有关的问题答案，并找出课文中出现趋向补语“起来”的句子，如：

那些书是从大学到工作我自己买起来的。

现在想起来，那是学生时代最愉快的时刻了。

你不要丢了你拼命建立起来的事业。

我慢慢从焦急到委屈，终于愤怒起来。

丈夫只是看了我一眼、放下公文包，走进厨房，做起饭来。

教师对前三个例句做适当的情景设置引导，让学生总结它们中动词的特点。如“买起来”是指书本的不断积累，“想起来”是记忆内容的积聚，“建立起来”是将事业比作建筑物，是人们用一砖一瓦搭建起来的。三个例句都是表示事物从无到有，为结果义。通过图片呈现三个动作表示的静态状态，即“书多”“记忆片段的积聚”和“事业的成功”。“买”“想”有事物聚集的语义特征，“建立”有自下而上的语义特征。因此能进入“V+起来”的动词有聚拢、自下而上等语义特征。给出图1和图2，让学生有更直观的感受。

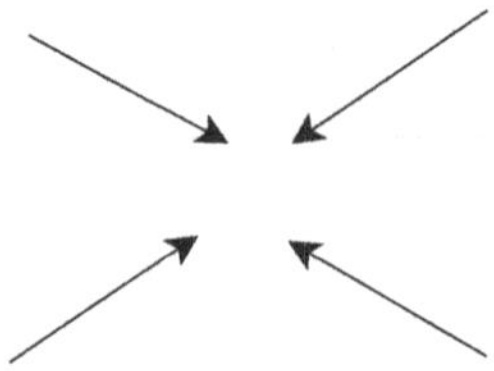

图1

图2

3. 初步练习

展示图1：人们由分散到集合，引导学生使用表达“集合起来”。展示图2：人由躺姿变为坐姿，引导学生使用表达“坐起来”。

让学生通过头脑风暴想出更多具有以上语义特征的动词，并与“起来”进行搭配，设想其出现语境。(示例：关起来、联系起来)

教师总结，表达结果义的“V+起来”结构中的动词一般有聚拢、自下而上等语义特征。

4. 交际练习

交际任务：请同学们说说各自学生时代最愉快的时刻。

练习流程包括知识教学、讲解规则和正式练习。

（1）知识教学。

表达 A：现在想起来，……是我学生时代最愉快的时刻。

表达 B：××想起来了，他（她）学生时代最愉快的时刻是……

（2）讲解规则。

教师随机抽取学生，让学生使用相应数字对应的知识进行表达。第一位学生使用表达 A 进行表达，接下来的学生通过抽签的方式来选择表达方式，抽到数字 1 的学生需要使用表达 A 说出自己学生时代最愉快的时刻，抽到数字 2 的学生需要使用表达 B 说出上一位学生学生时代最愉快的时刻。

（3）正式练习。

练习过程中教师要注意纠正学生发音，如“现在想起来”中的“起来”一般音调较低，可以与表达位移义的“想起来”进行对比。

五、结语

趋向补语“起来”各语义较多，但由于各语义是由基本的位移义通过引申机制衍生而来的，各语义之间有一定的内在联系。教授趋向补语“起来”需要注重对趋向补语各引申义的教学，并结合学生的认知规律安排教学顺序和练习。其中，运用类义义场教学可以帮助学生减少偏误出现，提高学生旧知识迁移效率和学习积极性；培养学生隐喻意识可以帮助学生更好地掌握并理解各引申义间的联系，并根据语境准确判断引申义。本文的练习及教学设计方面注重调动学生的学习积极性和培养学生隐喻意识，希望能为教师在教授趋向补语“起来”这一语法点时提供一些启发。

通用量词“个”“只”的比较分析
——以普通话、粤方言、客家方言为例

罗玉玲① 沈晓梅②

摘　要：运用比较分析和历时与共时相结合的方法，着重分析通用量词“个”“只”在普通话、粤方言、客家方言中历时演变的比较结果，以及共时层面使用范围和语法特征方面的比较结果，得出的结论是：“个”在普通话中的使用范围最广，使用频率最高，而“个”在粤方言中是次通用量词，“个”在客家方言中出现次数则更少。“只”在客家方言中才是通用量词。在未来的发展趋势中，普通话的影响力会越来越大，也许“个”会重新在某些方言中成为通用量词，尤其是在未与普通话产生巨大差异的方言中，如粤方言。运用语言学的知识来对比研究普通话、粤方言、客家方言中通用量词“个”“只”的共性与个性，有助于进一步了解“个”“只”在普通话与南方方言之间的发展规律和发展趋势，且对普通话的教学与普及具有一定的参考价值。

关键词：通用量词；普通话；粤方言；客家方言

与印欧语系语言相比较，现代汉语较为显著的特点之一是具有丰富的量词。在查阅了大量有关现代汉语量词的文献资料后不难发现，汉语量词的研究成果卓著，但与之相比，通用量词的研究则显得较为薄弱。其中，普通话中对于通用量词“个”的研究已经成熟，如从不同角度、不同层面上介绍“个”的使用情况、语法功能、泛化原因等，但对于通用动量词的

---

① 罗玉玲，广东海洋大学文学与新闻传播学院汉语国际教育专业 2017 级本科生。
② 沈晓梅，广东海洋大学文学与新闻传播学院副教授。

研究则相对较少，这是由于动量词数量少、成熟晚的特点所导致的。而对方言中通用名、动量词的研究近几年开始增多，但还未形成体系。虽对通用量词进行比较研究的文章近几年开始增多，但研究成果主要集中在对名量词的研究上，而关于普通话、粤方言、客家方言三者之间通用量词的比较研究则寥寥无几。

本文采用黄伯荣、廖序东编写的《现代汉语》中的七大方言分区的划分法，以普通话、粤方言、客家方言为例，进行通用量词“个”“只”的历史考察和共时平面的系统对比，这样能够加深对通用量词“个”“只”用法多样性和复杂性的认识，完善汉语语法学的理论；有助于我们了解现代汉语通用量词“个”“只”的发展规律和趋势；对在粤方言地区和客家方言地区推广普通话也具有积极意义。希望在前人研究成果的基础上，通过对选题的探索与研究，能够为进一步完善现代汉语通用量词“个”“只”的研究，做出些许贡献。

一、通用量词“个”“只”的历时比较

（一）普通话中“个”“只”的历时演变情况

1. “个”的历时演变情况

“个”在历史上有三种字形，即“个”“個”“箇”，但三种字形并不同源，李建平和张显成以出土文献为新材料佐证，指出“个”本是“介”的变体，产生于先秦，源于其单独义，适用范围很广；“個”则产生于汉代，是后起字；“箇”源于“竹枚”义，产生不晚于汉初，魏晋时期，三者合一，主要使用“箇”。①

先秦两汉时期，量词“个”处于萌芽时期，主要形容无生命的物体，如“诸公卿取弓矢于次中，袒、决、遂，执弓，搢三挟一个，出”（《甲本泰射》）。也可以形容有生命的物体，如“国君七个，遣车七乘；大夫五个，遣车五乘”（《仪礼·檀弓下》）。郑玄注：“个，谓所包遣奠牲体之

① 李建平，张显成. 泛指性量词“枚/个”的兴替及其动因——以出土文献为新材料［J］. 古汉语研究，2009（4）：64-72.

数也。”

魏晋南北朝时期，“个、個、箇”三字合一，主要使用“箇”，量词“个”已经发展为可以用来量人、量物。如“天生男女共一处愿得两个箇成翁妪”（《横吹曲辞·捉搦歌）》，这反映出在唐代以前，量词“个”的适用范围逐渐扩大，使用频率也逐渐提高。

唐代，“个”的使用范围不断地扩大，取代了“枚”的通用地位，可以称量动物、植物、具体物类和抽象事物，包括时间、数目、文字、词语等语言单位，还可以称量人，神，鬼，人或动物的肢体，器官之类，自然景物及处所等①，如“五个小雏离学院”（《全唐诗》）。

经过唐代的飞速发展，“个”的通用特性延续至今。宋元以后，其使用频率进一步增加，《朱子语类》中有5 000多例。到近代白话小说中，按张万起对《水浒传》量词的统计，“个”的使用达到1 463例。② 据孙汝建对“名词、量词配合表”的统计，其中有159个名词可以和“个”相搭配，可搭配名词占该表名词总数的33.94%。由此可见，“个”是普通话中的通用量词。

2. “只”的历时演变情况

先秦时期，“只”和“隻”是两个词。“只”，指事字，用于句末，表示感叹，是语气词；而“隻”才是量词。只不过在现代汉语中，“隻”被简化字形，写作“只”。“隻，形声。从又，持隹，持一隹曰隻，持二隹曰雙。”（《说文解字》）其本义为鸟一枚。作量词最早见于战国时期，能称量成对事物和鸟禽类。量词“只”的衍生用法与“鸟”和“一枚”语义相关。

“只”与“一枚”语义相关：魏晋南北朝以后，“只”具有泛化趋势，称量成对物体的范围扩大，能称量衣物和人体器官等，如“其人与臣一只履”（《洞冥记》）。与此同时，“只”还发生了关键性转变，能称量非成对事物，如“汝取十九只箭折之”（《吐谷浑传》）。唐宋时期，“只”可称量船、首饰、日用器物等单个物体，如“打一只盏”（《朱子语类》）。这是

---

① 王绍新. 量词“个”在唐代前后的发展［J］. 语言教学与研究，1985（4）：98－119.

② 张万起. 量词“枚”的产生与历史演变［J］. 语文研究，2002（1）：213.

因为称量同类型事物在历史演变中可以进行相关扩展。发展到明清时期，大量的日用器物都由“只”来称量，如“随身只有一只皮箱”（《醒世恒言》）。[①] 根据麻爱民的研究显示，原来没有专门量词的事物可以用“只”称量，如“香炉”；新出现的事物在没有专用量词时也可以用“只”作为过渡，如大炮的专用量词未产生前，都是用量词“只”代替的。[②]

“只”与“鸟”语义相关：宋代以前量词“只”一般称量非鸟禽类动物，有较大的局限性。宋代以后量词“只”可以搭配的名词类型发生了变化，可以称量非鸟禽类动物，如“输黄龙一只”（《蛮书》）。元明时期，“只”几乎可以称量所有动物。[③] 在现代，“只”延续古代的用法，且更规范，比如体型较大的家畜“猪”“牛”等，不用“只”，而用专用量词“头”。

（二）粤方言、客家方言中“个”“只”的历时演变情况

根据毛志萍的推测，量词“个”在 19 世纪以前曾经统一过南北方言。[④] 即此前南方方言中的量词“个”“只”的历史发展轨迹与普通话一致。但 19 世纪后具有泛化趋势的“只”取代了“个”。1905 年《粤语全书》中还会用到“个”，如“一个茶壶”，但现在粤方言的表达中，大多用“只”代替“个”，如“一只茶壶”。又如，19 世纪末 20 世纪初，在客家方言地区中，量词“只”除了继承古代汉语中的用法，其使用范围更大了，不仅可以称量人，还能称量抽象名词[⑤]，如“一只心意”“一只办法”“一只字（5 分钟）”等，客家方言几乎能用量词“只”称量在普通话中能用“个”称量的事物。

（三）演变结果比较

普通话、粤方言、客家方言的通用量词和发展轨迹不同。在普通话

---

① 毛志萍．汉语方言名量词研究［D］．武汉：华中师范大学，2019.

② 麻爱民．汉语个体量词的产生与发展［D］．广州：中山大学，2008：137.

③ 毛志萍．汉语方言名量词研究［D］．武汉：华中师范大学，2019.

④ 麻爱民．汉语个体量词的产生与发展［D］．广州：中山大学，2008：137.

⑤ 毛志萍．汉语方言名量词研究［D］．武汉：华中师范大学，2019.

中，“个”在唐朝成为通用量词，并延续至今；而19世纪以后，粤方言和客家方言中“个”被“只”替代。这是由于宋代以后，“个”不断演变，除了作个体量词以外，还作种类量词、语气词。“个”在南方方言中多了许多用法，为避免一字多用，“只”代替其行使大部分量词功能。在粤语中，指示词、助词的“个”还写作“嗰”（表示远指）“嘅”（表示领属），如“嗰本书係哥哥嘅”（那本书是哥哥的）。[①] 结合常海星的研究[②]，得出如下推论：

在先秦时期，表示数量有三种情况：一是“数＋名”，如“一竹竿”；二是“名＋数”，如“竹竿一”；三是“名＋数＋量”，如“竹竿一个”，而第三种情况较为少见。到了魏晋南北朝时期，汉语不断发展，语法结构前置的情况增多，此时，表示数量的方法主要有两种：一是先秦保留下来的用法，“名＋数＋量”；二是语法结构前置的情况，“数＋量＋名”，如“一个竹竿”。第一种语法结构是主谓关系，名词是主语，数量短语是谓语，这种表达语义功能单一，仅能在列举物体时表示数量。第二种语法结构是定中关系，数量短语不仅能表示数量，还能指称，表示修饰，语义功能较为多样。且在第二种语法结构中，当数词为“一”时，数词可以省略。因此在宋代以后，产生了“量＋名”的语法结构，量词“个”演变出了其他语法功能，如《清平山堂话本》中就有“呼个丫头领那尼姑进去”。

在魏晋南北朝时期，南北方言的差别因汉语新旧交替频繁而更加凸显。南方方言虽然语音温柔，但是在词汇的使用上则较北方粗鄙一些，语法方面也不拘泥于古训，发展较快；而北方方言则在词汇和语法上的使用多为古语，较为保守，发展缓慢。根据刘海平的研究[③]，可以得出在魏晋南北朝时期“名＋数＋量”和“数＋量＋名”两种结构上的使用差异，如表1所示：

---

① 张慧英．广州方言词考释（一）［J］．古文，1990（2）：135－143.

② 常海星．“个”在南北方言中的类型学差异及其历时原因［J］．青海师范大学学报（哲学社会科学版），2018（2）：121－124.

③ 刘海平．五、六世纪名量词结构和比较句的南北差异［J］．古汉语研究，2012（1）：66－72.

表1　南北朝时期“名+数+量”结构和“数+量+名”结构及使用差异

		“名+数+量”结构	“数+量+名”结构
南方方言	南朝《周氏冥通记》	3	18
	南朝《世说新语》	18	38
北方方言	北朝《洛阳伽蓝记》	105	21
	北朝《齐民要术》	534	112

由表1可得出，在汉语新旧交替频繁的南北朝时期，南方方言更多地采用了“数+量+名”的结构，这一结构是“量+名”结构产生的前提，也是量词“个”语法化可能性更大的前提。由于量词“只”在魏晋南北朝时期出现泛化情况，能用来过渡许多没有专用量词的名词。因此，在现代汉语共时层面上，以北方方言为基础的普通话中仍然使用量词“个”，而南方方言中的粤方言和客家方言则使用量词“只”来代替一词多义的“个”。

二、通用量词“个”“只”的共时比较

（一）使用范围比较

1．“个”的使用范围

“个”在普通话中使用范围不断扩大，在粤方言中虽常见，但不占主导地位，在客家方言中则很难找到量词“个”的身影。“个”作为量词在普通话中能够搭配的名词有很多，如表2所示：

表2　普通话中“个”的使用

“个”可搭配的名词	例子
人以及人体器官和动物器官	一个小孩、一个胳膊、一个鸭脖
大部分具体的事物名词	一个苹果、一个汉堡包、一个脸盆
抽象事物名词	一个消息、一个安慰、一个招待会
群体类名词	一个民族、一个组织、一个年级

（续上表）

“个”可搭配的名词	例子
时间类名词	一个小时、一个学期、一个季节
空间处所类名词	一个乡村、一个车站
符号形状类名词	一个名字、一个题目、一个号码

由表 2 可见，“个”作为量词在普通话中使用范围非常广。虽然量词“个”是一个中性词，没有专用量词的形象义和色彩义，但它具有表现个体的属性义。因此，量词“个”在普通话中既能称量没有专门量词的名词，又能称量有专门量词的名词，如“一个影子”“一个（只）耳朵”“一个（场）球赛”。①

“个”作为量词在粤方言中的使用也相当普遍，可以说是粤方言中的次通用量词。基本上普通话中能用“个”搭配的名词，在粤方言中也都能用“个”进行搭配。但与普通话相比，粤方言中量词“个”有两种特殊的用法：

第一，表示时间为五分钟时，粤方言会描述为“一个字”。这是因为一般时钟表面有十二个数字，分针每走一个数字就等于五分钟。

第二，量词“个”与普通话中的量词“文”有相同的用法，表示“元、块”，如“一个七”（一块七毛）。

粤方言中的量词还会取其修辞意义扩大称量范围，因此就有了褒贬和雅俗之分。在广州话中称量“人”时，除了量词“个”还有很多其他的量词，适用于不同的场合，对不同层次的人表达不同的情感②。广州话中对部分量词的使用如表 3 所示：

---

① 吕红梅．现代汉语量词“个”的研究［D］．哈尔滨：黑龙江大学，2011．
② 黎纬杰．广州话量词举例［J］．方言，1988（1）：68－74．

表3　广州话中对部分量词的使用

量词	意义/情感色彩	例子
个	中性词	操场嗰度有个人 （操场那里有个人）
只	用于人有贬义	咁大隻人都唔生性 （这么大的人还不懂事）
位	表示尊敬	呢位就喺我最尊敬嘅老师 （这个是我最尊敬的老师）
碌	称量圆柱形而较粗的东西， 用之则是较为粗俗的说法	几碌佬（几个汉子）
粒	同普通话的“粒”，还有“颗”“片” “个”的部分用法，带有俏皮义	三粒人仔（三个小孩）
条	用于人，有轻微贬义	几条友仔（几个家伙）
丁	着重表示数量少	就得几丁友（就只有几个人）
蔸	用于人，有贬义	嗰几蔸有仔(那几个家伙)

而“个”作为量词在客家方言中比较少见，以梅县为例的客家话中，“个”仅仅充当借用量词，如“一屋个人”（全屋是人）。

同样是南方方言，粤方言和客家方言中量词“个”的使用范围差别巨大，粤方言的使用范围和普通话接近，而客家方言中几乎找不到量词“个”的身影。根据上述粤方言和客家方言中历时层面的不同发展轨迹可以解释：粤方言中指示词、助词的“个”还可写作“嗰”“嘅”，从而避免了一字多用造成的混淆现象，量词“个”的语法化功能损耗较小；而客家方言则直接用量词“只”取代了量词“个”。

2. “只”的使用范围

“只”在粤方言和客家方言中被广泛应用，特别是在客家方言中，“只”几乎能称量所有事物，而在普通话中的使用范围则相对较小。在普通话中，“只”作为名量词，主要有以下几种用法，如表4所示：

表 4 “只”在普通话中作为量词的用法

用法	例子
用于计量飞禽以及某些兽类和昆虫	几只飞鸟欢快地翱翔在彩霞前面，得意地鸣叫着
用于计量某些成对的器官或器具中的一个	对岸的楼群在暝色中忽闪着成百上千只小眼睛似的灯火
用于计量某些个体器物	老王拿来一摞饭盒，一只接一只麻利地往里面放饭菜
用于计量船只	翠翠和爷爷就靠着这一只渡船过日子

而“只”在粤方言中是量词中使用范围最广泛的一个，具体使用范围如表 5 所示：

表 5 “只”在粤方言中作为名量词的用法

用法	例子
用于人，有贬义	几只细路（几个小孩）
用于某些成对的东西	一只手套、一只眼
用于动物	一只狗、三只鸡
用于某些器具	一只皮箱、三只碗
用于船	一只船、三只艇
用于歌舞或某些玩具	唱只歌、折只纸飞机
表示种类（多用于货物、原料等）	呢只布几靓嚅（这种布料挺好看的）

从表 4 和表 5 的对比中可以得出，粤方言中的“只”不仅与普通话中的“只”有相同的使用范围，还能用来称量人（带有贬义）和歌舞或某些玩具，量词“只”还能表示种类，如“呢只茶唔错”（这种茶不错）。粤语量词“只”还有普通话中“条、匹、头、块”的部分用法，如“一只大船”“一只猪仔”“一只狗仔”“一只羊”“一只马”“一只手表”。根据陈小明在“名词、量词配合表”（《现代汉语八百词》的附录之一）中的

统计，其中普通话的“只”可以和42个名词搭配，仅占总名词条目的9.5%，而粤方言中的“只”能和116个名词搭配，占总名词条目的26.4%。可见，“只”在粤方言比在普通话中的使用范围大得多。再根据可搭配名词的语义特征来总结粤方言中的“只”与普通话中的“只”，它们在使用范围上存在异同①，具体如表6所示：

表6 “只”在粤方言和普通话中用法的比较

	指人	指物	具体	抽象
粤方言中的“只”	+	+	+	+
普通话中的“只”	–	+	+	–

粤方言中量词“只”和普通话中量词“个”一样，既能称量没有专门量词的名词，又能称量有专门量词的名词，如“鬼影都无只”（一个人影都没有），“一只（块）镜”。

而在客家方言中，“只”是名副其实的通用量词。“只”在客家方言中的使用范围远远超过普通话和粤方言，可以称量人及人体器官、动物、具体物质、日用器具和抽象事物等，相当于普通话“只”“个”“座”“家”“所”“块”“艘”“条”“笔”“颗”“首”“口”“项”“处”“顶”“头”“间”“片”“把”“台”“节”“根”“杆”“件”“支”“套”“面”“扇”等量词。除此以外，一些新兴的或抽象的事物，客家方言都用“只”统一称数，比如“一只仪式”“一只原则”“一只政策”“一只交易”“一只心意”等，与粤方言中的“只”用于称人的情况不同，客家方言中“只”用于称人是中性色彩的，不带感情色彩，无身份地位高低。②

（二）语法特征比较

1. 共同点

普通话、粤方言、客家方言中，量词“个”“只”都具有三个基本语

① 陈小明．粤方言量词研究［M］．沈阳：辽宁大学出版社，2010：93.
② 温美姬．客赣方言通用量词“只”［J］．嘉应学院学报，2014（4）：4－9.

法特征：一是可以和数词或指示代词结合为名词短语，充当语法成分；二是可以重叠，表示“多”或者“每”；三是能单独作语法成分，如“馒头论个，油条论条”。另外，能在数量短语中间加上形容词表修饰，如“一小只萤火虫”。需要注意的是，在客家方言中的“个”只作借用量词，并不具备以上特征。

2. 不同点

普通话中的“个”“只”与粤方言和客家方言中的“个”“只”相比，在语法方面有较大区别。普通话的“个”“只”只能作量词，而粤方言和客家方言中的“个”“只”有三种不同的结构：一是“形＋量＋名”结构，数词“一”省略；二是“名＋动＋量”结构；三是“量＋名”结构。前两种是“个”“只”作量词的用法，第三种“个”“只”充当其他语法功能：“个”能作结构助词、指示代词和语气词；“只”与“个”类似，但不能作语气词。需要注意的是，“个”在客家方言中仅作借用量词，并不存在第一、二种情况。具体如下：

第一，形＋量＋名，如：

粤方言：你将整个模型搬翻屋啦（你将一整个模型搬回家吧）。

客家方言：咁滚壮只牛肯定好好食（这么肥壮的一只牛肯定很好吃）。

第二，粤语动词“冇（无、没有）”和客家话动词“唔（无、没有）”的后面是数＋量＋名结构时，可以将名词放到动词前面，达到强调宾语的效果，且数词为“一”时能省略，构成名＋动＋量结构。如：

粤方言：鬼影无只（一个人也没有）。

客家方言：鸡唔只（一只鸡也没有）。

第三，南方方言中普遍存在“量＋名”结构，转换为普通话时通常需要补充指示代词或数词。在该结构中“个”能作结构助词、指示词和语气词；“只”与“个”类似，但不能作语气词，如客家方言中的“涯个笔”（我的笔）、“个个”（这个）、“你不会做个”（你不会做的）。需要注意，

“个”在粤方言中作结构助词、语气词写作“嘅”，作指示词写作“嗰”，如“嗰细路系小明嘅”（这个小孩是小明的）、“唔紧要嘅”（不要紧的）。

三、结语

从历时发展规律来看，“个”在普通话中是通用量词，而在粤方言和客家方言中“只”则取代了“个”，成为新的通用量词，最终呈现情况如表7所示：

表7 “只”“个”在普通话、粤方言、客家方言中的用法比较

词性	普通话	粤方言	客家方言
通用量词	个	只	只
助词、指示词	的、这/那	个（嘅、嗰）	个
语气词	的、了、么、呢、吧、啊	个（嘅）	个

从共时层面分析而言，“个”在普通话中的使用范围广、使用频率高、语法功能具有多样性。现代甚至出现“个化”的现象。而“个”在粤方言中地位虽不如普通话中高，但是除“只”外其他量词是无法企及的。“个”在客家方言中出现次数很少，“只”是名副其实的通用量词。

由于普通话在全国范围内的大力推行，方言中的量词可能会被其吸收，也可能会消亡。在未来的发展趋势中，普通话的影响力会越来越大，也许“个”会重新在某些方言中成为通用量词，比如粤方言中“个”的用法仍大范围存在，与普通话差异不大。由于时代的发展，人们为了提高语言表达的科学性、准确性和美感，量词的使用也会更加精确，客家方言中“只”或许会被更多的专用量词取代，从而使其使用范围相应减小。

《现代汉语词典》(第7版)形容词释义探析

野欣然[①] 安华林[②]

摘 要:《现代汉语词典》是久享盛誉的一部规范性词典,近年来越来越受到人们的关注。本文通过建立语料库、人工分词、词频统计等手段,对《现代汉语词典》(第7版)中“Z”字母开头的形容词释义进行封闭式考察。文章将释义方式分为对释式、解述式和综合式三大类、十四小类,并对各类释义方式列出明确定义和例句。通过统计分析得出“非限制性描写说明”为最常用的释义方式,其他释义方式做简要解析;在释义用词方面,利用人工分词和词频统计找出释义高频词,通过比对HSK等级大纲得出释义用词在等级的选择上不具有偏向性这一特点;在释义句法方面,统计短语、句子的释义结构数量并归纳出释义模式;最后针对《现代汉语词典》(第7版)形容词释义中的一些不足提出修改建议。

关键词:《现代汉语词典》(第7版);形容词;释义方式;释义用词;释义句法

《现代汉语词典》(以下简称《现汉》)释义研究的深入过程也伴随着各类词性释义的研究,如形容词释义的研究者和研究成果逐渐增多。翁晓玲就《现汉》(第5版)进行形容词释义模式的元语言研究,发现了其释义模式的规律和形容词释义的元语言具有准确性、明了性、模式化的构成

---

① 野欣然,广东海洋大学文学与新闻传播学院汉语国际教育专业2017级本科生。
② 安华林,广东海洋大学文学与新闻传播学院教授。

性规则。[①] 冯文博主要对联合型形容词释义元语言的句法语义结构规则进行了全方位的描写及量化分析探究。[②] 翁晓玲对元语言进行封闭式研究，提出了《现汉》（第5版）形容词释义模式中释义指示语与释义结构存在的一些问题。[③] 刘伟、李树正提出了现代汉语形容词释义因子的概念。[④] 张静在其硕士学位论文中以《学汉语》《教与学》与《现汉》为主体，对外向型、内向型词典的形容词释义做了对比研究。[⑤]

综上，笔者认为在释义用词与释义句法结构模式上还有很大的研究空间。从前人的研究方法来看，基本都是采用封闭性、穷尽性的研究方式，这也为笔者提供了一定的借鉴，有助于本研究更好地进行。

对于研究对象的选择做以下说明：

（1）由于篇幅限制，本文所能研究的内容有限，因此只选取了《现汉》中所占比例适中，具有代表性的“Z”字母开头的部分。

（2）汉语的词类划分在学术界一直是一个“老大难”问题，因此本文选取的语料为《现汉》（第7版）（以下简称《现汉7》）中明确标注为形容词的条目。

（3）本文将释义中单音节或多音节的单个词纳入讨论范围，而在分析句法成分时，因单词释义不存在句法结构而不将其纳入讨论范围。

（4）如果两词连用时并不用标点符号隔开，那么将其视为一个词，若用逗号、顿号、分号隔开，将隔开者分别视作一个词。

本文将关注《现汉7》中以“Z”字母开头的形容词，希望能够对形容词释义方式的类型进行统计，摸索释义方式的使用情况。对释义元语言中的释义用词进行字种、词频统计，以清晰用词情况的合理性，促进汉语

---

① 翁晓玲.《现代汉语词典》形容词释义模式的元语言研究［D］. 武汉：华中师范大学，2006：1－62.

② 冯文博.《现代汉语词典》联合型形容词释义元语言的句法语义规则研究［D］. 石家庄：河北师范大学，2008：1－50.

③ 翁晓玲. 试论形容词释义——以《现代汉语词典》为例［J］. 阜阳师范学院学报（社会科学版），2011（3）：45－48.

④ 刘伟，李树正.《现代汉语词典》形容词释义因子研究［J］. 励耘语言学刊，2017（2）：91－105.

⑤ 张静. 外、内向型词典形容词释义对比研究［D］. 石家庄：河北师范大学，2020.

学习。在句法结构方面则希望通过统计探索出更优的形容词释义模式。最后指出《现汉 7》中形容词释义存在的问题，并提出有益的修订建议。

一、《现汉 7》形容词的释义方式分析

（一）形容词的释义方式类型

符淮青、李尔钢等是细化形容词释义方式的代表学者，他们分别提出了不同的分类方式体系，而笔者认为这些分类各有偏重，不能完全把释义都分归各类。

因此，笔者在前人的理论基础上将形容词释义方式分为三大类——对释式、解述式、综合式。其中前两类又可以分为六类：

1. 同义对释

顾名思义，就是用同义词语对被释词进行解释，通过释文与被释词意思相近而达到释义目的和效果。例如：

【茁实】〈方〉壮实（1730）①

2. 反义对释

与同义对释相反，反义对释即采用反义词语对被释词进行解释，通过释文与被释词意思相反而达到释义目的和效果。常以“非”“不”作为反义标识。例如：

【窄】③（生活）不宽裕（1643）

3. “同义 + 反义”释义

有时，一条释文中会同时出现同义释义和反义释义两种。通过两种释义的加和而达到释义目的和效果。例如：

【正牌】（～儿）属性词。正规的；非冒牌的（1672）

4. 语素分解

这种释义方式指对形容词的每个语素分别进行释义分析，语素与被释词关系密切。例如：

【周密】周到而细密（1704）

---

① 例句末尾括号内数字为其在《现汉 7》中的页码，下同。

5. 直接指示

直接指示是运用指示词语直接指出某事物所具有的性状以及特征。常见的指示词语有“指……”“……的样子”“形容……样子”“形容……”“也作……”“也说……”① 等。

6. 描写说明

直接用常见概念对一些术语进行解释的方式，释义可以是短语，也可以是句子。

（二）形容词的释义方式统计与分析

由于释义方式是针对被释词的释义条目而言的，因此我们不立足于释语，而是针对释文来分辨和统计释义方式的情况。统计并分析语料库后，形容词释义方式的情况如表 1 所示：

表 1　释义方式数量及占比统计表

释义方式		数量（个）	占全部释文比例（%）	是否限制性	数量（个）	占全部释文比例（%）
对释式	同义对释	71	17.07	限制性	13	3.13
				非限制性	58	13.94
	反义对释	6	1.44	限制性	2	0.48
				非限制性	4	0.96
	“同义 + 反义”释义	5	1.20	限制性	1	0.24
				非限制性	4	0.96
	语素分解	64	15.38	限制性	10	2.40
				非限制性	54	12.98

① 王楠. 用语不同，作用有别：谈《现代汉语词典》释义中的“也作”“也叫”“也说”[J]. 中国语文，2004 (1)：60.

（续上表）

释义方式		数量（个）	占全部释文比例（%）	是否限制性	数量（个）	占全部释文比例（%）
解述式	直接指示	49	11.78	限制性	3	0.72
				非限制性	46	11.06
	描写说明	188	45.19	限制性	35	8.41
				非限制性	153	36.78
综合式		33	7.93	限制性	5	1.20
				非限制性	28	6.73
合计					416	100

由表1可知，《现汉7》“Z”字母开头的形容词释义方式里，对释式中的同义对释占优势，解述式中的描写说明占优势。最常用的释义方式是非限制性描写说明式。另外，还发现每一种释义方式中非限制性的释义数量均大于限制性释义的数量。使用同义对释的释文也很多，达到了71条，占所有释文的17.07%。

二、《现汉7》形容词释义用词及释义句法的情况分析

在本文中，笔者将释义单位分为三级：单词、短语、句子（语篇）。根据《现代汉语》的方法，可以使用插入法、扩展法等方法来区分单词和短语①；同时，用四种方式来判定句子（语篇），后文详述。根据语料库，各释语的单位类型及占比情况如表2所示：

表2　释语单位类型及占比统计表

类型	数量（个）	占总释语比例（%）
单词释义	145	27.41
短语释义	310	58.60

① 黄伯荣，廖序东．现代汉语：上册［M］．增订6版．北京：高等教育出版社，2011：203.

（续上表）

类型	数量（个）	占总释语比例（%）
句子释义	74	13.99

（一）《现汉7》形容词的释义用词统计与分析

我们利用人工分词和计算机的词频统计得出，《现汉7》“Z”字母开头的形容词释义共使用了822个字种，984个词种。可以按照自定义的分界数对词语划分出五个区间，分别对应词语使用频率的五个等级，如表3所示：

表3　释义词数量及占比统计表

	使用频率（次）	数量（个）	比例（%）
高频词	$n \geqslant 35$	5	0.51
次高频词	$25 \leqslant n < 35$	3	0.30
中频词	$15 \leqslant n < 25$	6	0.61
次低频词	$5 \leqslant n < 15$	54	5.49
低频词	$n < 5$	916	93.09
合计		984	100

根据表3可知，大多数词语的使用频率少于15次。同时《现汉7》形容词释义中，词频较高的词所属等级有高有低，甚至会出现大纲中未标记等级的超纲词语，如“属性词”。低频词占比最多，而其中又有许多生僻词和专有词。从以上对高频词与低频词的分析来看，在词语等级上《现汉7》并没有特别的倾向性，没有特地兼顾汉语初级学者，收词、用词较为专业。可见《现汉7》相对于《商务馆学汉语词典》等外向型词典而言，其在释义用词的频次分布与难度等级分布上均存在差异。①

① 唐玉兰.《商务馆学汉语词典》与《现代汉语词典》形容词释义的对比研究［D］. 上海：上海外国语大学，2016：51.

（二）《现汉 7》形容词的释义句法分析

1．短语的释义句法结构类型

根据统计，短语释义有 310 条。我们曾在前文对释义单位进行了划分和分类，在这里，我们将短语进行简单分类，分为一层短语和多层短语，一层短语即只有一层结构，多层短语是由简单短语扩展而成的，分析多层短语就是揭示其逐层组合的一个过程。①

表 4　一层短语结构类型分析表

结构类型	释义次数	所占比例 A	所占比例 B
联合型	61	32.11%	11.53%
偏正型	29	15.26%	5.48%
主谓型	20	10.53%	3.78%
述宾型	7	3.68%	1.32%
述补型	5	2.63%	0.95%
介词结构	2	1.05%	0.38%
兼语结构	1	0.53%	0.19%
的字结构	65	34.21%	12.29%
合计	190	100%	35.92%

注：所占比例 A 表示释义次数占总计的百分比；所占比例 B 表示释义次数占所有释语的百分比。

表 5　多层短语结构类型分析表

结构类型	释义次数	所占比例 A	所占比例 B
联合型 + X	25	20.83%	4.73%
偏正型 + X	26	21.67%	4.91%
主谓型 + X	26	21.67%	4.91%

① 谢永玲．多层短语教学的几点体会［J］．北京印刷学院学报，1999（1）：59 – 61．

（续上表）

结构类型	释义次数	所占比例 A	所占比例 B
述宾型 + X	15	12.50%	2.84%
述补型 + X	6	5.00%	1.13%
介词结构 + X	0	0	0
兼语结构 + X	3	2.50%	0.57%
的字结构 + X	19	15.83%	3.60%
合计	120	100%	22.69%

注：所占比例 A 表示释义次数占总计的百分比；所占比例 B 表示释义次数占所有释语的百分比。

从表4、表5我们可以发现，一层短语和多层短语中“联合型”释义类型都具有一定优势地位。并且“介词结构（+X）”和“兼语结构（+X）”的短语数量相较于其他结构类型明显更少，也侧面反映了这两类并非是最优的短语释义类型。

2. 短语的释义句法模式归纳

由于任何词典都应是一个有机的整体，都应具有宏观与微观结构的系统性。① 因此，笔者认为词典也应尽量追求释义结构上的统一，我们结合不同短语中最具数量优势者，探测短语释义更优的句法模式。

（1）联合型。

联合型结构的释义类型，除了两部分直接相连之外，还常常会出现使用连词连接的情况②，形容词的释义中大多数也是形容词，在连接两个形容词类别时，更偏向于用“而”。③ 因此为了更容易从结构上识别结构类型，在形容词释义联合型模式中，应该首选“而”。

① 王绍峰．以若干词例谈《汉语大词典》宏观系统的疏失［J］．阜阳师范学院学报（社会科学版），2002（1）：14－15，18.

② 邹哲承．联合结构的标记类型及其作用［J］．山西师大学报（社会科学版），2002（1）：107－111.

③ 彭小川，李守纪，王红．对外汉语教学语法释疑201例［M］．北京：商务印书馆，2005：254.

（2）偏正型。

偏正型结构主要包括定语—中心语（以下简称“定中”）结构、状语—中心语（以下简称“状中”）结构等。其中，出现次数最多的是状中型中的“副词+形容词”，因此偏正型结构的释义模式应首选此类。

（3）主谓型。

主谓型结构是由主语和谓语构成的，统计表明在所有释义结构中出现更多的是形容词作谓语的模式。因此，在主谓型释义时应该首选具有优势地位的“名词+形容词”的释义模式。

（4）述宾型。

述宾动词的宾语主要为名词或者名词性结构，又因为述宾型在结构内部和结构外部都推陈出新，这样的结构也比较容易理解和接受。[①] 所以，述宾型的结构模式最好应为“动词+名词/名词性短语”。

（5）述补型。

述补型是由述语和补充语组成的，在所统计的内容中，出现最多的且结构最鲜明的是“动词+介词（于）+名词性短语”的释义模式。因此在进行形容词释义时，述补型释义模式应首选这种。

（6）介词结构和兼语结构。

因统计的容量有限，且统计的介词结构和兼语结构也分别只出现了2次和4次，为防止偏颇，我们不对其做讨论。

（7）的字结构。

这种结构在释义中出现较多，是形容词释义的特色之一，在语料库中的字结构的主语常常由名词充当，谓语常常由形容词充当，出现在属性词的释义中。可见，这种“名词+形容词+的”的释义模式是占据优势地位的。

3. 句子的释义句法结构类型及模式归纳

本文把句子和语篇放在一起讨论，都视作“句子”。因词典体例的特殊性，我们采取与其他语法单位相区别的方式确定句子：有完整的主谓宾

---

① 蔡雯清. 现代汉语“述宾式动词+宾语”结构流行原因分析［J］. 北京工业职业技术学院学报，2018（3）：113－117.

结构的（A）；两个部分中间有关联词的（B）；用“形容……”“指……”等固定模式释义的（C）；在一条释语中有多个句号的（D）。若一个句子符合两种判定标准的，则选择最突出的一种标准为依据进行分类。

根据数据库可以统计句子的释义句法结构类型如表6所示：

表6　句子的释义句法结构类型表

释义类型	数量	占比A	占比B
有完整主谓宾	6	8.11%	1.13%
有关联词	8	10.81%	1.51%
有固定模式	59	79.73%	11.15%
有多个句号	1	1.35%	0.19%
合计	74	100%	13.98%

注：占比A表示释义次数占总计的百分比；占比B表示释义次数占所有释语的百分比。

可以看出，其中出现最多的是“形容……”，因为“形容”可指的内容广泛，可以用于表现词义侧重、词义范围差别和所指对象的区别[①]，能够适应各种形容词的句子释义模式。因此如果用句子进行释义，应该优先考虑“形容……”作为模式标记词。

三、形容词释义的不足及改进意见

1. 不足

第一，虽然《现汉》并不是外向型词典，但是释义用词的高频词较少，低频词过多，低频词的词语难度等级也较高。这一点不仅不利于外国学者使用，也不利于汉语初级学者使用。

第二，标点符号不统一。如“正”“正义”“至爱”三个词语的释义均为两个“的字结构”的联合式，且意义上都是可以视为相对独立、不互为成分的，然而中间所使用的符号却有冒号、顿号、逗号。

---

① 蔡仲凯.《中华》三项式形容词释义指示语模糊性研究［J］.牡丹江教育学院学报，2014(9)：20，59.

第三，指示词标记格式前后不统一。“形容……”“形容……的样子”与“……的样子”标记格式不统一。例如：

【直溜】（~儿）形容笔直（1681）

【直溜溜】（~的）状态词。形容笔直的样子（1681）

两词释义中的“笔直”用词相同，但释义的标记词不一致，有违词典的系统性。

2. 改进意见

第一，可以降低释义词语的难度，在尽可能的程度上，增加常用词和难度等级较低的词。尽管不考虑外国学者的学习需求，但也需要向大众降低学习词典的门槛，使词典的使用更加普遍，成为全民通用的工具书。

第二，在释文结构相同的情况下，尽量保证标点符号的统一性。这样不至于前后不相符，在研究词典时可以降低划分释语的难度。

第三，词典内部的收词、例证、注音、释义都应当前后照应，遵守词典的统一性。[①] 在上面我们提出“形容……”和“形容……的样子”存在混用的现象。笔者建议，当标记词所标记的是单音节词时，最好不选用“形容”类释义格式，如果在以上二者中选择时，更偏向于选用“形容……”。[②] 如果是标记双音节词或短语，“形容……”标记形容词性、副词性的内容，“形容……的样子”标记主谓结构的内容。

四、结语

本文选取《现汉7》中“Z”字母开头的形容词，通过利用人工建立语料库、计算机统计等功能，对所研究的内容进行数据统计和分析。主要进行释义方式、释义用词情况和释义句法方面的探析，在统计分析的过程中，发现《现汉7》在释义用词的难度等级、标点符号的统一性、指示标记词的统一性上存在问题并提出了改进建议，希望为《现汉7》的修缮贡献绵薄之力。

---

① 杨宗义. 语文词典统一性的几个问题［J］. 辞书研究，1983（3）：60－69.

② 安华林.《新华字典》“形容”类释义格式的调查与分析——兼谈语文辞书释义元句法研究［J］. 辞书研究，2011（1）：117－128.

“好（不）+双音节词”语义差异原因探析

范茵怡[①]　李玉晶[②]

摘　要：本文利用BCC、CCL语料库，并以其他文献资料作为补充，结合笔者个人经验，首先分析了“好（不）+双音节词”与“很（不）+双音节词”的语义差异，既可有肯定意义，也可有否定意义，还可有肯定和否定双重语义。其次，尝试从语义、语用、语法、词频、结构和其他词的影响六个方面进行阐述，分别对“好+双音节词”与“好不+双音节词”双重语义出现的原因进行了探讨：一是褒贬义的变化，二是“好（不）”双音节语法化，三是双音节词语使用的不同。在该部分，对该结构中的双音节词进行了列举和分类，讨论了个别词组的否定意义是受“毫不”的影响，认为“不”是否为羡余成分是导致语义差异的主要原因，也研讨了某些理论的不合理性。最后，讨论了该结构对语言学习的影响。

关键词：“好（不）+双音节词”；双音节词；语用；语法；羡余

“好（不）+双音节词”是社会惯用语，正是由于其语义的两面性，该结构也一直是语言学界研究的话题，最早的研究可追溯至20世纪80年代。目前，以下问题已经解决：对“好（不）+双音节词”的特殊语义与结构的解释与用法，所列举的绝大多数文献都有。在对“好不+双音节词”语义和语用方面的论证分析上，沈家煊的“道义词”和周明强对三类

① 范茵怡，广东海洋大学文学与新闻传播学院汉语言文学专业2017级本科生。
② 李玉晶，广东海洋大学文学与新闻传播学院讲师。

“AP”的分类，两者都是对“好不＋双音节词”中“双音节词”的分类。在对“不”是否是羡余成分的分析上，“好不＋双音节词”否定意义与肯定意义的出现时间，主要是孟庆章的《“好不”肯定式出现时间新证》①、袁宾的《明代成化本词话语词考释》②、何金松的《释出》③。在对“好不”双音节语法化的分析上，沈家煊在《“好不”不对称用法的语义和语用解释》④ 中说明“好不”与“好”具有相同的陈述性。在“不＋双音节词”与双音节词单独使用褒贬义的变化方面，伍海燕等在《“不＋反义形容词”构成的不对称现象探析》⑤ 里对双音节词反面意义角度的分类。在说明“好容易”与“好不容易”语义相同的原因方面，袁静在《“好容易”与“好不容易”用法探析》⑥ 中分析“羡余否定现象”与“空缺否定”现象。在对“好”与“好不”的使用频率的比较方面，巫洁的《程度副词“好”“好不”从清代末期至今的几个变化》⑦ 做了详细的数据统计。

在对“好（不）＋双音节词语义差异”的语义与原因分析上，结构框架内部（即词组的全面性）处于尚未完善的阶段，同时，该原因往往涉及结构、语义、语用、词频等多个方面，因此，要对该结构非常规语义进行分析，就必须在理论上有新的突破，进行实例的考察与理论的分析，研究新观点新方法，前人已对其中部分原因作出猜想、说明与论证。在此前提下，本文旨在对理论整合方面提供有关方面的参考，尽微薄之力。本文整合 CCL 与 BCC 的相关语料，同时结合相关文献资料作为本文的研究依据，采用了以下方法：

（1）文献分析法。分析文献中的实例与观点。例如，沈家煊提出了“好不”形式的固定是一个双音节语法化的过程，本文用“好不邋遢”的

---

① 孟庆章．“好不”肯定式出现时间新证［J］．中国语文，1996（2）：160－161.

② 袁宾．明代成化本词话语词考释［J］．镇江师专学报（社会科学版），1987（1）：37－41.

③ 何金松．释出［J］．中南民族大学学报（人文社会科学版），1990（3）：121－130.

④ 沈家煊．“好不”不对称用法的语义和语用解释［J］．中国语文，1984（4）：262－265.

⑤ 伍海燕，张瑜，刘雪芹．“不＋反义形容词”构成的不对称现象探析［J］．文教资料，2013（20）：26－27.

⑥ 袁静．“好容易”与“好不容易”用法探析［J］．哈尔滨学院学报，2019（1）：108－111.

⑦ 巫洁．程度副词“好”“好不”从清代末期至今的几个变化［J］．淮海工学院学报（人文社会科学版），2019（17）：1－4.

例子进行分析阐明。

（2）分析比较法。对比阐明文献中的观点差别。例如，吕叔湘提出“道义词”与“好不”相矛盾[1]，但巫洁认为由于南方方言和影视的影响，“好不”后可加双音节词的范围扩大，“好不”后也可加“道义词”。

（3）因果分析法。注意到其真正的内因，而不是似是而非的辩证关系。例如，邢福义指出用“好”的主观性更强，但并没有指出该结构语义差异形成的客观原因，笔者从多角度提出了三个方面的原因。

（4）数据统计法。从 CCL、BCC 语料库中筛选提取相关词组的数据，并计算总数目。

一、“好（不）＋双音节词”的语义差异分析

在日常语言的使用中，“好（不）＋双音节词”结构出现的频率高，从结构上来说，其与“很（不）＋双音节词”的结构相同，之所以要单独分析“好（不）＋词”这种结构，原因在于“好”和“很”的差别。

一般认为，“好”和“很”都表示程度高，只是“好”更口语化、生活化。但是二者的语义差别并不仅在于此。例如[2]：

（1）然而在这些旅游胜地，旺季时游客很容易“扎堆儿”，大家赶在同一时间去。

（2）他们等了漫长的八年，好容易“天亮”了。（《人民日报》，1956－09－23）

（3）他们说：“水稻苗期长得好容易，后期能保持这样的苗势，可就不容易了。看来‘控’是个问题。”（《福建日报》，1980－10－06）

（4）延安整风的方法，初看起来很不“痛快”，不“彻底”，不“过瘾”。（《人民日报》，1982－08－24）

（5）今天说县城太远，借不到自行车；明天说事情太忙……弄得秀云好不痛快。（《人民日报》，1981－10－21）

---

① 吕叔湘．语文杂记［M］．上海：上海教育出版社，1984：75.

② 未标注来源的全部来自《人民日报》（海外版）。

(6) 他们在小溪里玩得好不痛快。(《人民日报》，1995-05-07)

(7) 我觉得空中有一双眼睛在俯视自己，好不自在。(毕淑敏《看家护院》)

(8) 你要是当上了总裁，想要什么都有，好不自在。(格非《江南三部曲》)

(9) 年轻的海归，忙着交换名片，结交朋友，好不热闹。

(10) 于是乎，大家互相介绍自己，好不热闹。

从上面的例句可以看出，(1)(3)句的“很容易”与“好容易”意义相同；(2)句的“好容易”意义与其相反；(4)(5)句的“很”与“好”意义相同；(6)句的“好不痛快”与其相反；(7)(8)句的“好不自在”的意思正好相反；(9)(10)句的“好不热闹”只有“很热闹”的用法。

通过大量的语料检索发现，不看上下文语境，“很+双音节词”的结构只有肯定的意义，“很不+双音节词”的结构只有否定的意义，“很”和“不”两个词都在结构中表达了其本身的含义，而“好+双音节词”却不一致，除了一般的肯定用法，“好容易”有“很不容易”的意思，“好不+双音节词”的意思也有所不同，既有肯定意义也有否定意义。这就是笔者所要研究的语义差异。

二、“好(不)+双音节词”语义差异出现的原因

邢福义指出，“‘好×’有很强的咏叹情味。在述说事实的场合，如果述说者用的是‘很×’，那么便是重在对事情作纯客观的反映；如果叙述者用的是‘好×’，那么，便带上明显的主观情绪”①。这是由于“好”字本身语义的不同，也就导致“好(不)”的使用更加取决于叙述者的意愿，但是，在很多场合，叙述者都将该结构当作反语使用，这并不能只是用主观者的意愿来解释，这就是笔者研究该结构的原因。

① 邢福义. 南味“好”字句[J]. 华中师范大学学报(哲学社会科学版)，1995(1)：78-85.

（一）“好＋双音节词”语义差异出现的原因

上文已经提到，“好容易”有双重意义，但是“好＋双音节词”在大多情况下表肯定，除非说话人在用反语，这和“很＋双音节词”的用法相同，所以并不构成固定格式。故本文只分析“好容易”出现否定意义的原因。

袁静认为，“好”字带有咏叹意味，表示感叹语气，有程度高的意思，但是“容易”表示做事情不费劲，是一种相对折中的表达，这样组合在一起的语气与整体肯定语义不太相符①，人们在使用的过程中意识到了这种不合理的语气，也意识到了“不容易”的语义用得更为广泛，在此基础上，在“好”和“容易”之间加上“不”，这就是只有否定意义的“好不容易”的由来，要更强烈地表达，那就在后面再加上一个“才”，这就是这个意义最完整的表达，例如：

（1）董小宛好不容易才争取到这一步，眼看就要进城，怎肯轻易返回？（刘斯奋《白门柳》）

（2）她觉得昏昏欲睡，好不容易才保持清醒，脑袋不时点几下。（莱蒙特《农民们》）

从这两个例句我们可以看到，“好不容易才”是表示主体已经做了的事情，更强烈地表达了说话主体的意志，如果换成“好难得”，虽也有相近的意思，但有不同的效果。

语言一直在发展，这个结构也在变化。尽管已经发展到非常完整的结构，但是人毕竟是主观性的。由于“好容易”结构已经发生了语义的转变，有了与“好不容易才”相同的语义，人们逐渐省略“不”和“才”的用字，这符合格莱斯会话含义理论的“量的准则”，就是所说的话不应有不需要的信息，所以也就有了该意义更简略的表达：好容易。

① 袁静．“好容易”与“好不容易”用法探析［J］．哈尔滨学院学报，2019（1）：108－111．

（二）“好不＋双音节词”语义差异出现的原因

1. 褒贬义的变化

“不＋双音节词”，如不尴尬、不邋遢、不虚伪、不冷漠、不倒霉、不妖艳、不憔悴、不热闹、不繁华。这些“不＋双音节词”的词性和单独的双音节词比较有了变化：“邋遢”变成“不邋遢”，但又不是干净，贬义词变成中性词；“虚伪”变成“不虚伪”，但又不是真诚，贬义词变为中性词。多了一个“不”字，这些词语带喜爱或厌恶的感情色彩已经消失，相对冷静客观。而“不应该”“不习惯”“不对劲”“不讲理”则带有“不喜欢”“厌恶”“不符合心理预期”的色彩意义。

从上面的分析可简单得出结论：“不＋双音节词”词性为中性或不带感情色彩时，整个“好不＋双音节词”的语义是肯定的；“不＋双音节词”词性为贬义或带有消极色彩时，整个“好不＋双音节词”的语义是否定的。显然这也是不全面的。因为上文早就提到“好不＋双音节词”还有一个要根据上下文来确定的语义。

2. “好不”双音节语法化

前文已经指出，有些双音节词前加“不”的用法并不常见，“不”和它们的关系不紧密，那在这些“好不＋双音节词”的结构中，“好”和“不”的关系是否如同“不”和“双音节词”一样，也是不紧密的？

沈家煊指出，“好不”形式的固定是一个语法化的过程，也就是人们在使用的过程中逐渐变成语法的过程。以下是一个用“好不邋遢”的语境：

甲：你好邋遢呀。

乙：我哪儿邋遢啦？

甲：你身上的西装三个月没洗了吧？真是好不邋遢呀！

从这个语境可以看出，“好邋遢”和“好不邋遢”表达相同意义，但不同的是，“好不邋遢”比“好邋遢”有更强的讽刺意味。甲本来说的是“好＋邋遢”，这是一个“好”的语用，即“陈述＋讽刺”，后来又说

"好+不邋遢"，但其本意并不是说"不邋遢"，所以"不邋遢"是一个反语，"好+不邋遢"就是一个"引述+反语"的结构，在实际的场景中，人们不会同时使用"好邋遢"和"好不邋遢"，当要表达更强的讽刺意义时，人们会直接使用"好不邋遢"，这样"好"和"不"的联系就变得紧密了起来，结合成"好不"，"好不"就具有了和"好"相同的陈述性，"不"的否定意义就没有了，学界把某些含有否定成分但其真实条件和语义内容并不具有真正的否定性质的结构形式称为羡余否定。① 羡余否定的例子还有其他，比如"差点"和"差点没"，这里的"没"就是羡余成分，不起否定作用，朱德熙指出，说话的人是为了强调"差点"后的事情没发生，所以加上一个"没"。②

试着用这种理论解释"好不热闹"和"好热闹"：说话的人是为了强调相当热闹，所以加上一个"不"字，这并不是随机的，因为"好不+双音节词"的结构早已存在，只有否定这一种语义，肯定的语义是后来才出现的。有资料可以证明：孟庆章用宋词来证明该结构的否定语义最早出现在唐宋末年③，袁宾认为该结构表达肯定的意义出现在明代④，何金松推断它表达肯定的意义在元代的口语交际中就已经出现。⑤ 无论时间是在明代还是元代，该构式肯定意义的出现比否定意义的出现要晚得多。总之，我们可以合理推断：人们已经习惯了在"好"的后面加上"不"这种用法，当要表达肯定的意义时，其他的字都不习惯，所以也就继续沿用，这就使某些"好不+双音节词"的词组拥有了肯定的语义，因此，"不"这个羡余成分的出现，不是随机，也不是偶然的，而是因为"好不+双音节词"构式本来就存在。"不"是否是羡余成分，也就决定着该构式是肯定还是否定意义。相比之下，我们认为"不"是否为羡余成分是导致语义差异的主要原因。

从"好不+双音节词"的使用情况来看，大多数"不+双音节词"在

---

① 张谊生．现代汉语副词探索［M］．上海：学林出版社，2014：213.

② 吕叔湘，朱德熙．语法修辞讲话［M］．北京：中国青年出版社，1979：36－37.

③ 孟庆章．"好不"肯定式出现时间新证［J］．中国语文，1996（2）：160.

④ 袁宾．明代成化本词话语词考释［J］．镇江师专学报（社会科学版），1987（1）：37－41.

⑤ 何金松．释出［J］．中南民族学院学报（哲学社会科学版），1990（3）：121－125.

词性为中性或不带感情色彩时，其语义就是肯定的，“好不”形成的过程很可能首先发生在这些“不+双音节词”结构里的“双音节词”，在“好不”形成后，再扩展到其他词。“好不+双音节词”的语义差异就体现在“好不”一词陈述性的扩展与否上。

3. 双音节词语用的不同

双音节词对整个结构的语义有至关重要的影响。沈家煊发现，“好不+贬义词”通常表示肯定意，而“好不+褒义词”就要复杂得多。① 周明强对词类做出了更细致的划分，把“好（不）AP”结构中的AP（表示双音节词或双音节词性的动词）分为AP1（消极词）、AP2（积极词）、AP3（多为积极词，且前可加“好”表示肯定与“好不”表示否定）。② AP1的消极词是指形容不良的心理活动的词及有贬义之词，AP2的积极词囊括了“道义词”，后面的AP3有三类词，如高兴、自在、开心是表示心情愉悦的一类，客气、听话是表示对他人行为评价的一类，容易、顺利是表示对客观情况判断和评价的一类。

本文认为周明强的分类是语义的分类，而且对AP3的举例和说明有些自相矛盾。例如，举的例子中有“客气”，他认为“好不AP3”都能理解成“好AP3”。显然，“好不客气”是很难理解成“好客气”的，同样的还有“好不负责”“好不安心”等，所以笔者不认可这种分类方法，并且认为要从语用这方面着手才比较合适。

有些双音节词前加“不”的用法并不常见，“不”和“双音节词”的关系不紧密，用起来语言不流畅，如不尴尬、不邋遢、不虚伪、不冷漠、不倒霉、不妖艳、不憔悴、不热闹、不繁华等，通常用的都是这些双音节词，或在前面加“好”，或直接用它们的反义词，如颓废、自然、干净、真诚、温暖、走运、清纯、精神、冷清等。有些双音节词加“不”的用法非常常见，关系非常紧密，但很少或不能在前加“好”的用法，这里的“很少”是相对来说。除了沈家煊说的道义词，还有习惯、经济、上算、景气、牢靠、稳重、保险、负责、对劲、客气、舒服、像话等词（“像话”

---

① 沈家煊. 不对称与标记论［M］. 南昌：江西教育出版社，1999：79.

② 周明强. 论“好不AP”“好AP”中的AP［J］. 汉语学习，1998（1）：27-31.

后加“吗”也很常见，是反语）。在BCC语料库中，“不对劲”的条数是585条，“好对劲”没有条数；“不牢靠”的条数有288条，“好牢靠”没有条数；“好负责”的条数是12条，“不负责”的条数是635条（都删减了带“任”的条数）。还有一类双音节词前加“不”或加“好”的用法出现的频率也不均衡，但因这些词“好不+双音节”的结构中有双重意义而归为一类。

由此，笔者尝试在沈家煊和周明强分类的基础上，归类出“好不+双音节词”中的“双音节词”。此类词主要有以下三类：一是常用“好”修饰而少用“不”修饰的词，这类“好不+双音节词”的意义都是肯定的。二是常用“不”修饰而少用“好”修饰的词，这类“好不+双音节词”的意义都是否定的。三是双重意义词，这种词前加“好不”有双重意义。

肯定意义“好不+双音节词”结构中的双音节词如表1所示：

表1 肯定意义“好不+双音节词”结构中的双音节词

语义	例词							
消极词	难受	粗俗	尴尬	古怪	后悔	狼狈	啰嗦	糊涂
	可恶	猥琐	世故	奸诈	马虎	懒惰	邋遢	凄惨
	失望	焦急	紧张	寂寞	野蛮	疲倦	乖戾	庸俗
	危险	突兀	杂乱	油腻	盲目	狡猾	恐慌	做作
积极词	聪明	畅快	惬意	幸福	自豪	迷人	激动	苗条
	温柔	可爱	英俊	热闹	秀气	洒脱	热情	别致
	谨慎	暖和	精神	优秀	迅速	妩媚	恬静	潇洒
	滋润	亲切	欣喜	振奋	清新	甜蜜	震撼	安逸

这类词最多，语义上可分为消极词和积极词。消极词如“狼狈”，词本义是困苦或受窘的样子，也比喻彼此勾结，“好不狼狈”就是十分困窘的样子。之所以不是十分不困窘的意思，笔者认为，是因为“不”和“狼狈”的关系不紧密，不是常用词组，我们常常用“坦然”“自然”等词来形容人放松的姿态，却很少用到“不狼狈”。积极词“快活”也是如此，

我们常常用“郁闷”一词而非“不快活”。

否定意义“好不+双音节词”结构中的双音节词也较多，除了“做作”以外都是积极词。在BCC语料库中，“好不做作”只存在于微博中，有352条，其并不存在于文学报刊中。据笔者观察，“好不做作”近几年出现于小视频标题、贴吧、微博的次数比较多。笔者认为，该词组的出现受到“毫不做作”的影响。近年来随着网络社交媒体的发展，人们要表达更强的欣赏意义，与“毫不做作”读音相似的“好不做作”因此应运而生，但也因为其主观性及口语化色彩，使用的场合非常有限。

积极词以“懂事”为例。“好懂事”在BCC中有143条，而“不懂事”多达3 183条，这二者的数量差异体现了“懂事”与“不”之间的关系紧密程度要远远高于“懂事”与“好”之间的关系，虽然“好不懂事”在BCC中仅有10条，远远少于“好懂事”和“不懂事”的条数，但其意义都是否定的，具有典型性。

否定意义“好不+双音节词”结构中的双音节词如下：

牢靠　听话　安分　公平　诚实　诚恳　客气　懂事　知趣　高明
谦虚　细致　保险习惯　经济　上算　体面　虚心　用功　恭敬　顺利
勤快　利落　幽默　像话　真实舒服　特别　讲理　容易　负责　对劲
大方　走运　坚强　稳重　干净　满足　安心美丽　乖巧　善良　老实
方便　重要　庄重　灵通　自然　安全　做作

双重意义“好不+双音节词”结构中的双音节词最少，已经全部列举完毕。李文静等学者认为这些词与“好不”组合的词组存在语义游移现象①，这与笔者的观点本质上是一样的。这些词都有积极意义。有些近义词的分类并不一致，如畅快和痛快，漂亮和美丽等，“好不畅快”没有否定的意思，“好不痛快”却有，“好不美丽”没有肯定的意思，“好不漂亮”却有。从语义上分类，这两对应在同一分类，但实际上人们没有相似的用法，那就证明从语义上分类并不合适。

这两对词的用法并不相同，笔者认为，这除了和“不”的关系紧密与

---

① 李文静．“好不×”的使用现状考察［J］．汉字文化，2018（10）：5－8．

否有关外，还和本身词频的不同有关。在 CCL 语料库中，“美丽”的词条有 500 条，而“漂亮”多达几万条；“畅快”的词条有 479 条，“痛快”的词条有 3 751 条。有些词的频率非常高，却也归到了第一类。由此可以看出，完全依靠词语词频分类也是不准确的，应在“好 + 双音节词”和“不 + 双音节词”这些词组频率的基础上再根据本身词语分类。

双重意义“好不 + 双音节词”结构中的双音节词如下：

自由　自在　痛快　开心　愉快　快乐　认真　过瘾　漂亮　满意　温暖　细心　高兴

现实生活中还有很多的用语，BCC 和 CCL 并没有涵盖其所有的用法，笔者在此也很难穷尽每一个能在前加“好不”的双音节词，但是笔者找到的这些比较常用的双音节词十分具有代表性，即使是没有列举出来的，也能根据分类规则将其分类。

对母语是汉语的人来说，只要有较完整的上下文语境，他们就可以轻松辨别“好（不） + 双音节词”是哪一种语义，对交际并没有实际影响，但是对于那些中文初学者来说，要辨别还是有难度的，教师教学时要根据学生的具体情况，来加强其对于该结构的认知。

三、结语

利用 BCC、CCL 语料库，并以其他文献资料作为补充，结合笔者个人经验，本文对“好（不） + 双音节词”语义差异的分析是对“好（不)”语义差异的分析，和“很（不)”有所不同。而产生差异原因集中在三个方面，一是褒贬义的变化，二是“好（不)”双音节语法化，三是双音节词语用的不同。文中笔者对该结构中的双音节词进行了分类，也讨论了个别词组的否定意义是受“毫不”的影响。本文主要从语用、语义、语法三个方面分析了“好不 + 双音节词”的语义及语义差异的原因，认为“不”是否为羡余成分是导致语义差异的主要原因，也讨论了某些理论的不合理性。然而，以上的观点在处理双音节词的分类过程仍是值得讨论的。所以，关于“好（不） + 双音节词”语义差异的相关研究仍需我们不断地创新思维，寻找新的思路。

秘书学与新闻学

贾谊奏议的语言艺术及对现代公文写作的启示

黄秀仪[①]　刘　霞[②]

摘　要：奏议，是臣子向君王上书陈政事、议国策的文书统称，是中国古代的一类上行文文种。贾谊的奏议文代表汉初奏议文的最高成就，其在陈述政事时，语言艺术别具一格。风格上气势磅礴，言辞激切；内容上针砭时弊，说理性强；感情抒发上情感真挚，以情动人；遣词造句上言简意赅，文约事丰。在修辞运用方面更是丰富多样，文中多采用用典、比喻、反问等修辞手法。贾谊奏议的语言艺术对现代公文写作具有重要的借鉴意义。

关键词：奏议；语言特点；修辞；启示

奏议，作为中国古代的一类上行文文种，是臣子向君王陈述政事、进言献策的工具。“奏，进也。”“奏”意为向君王上书陈政事或进言献策；“议，语也。从言，义声”[③]。“议”意为议论、商议，或是对事件问题的看法和观点，用以论事说理或者陈述意见。在封建社会，奏议是下情上达、密切君臣联系的工具，也是统治者做出决策的重要依据。

贾谊，汉初著名政论家、文学家，世称“贾生”，其著作主要分为散文和辞赋两类，散文的主要成就体现在政论文，如《过秦论》《治安策》《论积贮疏》等，议论天下时政，气势磅礴，酣畅淋漓。其辞赋成就也颇

① 黄秀仪，广东海洋大学文学与新闻传播学院秘书学专业2017级本科生。

② 刘霞，广东海洋大学文学与新闻传播学院教师。

③ 许慎．说文解字［M］．北京：中华书局，2013．

高，是汉赋发展的先声，代表作有《吊屈原赋》《鹏鸟赋》等。

目前，学术界对贾谊的研究主要集中在两个方面：一是关于贾谊个人的研究。主要研究贾谊的思想和人生遭遇，分析贾谊和文帝的关系。如朱绍侯的《贾谊民本思想浅析》[①]、黄稼辉的《贾谊政治思想研究》[②]，较为深入地研究了贾谊的民本思想、政治思想。彭丽华在《贾谊为何不被汉文帝所用》[③] 一文中，分析了汉初社会现实，进而揭示贾谊不被重用的原因。二是关于贾谊政论文的研究。主要分为作品真伪考辨和单篇作品的思想艺术分析，其中更多的是集中对其名篇《过秦论》《治安策》《论积贮疏》的思想艺术进行探讨。如张菁、张旭的《从〈陈政事疏〉看贾谊的政治观》[④]、谢家训的《〈论积贮疏〉的经济思想试析》[⑤] 从贾谊某一篇公文入手，较为深入地探讨了其中所蕴含的思想内容。

总的来说，学术界对贾谊的研究较为全面，为后人研究贾谊及其政论文奠定了坚实的基础。但是目前学界对贾谊的研究基本上都是从宏观出发，研究范围较广泛，深入不够，需要更多学者不断补充完善对贾谊的研究成果。因而，本文将从小处着手，以语言艺术为研究点，从贾谊奏议的语言特点、修辞使用等方面论述，并进一步探讨其对现代公文写作的启示。

一、贾谊奏议的语言特点

语言是文章论述的基本单位，是作者表达思想情感的重要工具，奏议作为一种公文文种，受时代背景、文体性质和个人风格影响，具有独特的语言特点和风格。

---

① 朱绍侯. 贾谊民本思想浅析［J］. 中原文化研究，2016（5）：5－7，2.

② 黄稼辉. 贾谊政治思想研究［D］. 武汉：武汉大学，2016.

③ 彭丽华. 贾谊为何不被汉文帝所用［J］. 井冈山大学学报（社会科学版），2019（2）：116－121.

④ 张菁，张旭. 从《陈政事疏》看贾谊的政治观［J］. 濮阳职业技术学院学报，2018（4）：21－27.

⑤ 谢家训.《论积贮疏》的经济思想试析［J］. 西南师范大学学报（人文社会科学版），1985（4）：132－134.

1．气势磅礴，言辞激切

气势磅礴、言辞激切是贾谊政论文的最大特点，这与当时的社会环境、个人气质息息相关。首先，出于政治现实的需要。汉初，刚历经秦末混战，百废待兴，社会矛盾尖锐，汉王朝内忧外患，危机重重，然而朝廷重臣安于现状、奸佞小人无事生非、君王倾向守成，致使朝廷有志之士不得不以慷慨激昂、言辞激切的语言点醒当权者。其次，当时宽松的文化环境所致。经历秦朝焚书坑儒后，汉初政治环境相对宽松，诸子百家思想焕发新生，战国游说之风在汉初大范围蔓延，贾山、贾谊、晁错等人深受影响，皆纵横捭阖、直言不讳、雄辩有力。最后，与贾谊的个人气质密切相关。正所谓文如其人，贾谊年轻气盛、血气方刚，二十二岁被征为博士，意气风发，拥有远大抱负，以治国安邦为己任。年少不知官场阴暗，无所顾忌，畅谈天下事，言辞尖锐地揭露社会危机，如江海翻涌，散发出波澜壮阔、所向披靡的气势，直击人心。①

这一特点在《治安策》中尤为明显。全篇6 000余字，洋洋洒洒，以一泻千里的气势议论政事，规模宏大。众所周知，上奏者一般态度谦卑、迂回委婉、语缓气和。贾谊则不然，开门见山，敢于说真话，无所畏惧地反对进言者所说的天下太平，指责其掩盖事实，讽刺其"非愚则谀"，直截了当地揭露了当时岌岌可危的国家现状，对"太平盛世"这一社会假象予以重拳猛击。在论及解决社会问题时，贾谊通过假设推理，三次以"臣知陛下之不能也"来步步相逼，让人无可辩驳，打破了文帝的一切幻想。

气势磅礴，言辞激切不仅表现在贾谊直言不讳、开门见山，更在于其对句式的精心编排，特殊句式和关联词语运用得游刃有余，"……者，何也？……也""不……则……""胡……也""是故""是以"等在奏议中随处可见，极大地增强了奏议的气势和力量。如《治安策》："凡天子者，天下之首，何也？上也。蛮夷者，天下之足，何也？下也。今匈奴嫚侮侵掠，至不敬也，为天下患，至亡已也，而汉岁致金絮采缯以奉之。夷狄征令，是主上之操也；天子共贡，是臣下之礼也。"② 贾谊心怀国家，事事以

① 葛瑞敏．气积文畅，情深意挚——贾谊散文研究［D］．开封：河南大学，2011．

② 贾谊．贾谊集［M］．上海：上海人民出版社，1976：190．

国本为重，通过设问句和排比句的铺陈，言辞激切，犀利直白，痛斥文帝颠覆和匈奴的君臣关系，怒其不争，表现出了其进言献策之霸气。

2. 针砭时弊，说理性强

奏议是针对当前面临的社会问题及具体事务来进言献策的上行文文种，具有很强的实用性和时效性。以政事为先，讲究实用，注重效果，这是奏议写作的要求和目的。相比多数文学作品需以感性出发，重视审美价值，公文在撰写时则更强调眼观大局，以事为重，以解决问题为目的，这就要求写作者具有敏锐的眼光和忧患意识。在贾谊看来，想君王之所想，急君王之所急，是为人臣子的责任；忧百姓之忧，解百姓之困，是为官之职责。贾谊着眼于现实，从大处着笔，辅之以细枝末节，以厚重的社会责任感和敏锐的大局意识，洞察社会万象，深谋远虑，及时提出了具有前瞻性的治国方略。

《论积贮疏》中写道："管子曰：'仓廪实而知礼节。'民不足而可治者，自古及今，未之尝闻。古之人曰：'三夫不耕，或受之饥；一女不织，或受之寒。'生之有时而用之亡度，则物力必屈。古之治天下，至纤至悉也，故其畜积足恃。今背本而趋末，食者甚众，是天下之大残也；淫侈之俗，日月以长，是天下之大贼也。残贼公行，莫之或止；大命将泛，莫之振救。生之者甚少而靡之者甚多，天下财产何得不蹶！"① 贾谊从巩固封建统治的立场出发，拒绝粉饰太平，敢于直面社会底层的惨淡。开头引用管子"仓廪实而知礼节"的名言和民间俗语，用理论论据阐明储备充足物资的重要性。接着联系现实，尖锐地揭示社会盛行奢靡之风所带来的社会危机，直截了当地点明"大残""大贼"就是"背本趋末"带来的祸害。通过理论论据和事实论据，层层演绎，充分论证了积贮对内安社会、外御强敌的必要性，提醒执政者重视积贮，议论色彩浓厚，说理有条不紊，论证逻辑缜密。

3. 情感真挚，以情动人

奏议作为上行文，受文对象一般是皇帝，在等级森严、尊卑分明的封建社会，皇帝拥有至高无上的权力，要求臣民遵守君臣之礼，对皇帝恭

① 贾谊. 贾谊集［M］. 上海：上海人民出版社，1976：201.

敬。若仅仅是就事说事、直言不讳，不仅无法达到上奏的效果，严重者甚至会冒犯皇帝，具有一定的风险性。这就需要辅之以真情，以情动人，增加说服力和可信度。何谓情感真挚、以情动人，就是为了达到谏言效果，从统治者的角度出发，晓之以理，动之以情，表露最真挚的情感，体现自身忧国忧民的强烈情感。

如《治安策》中有："臣窃惟事势，可为痛哭者一，可为流涕者二，可为长太息者六。若其它背理而伤道者，难遍以疏举。进言者皆曰天下已安已治矣，臣独以为未也。曰安且治者，非愚则谀，皆非事实知治乱之体者也。夫抱火厝之积薪之下而寝其上，火未及燃，因谓之安，方今之势，何以异此！本末舛逆，首尾衡决，国制抢攘，非甚有纪，胡可谓治！"① 这个开头就指出形势的严重性，"痛哭""流涕""长太息"三个词从轻到重体现出了贾谊为当前内忧外患的局势而忧虑难安的内心世界，向皇帝展示自己忧国忧民、心怀天下的忠诚之心，感情色彩浓郁、语言富有感染力，奠定了赤诚的爱国之情，给人以强烈的情感震撼。该句与"长太息以掩涕兮，哀民生之多艰"有异曲同工之妙，如此浓情厚谊、情真意切的肺腑之言，怎能不让人动容？贾谊有着深重的忧患意识和敏锐的政治领悟力，在文中以强烈的语气表达了其炙热的感情，给人心灵震撼，凸显了文章情真意切的特点。

4. 言简意赅，文约事丰

言简意赅，意味着语言表达简明完整、不蔓不枝、突出重点，议事说理精辟透彻，文字表达简练凝结，以此达到内容丰富与形式简短的高度统一。正如清人刘大魁所说："文贵简。凡文笔老则简，意真则简，辞切则简，理当则简，味淡则简，气蕴则简，品贵则简，神远而含藏不尽则简，故简为文章尽境。"②

贾谊在奏议文中多运用陈述性语言，开门见山，直言其事，无须过多的铺陈修饰。这看似朴实无华，实则说理有条不紊，概括性极强，意蕴深远。如在《谏铸钱疏》中，贾谊指出："又民用钱，郡县不同：或用轻钱，

① 贾谊. 贾谊集［M］. 上海：上海人民出版社，1976：185.
② 刘大槐. 论文偶记［M］. 北京：人民文学社，1961.

百加若干；或用重钱，平称不受。法钱不立，吏急而一之乎，则大为烦苛，而力不能胜；纵而弗呵乎，则市肆异用，钱文大乱。”① 在表达上，贾谊简洁凝练，用词平实，说理鞭辟入里。用最简洁的语句论述百姓和官府铸钱的标准不一及其危害，官吏不论采取严苛或是宽松的政策，钱币流通市场还是混乱，将陷入两难境地。句式上，善于运用短句，压缩句子成分，精简文字，使得短句、偶句错落有致。巧用“而”“则”等连接词，语言流畅通顺，铿锵有力，富有韵律，提升语言的说服力，增强可信度。

贾谊在字词锤炼方面同样下了一番功夫。如《治安策》中有：“夫射猎之娱与安危之机，孰急？使为治，劳智虑，苦身体，乏钟鼓之乐，勿为可也。乐与今同，而加之诸侯轨道，兵革不动，民保首领，匈奴宾服，四荒乡风，百姓素朴，狱讼衰息。大数既得，则天下顺治，海内之气清和咸理。”② 贾谊多使用“劳”“苦”“乏”等动词简洁明练地表达文意，多以主谓结构组成简明扼要的短语，精简地表明其治国方式具有战争不起、平民拥护首领、匈奴归顺、民风淳朴、百姓温良朴素、官司纠纷不发等益处，从而达到文约事丰的效果。贾谊行文中无一不简，善于使用动词和名词，删减不必要的形容词和副词，拒绝空话套话，内容充实又不失简明。

二、贾谊奏议中修辞的运用

古代多数公文的写作者同时也是文学家，在写作时常运用修辞手法，不仅可以彰显个人文采，还可以增加公文的美感和可读性。贾谊作为汉初颇负盛名的才子，其奏议也运用了大量的修辞手法，增强了文章的表达效果，使其文人形象溢于言表。

1. 引经据典，立论有据

经史典籍、名人名言是古人精神的浓缩和智慧的结晶，也是中华上下五千年的珍贵财富。用典是奏议文中最为常用的写作手法之一，“据事以类义，援古以证今”③，含蓄表意，能让文章立论有据、内容充实、内涵丰

① 贾谊. 贾谊集［M］. 上海：上海人民出版社，1976：203.
② 贾谊. 贾谊集［M］. 上海：上海人民出版社，1976：185.
③ 刘勰. 文心雕龙［M］. 开封：河南大学出版社，2008：275.

富。贾谊奏议文中用典的运用主要分为引用经典古籍、名人名言、民间谚语俗语等。

在文中，贾谊大量引用经典古籍，借用历史故事类比现实，增强了公文的说服力。引用《庄子》《学礼》和《周书》等典籍分别说明确立法牵制诸侯和教育太子的重要性，为论点提供强有力的理论论据，增强自身观点的可靠性。大量引用名人名言，借用古代圣贤的智慧论证观点，论据充分确凿，使得语言更有说服力和权威性，增加文采，含蓄典雅。引用民间谚语俗语，用通俗的话解释深刻的道理，使语言活泼风趣、形象诙谐，增加表现力，通俗易懂，更具亲和力。

贾谊在奏议文中大量引用经史典籍、名人名言和民间谚语俗语，不仅体现了他才高八斗、满腹经纶的文人气质，而且凸显了浓厚的生活气息，使文章更接地气。"雅"和"俗"的融会贯通，为贾谊奏议文增添了一种如沐春风、温文尔雅的气质，细细咀嚼，别有一番风味。

2. 善用比喻，生动形象

比喻是根据事物的特点寻找相似之处，把某一事物比作另一事物，用浅显、具体的事物来代替深奥、抽象的事物。正如《文心雕龙·论说》中说："至于邹阳之说吴梁，喻巧而理至。"① 比喻能化繁为简，通俗地解释某个道理，使事物更加生动形象、具体易懂，激发读者的想象空间，增强文章的渲染力和可读性。纵观贾谊的奏议文，"比喻"这一修辞手法随处可见。

贾谊在《治安策》中灵活地运用了大量的比喻，如强调仁义法制在治理国家的作用时有："夫仁义恩厚，人主之芒刃也；权势法制，人主之斤斧也。今诸侯王皆众髋髀也，释斤斧之用，而欲婴以芒刃，臣以为不缺则折。"② "仁义""法治"是治理天下的两大法宝，贾谊分别将"仁义恩厚""权势法制"比作君王的刀刃和砍刀、斧头，生动形象地说明仁义法制两者结合的强有力功效以及运用的时机，巧妙地将中央朝廷和诸侯国的关系对立起来，以此提醒君王在施行仁政的同时要以法制作为强有力的保障措

① 刘勰. 文心雕龙［M］. 开封：河南大学出版社，2008：175.

② 贾谊. 贾谊集［M］. 上海：上海人民出版社，1976：188.

施。在论述中央王朝和诸侯国之间的关系时，他说："天下之势方病大瘇。一胫之大几如要，一指之大几如股，平居不可屈信，一二指搐，身虑亡聊。失今不治，必为锢疾，后虽有扁鹊，不能为已。"① 用具体化、生活化的事物来譬喻，把当时天下诸侯势力庞大的形势比作身体患的浮肿病，小腿浮肿得像腰一样大，脚趾肿胀得像大腿一样粗，如果不注意，一旦抽搐，必然成为顽疾，即便扁鹊再世也无能为力。形象比喻，给当权者敲响了警钟，以此告诫统治者要加强中央集权，适当削弱诸侯势力。接着他论述礼乐制度的重要性："人主之尊譬如堂，群臣如陛，众庶如地。故陛九级上，廉远地，则高堂；陛亡级，廉近地，则堂卑。高者难攀，卑者易陵，理势然也。"② 封建王朝的稳固离不开等级制度的支撑，贾谊有意将礼乐制度推至崇高地位，把君主的尊贵比作宫殿的厅堂，把群臣比作厅堂的台阶，把百姓比作平地，形象地将各阶层的人划分等级，使人们的社会地位固定化，稳定中央王权的统治秩序。

3. 巧用反问，发人深省

反问是用疑问的形式表达确定的意思，以加重语气的一种修辞手法。反问，又叫反诘、激问，是一种无疑而问、明知故问。③ 以反问的句式加强语气，形成肆意磅礴的气势，更能强烈而鲜明地表达本来已经确定的观点，更能引发读者深思。这种用法在贾谊奏议文中表现得尤为明显。

如《论积贮疏》论述积贮的重要性时："即不幸有方二三千里之旱，国胡以相恤？卒然边境有急，数十百万之众，国胡以馈之？兵旱相乘，天下大屈，有勇力者聚徒而衡击，罢夫羸老易子而咬其骨。政治未毕通也，远方之能疑者并举而争起矣，乃骇而图之，岂将有及乎？"④ 贾谊连用三个反问句，从自然灾害到边境战争，再到兵灾旱灾交互侵袭、臣民造反等，层层问难，步步深入，以此强调积贮粮食对国泰民安的重要性，提醒当权者重视农业生产。连连发问，文笔犀利，言辞激切，使当权者不得不深

---

① 贾谊. 贾谊集［M］. 上海：上海人民出版社，1976：189.

② 贾谊. 贾谊集［M］. 上海：上海人民出版社，1976：196.

③ 陈静如. 汉代奏议写作研究［D］. 长沙：湖南师范大学，2014.

④ 贾谊. 贾谊集［M］. 上海：上海人民出版社，1976：201.

思。此文以一腔赤子忠诚说服了汉文帝，“始开籍田，躬耕以劝百姓”①，达到了很好的上奏效果。

三、贾谊奏议的语言艺术对现代公文写作的启示

奏议是中国古代较为重要的公文材料，也是中华民族珍贵的文化遗产。而贾谊奏议中的语言艺术别具一格，对现代公文写作具有一定的借鉴意义。

1. 直言不讳，凸显问题

公文是在公务活动中形成和使用的，每一份公文都有明确的制发意图和实际效用，即总是为了完成特定的现实任务而制发的，所以公文具有实用性和工具性的特征。② 基于这个特征，写作者在公文撰写过程中要有发现问题的能力和直言不讳的勇气，敢于说真话，不回避问题，直面社会难题，发挥公文的社会功能。

在中国古代，奏议文的行文目的是解决社会问题，以社会现实为论述材料，内容真实，有针对性，说理公正，不偏不倚。正如贾谊在《治安策》中一反当朝士人的粉饰太平和闭口藏舌，他义正词严、针砭时弊，敢于直面社会存在的严重问题，直言不讳地指出中央朝廷和地方诸侯国之间以及社会各阶层之间的种种矛盾。贾谊这种发现问题的敏锐力与直言不讳的勇气值得广大公文写作者学习。

要想写一篇好公文，对公文写作者的素质有着极高的要求。一是要有直言不讳的勇气和胆略。直言不讳不是胡言乱语、无所顾忌，而是基于社会现实，勇敢地指出当下社会存在的问题或是即将面临的困境。二是要有发现问题的能力。直言不讳的前提是能发现问题。唯有对问题了然于心，才有直言不讳的勇气，才能在行文中如实反映。这就要求广大公文写作者眼观六路、耳听八方，在现实中及时发现问题，在行文中敢于凸显问题。因此，在现代公文写作中，需要培养撰文者敢于说真话的勇气和大无畏的胆识，有胆有识，做人不唯唯诺诺，行文不隔靴搔痒，敢于在行文中凸显

① 班固. 汉书［M］. 北京：中华书局，1962.

② 丘国新，侯建雄，陈少夫. 机关公文写作［M］. 广州：中山大学出版社，2016.

社会问题，才能使文章更加务实，发挥公文应有的效果。

2. 精简凝练，切忌堆杂

衡量公文好坏的标尺不在于篇幅的长短，而在于公文是否按照特定的目的，是否符合特定的语境要求，做到公文精简凝练，符合大政方针。现代公文写作语言以明确、平实、简约、得体为基本要求，故我们在公文写作的过程中要运用精简凝练的语言，切忌堆杂。如果受文对象在阅读公文时面对的是生僻难懂、繁密芜杂的政治性语言，那么公文就毫无自然之美，失去了可读性，使原有的政治效果消退。

中国古代公文历史悠久，优秀篇章数不胜数，其中蕴含着丰富的写作技巧。虽然其格式、写法与现代公务的格式、写法差之千里，但是其精简凝练、言简意赅的语言风格仍值得我们学习借鉴。汉初以来，撰文者一般遵循直言其事而不拐弯抹角的原则，删去繁文，使用直笔，语言简约，意尽言止，干净利索。正如贾谊奏议文中多使用实词，精简可有可无的助词，缩减同义复词，使文章做到言简意赅，文约事丰。这种精简凝练的文风值得现当代公文写作者学习借鉴。

中央八项规定明确要求“要精简文件简报，切实改进文风，没有实质内容、可发可不发的文件、简报一律不发。要进一步压缩报道的数量、字数和时长”，这对公文的精简凝练提出了明确要求。要做到精简凝练，需要对文字进行反复推敲和锤炼。一是删繁就简，锤炼字词，在保证文意明确通畅的前提下精缩句子，巧用短句。二是合理使用文言词语，如“兹”“悉”“特此”“鉴”“届时”“尚”“谨此”“故”等常见的文言词汇，不仅可以使公文语言更简洁规范，还可以增加公文的庄重感和典雅性。

3. 巧用修辞，避免生硬

现代公文以实用为目的，讲究用语平实、实事求是、不偏不倚。有些写作者认为，公文是严肃庄严的文件，需立足于当前社会发展的时代背景，纵观党和国家的大政方针，保持高度的纯洁性，更注重用语规范，因此不建议在公文中使用修辞手法。在这种观点的驱使下，程式化、形式化的公文泛滥，官样文章比比皆是，内容干瘪老套、苦涩生硬，既没有美学价值，也无法让群众产生共鸣，影响了公文传达的意图。

现代公文确实更注重实用性，但这并不意味着排斥文采，拒绝使用修辞手法。古代公文和现代公文本具有相通之处，古代公文能在修辞的渲染中熠熠生辉，现代公文亦能。只要把握好分寸，符合语境要求，也能做到生动而不失庄重。在公文中引经据典，能论而有据，充实内容，增加公文的典雅性；在公文中恰当地使用比喻的修辞手法，能通俗易懂地说明深刻的道理，为枯燥的公文增添一丝活泼风趣；在公文中运用排比的修辞手法，能整饬有力地论证观点，朗朗上口，增强公文的节奏感和渲染力。因此，文采修辞也是公文写作的基本元素，需要培养公文写作者良好的文学修养，在行文过程中，灵活运用修辞手法，化抽象为具体，化深奥为通俗，增加公文的生动性和可读性，适当提升公文质量。

四、结语

奏议本质上是应用文，以务实为主。贾谊立足于社会现实，通过丰富的论述内容、充沛的情感和独特的语言艺术，在奏议中呈现出的语言风格，对现代公文写作有着重要的参考价值。公文写作者不仅要端正态度，直言不讳，敢于在行文中凸显问题，还需在遣词造句上精简凝练、切忌堆杂，同时，适当使用修辞，还可增加公文的生动性和可读性。

解放思想，实事求是
——邓小平文书工作思想初探

黄君婷[①] 汪东发[②]

摘　要：在七十多年的革命生涯中，邓小平先后三次担任中共中央秘书长，在任期间直接服务和协助中央领导机构的内部文书事务，形成了自己的文书工作思想。他在公文撰拟上，强调走群众路线，深入实际、实事求是，要求领导干部革新观念，亲自起草公文；在公文处理上，强调体制保障，要求准确、高效、落实；在文书管理上，强调因时立制，要求重视档案、严守机密。“解放思想，实事求是”是邓小平思想的精髓，也是其文书工作思想的主线。“解放思想”即要革新观念，研究新情况，采用新方法，解决新问题；“实事求是”即根据实际情况和客观规律来开展工作，少说空话，多办实事。邓小平“解放思想，实事求是”的文书工作思想，对今天的文书工作仍具有很强的指导意义。

关键词：邓小平；文书工作；解放思想，实事求是；指导意义

在七十多年的工作生涯里，邓小平先后三次担任中共中央秘书长，也曾担任过工农红军总政治部秘书长和中国共产党中央委员会总书记。邓小平秘书工作实践活动具有时间长、层次高，既从事秘书工作也从事领导工作的特点，形成了“解放思想，实事求是”的文书工作思想。“解放思想、实事求是”是邓小平理论的精髓，也是他文书工作思想中认识论和方法论的基石，是他一生秘书工作经历的真实写照。

---

① 黄君婷，广东海洋大学文学与新闻传播学院秘书学专业 2017 级本科生。
② 汪东发，广东海洋大学文学与新闻传播学院教授。

一、邓小平的文书撰拟思想

1. 深入实际，走群众路线

群众路线是党的生命线和根本工作路线。如何在公文撰拟的过程中走群众路线，邓小平认为应该注意两点，一是进行全面而深入的调查研究，二是广泛征求意见。

中华人民共和国成立后，党组织和国家机关中弥漫着一股官僚主义之风，邓小平批评指出："不少领导机关和领导干部，高高在上，不接近群众，不重视调查研究，不了解工作中的真实情况。他们往往不是从客观的实际条件和人民群众的具体实践出发，来考虑和决定他们的工作，而是从不确切的情况出发，从想象和愿望出发，主观主义地来考虑和决定他们的工作。"① 他认为，走党的群众路线，需要领导干部强化求真务实的工作作风，始终密切联系群众，若为了自身私利而工作，或因为故作聪明走上了错误的道路，必然会脱离群众。所以在撰拟文稿或做决策前，必须进行深入的调查研究，准确地把握客观实际和群众利益，坚持群众路线。

除了撰拟文稿前要进行调查研究，邓小平还强调，在文书起草的过程中，要发挥集体智慧，广泛征求意见。《关于建国以来党的若干历史问题的决议》的起草过程，便很好地体现了这一点。在邓小平的指示下，中共中央多次组织集体讨论，吸纳不同的意见，对决议的草稿进行反复修改。在邓小平看来，发挥集体智慧，广泛听取意见，能让公文更贴近实际、臻于完善，从而得到更多群众的支持和理解，便于政策落实。

2. 实事求是，注重实效

公文是各级机关开展公务活动、实施领导的有效工具，是否遵循实事求是的写作原则将关系到公文的方针、政策精神能否得到准确传达，公文内容能否正确反映客观实际。

在主持《关于建国以来党的若干历史问题的决议》起草工作时，为了科学、正确地评价毛泽东及其思想，邓小平要求起草小组应做到以下三点：一是要坚持唯物史观。不能跳出时代背景去孤立地评价一个人，也不

---

① 邓小平. 邓小平文选：第一卷［M］. 北京：人民出版社，1994：221.

能把一切功和过都归于个人。二是对待历史问题“宜粗不宜细”。因为写细了，容易对细枝末节的问题产生不必要的争论。三是评价时要把握分寸。对毛泽东及其思想的评价，不可随意拔高或贬低，对于其所做出的成绩，要积极予以肯定，对于其错误，不能回避，但也不能“写过头”。① 邓小平始终把实事求是这一思想路线作为文书工作不可逾越的“红线”。

除了要求撰稿内容实事求是，邓小平还主张文件起草必须以管用为本，做到少发文、精发文。一方面，公文发文要实用、有度，“可发可不发的坚决不发”。他认为，发文太滥、太繁，不仅无法有效解决问题，还会给上级领导和下属工作人员造成额外的负担。另一方面，所发公文要篇短意赅。在指导《关于建国以来党的若干历史问题的决议》的过程中，他多次指出：“决议讨论稿的篇幅还是太长，要压缩。可以不说的去掉，该说的就可以更突出。”② 他不仅在理论上主张精短文件，而且身体力行，他的许多文稿，都语言精当、明练有力，毛泽东曾称赞“看邓小平的报告，好像吃冰糖葫芦”③。

“实事求是”这一思想贯穿于邓小平的写作实践。他始终反对文牍主义、形式主义，不仅要求公文写作要反映客观事实，还要求公文写作要讲求实效、精益求精。

3. 领导干部要革新观念，亲自拿起笔杆写文章

秘书工作和领导工作的双重体验，使得邓小平能从不同视角去看待、分析、解决问题。处在领导岗位时，他能站在秘书的角度思索如何更好地调动秘书服务的积极性；处在秘书岗位时，他能站在领导的角度去思考如何提供更好更优质的秘书服务。

邓小平早在1950年便提出“拿笔杆是实行领导的主要方法，领导同志要学会拿笔杆。……要把拿笔杆写文章与领导工作结合起来”④。在邓小平看来，领导干部想要革新观念，转换身份视角，就要克服懒政思维和官僚主义作风，真正熟悉业务。1981年5月7日，中共中央正式发布《关于

---

① 邓小平．邓小平文选：第二卷［M］．北京：人民出版社，1994：291－293.
② 邓小平．邓小平文选：第二卷［M］．北京：人民出版社，1994：298.
③ 米轩．老一辈革命家与秘书工作［J］．秘书工作，2019（6）：5－8.
④ 邓小平．邓小平文选：第一卷［M］．北京：人民出版社，1994：14.

各级领导干部亲自动手起草重要文件，不要一切由秘书代劳的指示》，以此全面贯彻邓小平的指示要求：

今后领导者个人的重要讲话、报告，一律要亲自动手起草。

亲自动手主要是指领导者开动脑筋提出文件基本思想，包括主要观点、意见、办法。

领导者再亲自精心斟酌文件的内容和文字，并最后亲自负责修改全稿，文字加工整理可以由适当人员协助。①

这一指示对改进领导工作方法、改革秘书工作制度都具有重要的参考意义。同时，邓小平也率先垂范、身体力行。在战争年代，他始终坚持一人、一马、一警卫，坚持重大工作亲自动手、动笔；晚年身体不便、动笔困难，邓小平也选择口授稿子，由秘书记录整理，不让秘书代笔。

二、邓小平的收文办理思想

1. 吃透政策，明确意图，准确传达

邓小平认为，要想对上级领导或机关的指示有准确且清晰的把握，就需要深入研究国家的政策变化、上级政府的法令指令和领导的思想动态。

为此，邓小平采用了与以往不同的工作方法来研究政策文件和传达指示指令。在领导国务院政策研究室工作的过程中，对于一些较为重要的文稿，邓小平会单独与政研室负责人进行深入探讨，这种工作方式，被当时政研室的工作人员称为“读文件”。虽称为“读文件”，但不仅仅局限于表面的交流讨论，邓小平会根据文稿内容提出具有针对性和前瞻性的看法，并传达一些与之相关的批示、指示。例如，1975 年 7 月 26 日，在收到毛泽东关于批准放映电影《创业》的批示后，邓小平当即向政研室班子传达，并指出“四人帮”和文化部对该电影的粗暴处理与我党“百花齐放”的文艺政策相违背。于光远在《我忆邓小平》中表达了对这种工作方式的

① 中共中央文献研究室. 三中全会以来重要文献选编［M］. 北京：中央文献出版社，2011：114.

认同："他用这种方法传达毛泽东最近一些有利于调整政策的指示，同时向我们阐述他的看法、意见和主张……每次读完文件，我们就回政研室作传达，让大家心中有数，以便贯彻落实。"①

邓小平始终坚持正确科学的文书工作方法，在他看来，正确领会意图是完成领导和机关交办任务的前提，若能准确把握住上级意图和文件精神，便等于抓住了全局工作的"牛鼻子"，找到了问题的最优解法。

2. 改革体制，明确责任，提高效率

机关的政策、工作意见往往以文件的形式呈现，机关领导者或部门负责人通过对文件提出批示意见，秘书工作者通过承办和传阅等方式，合力完成公文办理程序，从而圆满完成上级机关交办的各项任务。可见，文书的处理速度和传递效率将直接影响机关工作的效率。

中华人民共和国成立后，党和国家的现行文书制度中仍存在许多弊端，其中，"公文旅行"这一不良现象表现得尤为明显。1979—1980 年，邓小平就"公文旅行"现象先后进行过 5 次批评。邓小平指出，"公文旅行"是由官僚主义思想所导致的，而官僚主义的病根主要有两方面，一是我国长期实行中央高度集权的管理体制，二是还未建立自上而下的具有较强约束力的行政法规和个人负责制。

为此，邓小平在《坚持党的路线，改进工作方法》中提出了具有针对性的解决办法，即改革我国当前的管理体制和办公制度，在中央和国务院建立起集体办公制度，发挥示范作用，同时，下级各机关要严格实行岗位责任制，遵循"集体领导、分工负责"② 的原则。除此之外，邓小平还强调了官德教育的重要性，提出要从思想作风层面解决"公文旅行"问题。

3. 督促检查，跟踪问效，推动落实

督促检查工作作为秘书工作的重要组成部分，是推动机关政策、领导意图落实的关键环节。邓小平曾强调，"党的责任是研究上级政令运用于本区本县的具体步骤和方式方法，及时检查执行程度，以保证上级政令之

① 于光远. 我忆邓小平［M］. 杭州：浙江人民出版社，2018：25.

② 邓小平. 邓小平文选：第二卷［M］. 北京：人民出版社，1994：282.

实现”[1]。

20世纪50年代末60年代初，我国农业生产力下降，国民经济发展遭遇严重困难，中央先后出台《关于农村人民公社当前政策问题的紧急指示》（简称“农业十二条”）、《农村人民公社工作条例（草案）》（简称“农业六十条”）以恢复农业生产。1961年，全国大兴调查研究之风，邓小平和彭真组织五个小组到顺义、怀柔农村调研，检查中央农业政策的贯彻执行情况。经过半个多月的实地走访，他们总结得出，农民群众的积极性在“农业十二条”“农业六十条”出台后有了很大提高，但在社队规模、粮食征购和分配等方面上仍存在较多问题，对此，他们在对比农业经济数据前后变化的基础上给出了具有针对性的工作建议。此次督办调研对政策的执行情况进行了全面反馈，为中共中央进一步调整农村政策提供了有效建议。1961年5月21日，中共中央在听取各地检查成果的基础上重新修订了《农村人民公社工作条例（修正草案）》，对旧的农村经济政策进行了有效纠偏和完善。

邓小平认为，要确保决策“落地生根”，就要做好督促落实工作，通过调查研究来发现文件落实中出现的新问题和新情况，及时留意执行工作的最新动态，跟踪督查，以此推动工作落实。

三、邓小平的文书管理思想

1. 因时立制，重视档案收集保管

档案管理是文书工作的一个重要环节，从1927年任中央秘书后，邓小平就与档案管理工作结下了深刻情缘，即使后来晋升了工作岗位，不再从事秘书工作，邓小平对档案及档案管理工作的重视度也不减半分。

战争时期，为了保证中央文件得到齐全、完整的保留，邓小平在不同时期采取了相应的接收、保管制度。抗日战争期间，八路军一二九师在邓小平的指导下率先建立起了规范化的档案管理体系，各分区建立起了干部档案，并安排专门的工作人员负责管理档案。一二九师在档案工作方面的先进举措被称赞为“组织工作中新的发扬与创造”。

---

① 邓小平．邓小平文选：第一卷［M］．北京：人民出版社，1994：13.

1949 年 11 月，刘伯承、邓小平率领军队挺进大西南。刘、邓对四省国民党军政人员提出四项忠告，重申约法八章，约法八章有两章与档案管理有关，忠告第二项对档案的保护和接收做出了新的规定，足以体现出对档案及档案管理的重视。在后来的战争和建设过程中，约法八章和四项忠告在保护民国档案上发挥了巨大作用。

邓小平自始至终都十分关心档案管理工作，因时立制来推进档案工作。邓小平认为档案的收集和保管十分必要，档案管理工作的健全、系统化，能帮助机关保存珍贵的历史资料。

2. 提高警觉，严守国家机密

中华人民共和国成立前后，国内外敌对势力横行，机关、部队多次出现窃密、泄密事件。文件丢失和机密被窃，让邓小平倍感痛心，他多次在讲话中强调干部要严格做好保密工作，避免信息泄露。归纳起来，其保密工作思想的核心主要有三方面：一是加大保密工作的执法力度。一旦发现泄密、失密甚至出卖机密等情况，要严肃追究当事人的法律责任，任何级别、任何部门的干部违反保密规定，都要严格惩处。二是建立起规范化的文档管理章程。针对机密被窃、文件保管随意等问题，邓小平提出应该制定规范化章程。根据这一指示精神，我国先后制定和修订了《中华人民共和国档案法》《中华人民共和国保密法》《中共中共各级领导机关文件处理条例》《国家行政机关公文处理办法》等法律法规，使文书管理工作、保密工作有章可循。三是提高机要人员的保密意识，确保队伍作风优良。

保密工作是文书工作不可缺少的一部分，对于如何提高机要工作人员的素养，邓小平和刘伯承、李达、蔡树藩、黄镇在联合电令中曾提出："各级首长应重新审查机要人员，将不适宜机要工作者调出，文化程度低的送延安训练。机要人员从军区各单位挑选出的忠勇可靠及优秀的青年党员中选择，集中训练见习两个月，方能正式做机要工作。"[①] 从这份电令可看出邓小平对机要工作者文化素养和保密意识的重视，以及对保密工作的严格要求。

---

① 邓小平．邓小平文集：上卷［M］．北京：人民出版社，2014：27－28.

四、邓小平文书工作思想的指导意义

1. 解放思想，革新观念，探索文书工作新思路

邓小平文书工作思想具有极强的创造性，具体体现在他能根据不同的问题、形势提出具有针对性的解决方法，或根据变化和发展需求更新工作理念，调整、完善工作制度。这极具指导意义。

一方面，文书工作者要有敢于实践的勇气和敢于修正错误的胆识。邓小平善于发现工作中出现的各种弊病和不良作风，化教训为经验，在一针见血地指出问题后，还会对症下药。针对官僚主义，他提出领导要亲自动手写文章，少让秘书代劳；针对“公文旅行”，他提出要改革行政管理体制；针对改革开放后的机密失窃现象，他指出要对档案进行章程化管理。

另一方面，要敢于创新，与时俱进，探索文书工作的新方法。“研究新情况，解决新问题”是邓小平文书工作的真实写照。在文化大革命后期，为了“做调查研究和思想理论方面的工作”①，邓小平开创性地提出组建国务院政治研究室作为“秀才班子”；在白色恐怖时期，为了保障文件和档案的安全，邓小平创造性地提出了“分三地保存三套文件”② 的方法。当今社会思想观念不断变化，应用需求日益提高，文书工作要适应新变化、新发展，就要不断革新工作观念，改进工作方法，更新工作制度，为机关和领导提供更高效优质的服务。

邓小平认为，合格的领导干部，必须坚持革命的原则性，又要有策略的灵活性。③ 这同样适用于文书工作：既要坚持总原则、大方向，又要重视策略、方法、途径的多样性和灵活性，以适应不断变化的情况。

2. 实事求是，求真务实，确保文书工作优质高效

坚持实事求是，一切从实际出发是贯穿邓小平文书思想的基本精神。纵观邓小平的革命生涯，他之所以能对国家发展趋势做出科学判断，对每个时期的工作做出合理安排，是因为他能坚持走实事求是路线，对实际情

---

① 于光远. 我忆邓小平［M］. 杭州：浙江人民出版社，2018：2.

② 王大德. 邓小平同志与文书、档案工作［J］. 档案，1992（4）：1－15.

③ 周国剑. 邓小平的智慧与当代领导艺术［M］. 北京：时事出版社，2016：56.

况有准确周全的了解。

深入群众、把握实际是保证文书工作方向正确的关键。提高调查研究能力，能更好地帮助文书工作者走好群众路线，而做好调查研究，就要学会“沉下去”“提上来”。一方面，文书工作者应多层次、全方位、多渠道地搜集信息、了解情况，“有足够的时间深入群众，善于运用典型调查的方法，研究群众的情况、经验和意见”①；另一方面，要能够对信息进行筛选整理，在技术化加工的基础上综合分析，形成合理化建议，来解决实际问题。

求真务实贯穿于文书工作的始终。对于文书工作者来说，求真务实既是一种正确科学的写作风格，又是一种务实踏实的工作作风。一方面，要形成准确求实、简短精要的文风，从实际需求出发，可发可不发的文件坚决不发，该发的文件也要精短明练、突出重点。另一方面，要形成高效快捷、简单务实的工作作风，多办实事，杜绝“文山会海”和“公文旅行”。

“解放思想，实事求是”是邓小平思想的核心和精髓，同时是其文书工作思想的主线，对文书工作有深远的指导意义。文书工作者不仅要脚踏实地、尊重实际、实事求是，还要解放思想、革新观念，具有开拓的眼界和创新的思维。在确保文书工作优质高效的同时，要勇于探索工作新思路、新方法，解决新问题。

① 邓小平．邓小平文选：第一卷［M］．北京：人民出版社，1994：223.

秘书学专业学生实践路径的探讨

——以广东海洋大学 MIGO 秘书学综合实训创新团队为例

成春霞[①] 张 鑫[②]

摘 要：学生实践能力的锻炼是高校秘书学专业人才培养的必然要求，是秘书学专业教学强调理论与实践高度统一的体现。搭建一个能够提高学生动手能力的平台，对提高学生综合素质，培养学生的创新意识和创新能力都具有重要的作用。广东海洋大学 MIGO 秘书学综合实训创新团队成立以后，通过开展微信公众号运营、参加创新创业大赛、校外调研以及承办校内部分会务工作等实践活动，为秘书学专业学生提供了一个新的、有现实助益的实践平台，为秘书学专业学生实践探索了一条有效的路径。

关键词：秘书学；MIGO；创新团队；实践；路径

秘书学专业自 2012 年被列入普通高等学校本科专业目录以来，呈现良好的发展态势，但本科阶段秘书学专业实践教学条件一直没有根本改观。高校秘书学专业一般都安排有实践教学环节，但所占比重不足、效果不佳等问题比较普遍。学生的专业实践内容和方式基本还是课程实训、校内顶岗实习以及有限的社会实践活动，专业实践的路径相对有限。对此，一些高校的秘书学学生团体和学生创新实践项目，如广东海洋大学 MIGO 秘书学综合实训创新团队及其实践项目，在补充专业实践平台、丰富实践内容、拓展实践方式路径等方面做出了可贵的探索。

---

① 成春霞，广东海洋大学文学与新闻传播学院秘书学专业 2017 级本科生。
② 张鑫，广东海洋大学文学与新闻传播学院副教授。

一、秘书学专业学生现有的实践路径

秘书学专业现有的实践路径主要分为两大类，一是学校提供给学生的，有实际意义的实践机会；二是学生自主开展的、能够锻炼学生能力的一系列活动。学生通过参加这两类实践活动能够得到一定程度的锻炼，提升自身专业素养和专业能力。

（一）学校可提供的实践路径

学校可提供的实践路径是指由学校提供给学生进行实践锻炼的机会，主要有以下四种。

1. 安排校内顶岗实习

顶岗实习是培养秘书学专业学生实践能力的重要一环，很多高校在这方面做出了可贵探索，如广东培正学院、台州科技职业学院、黔南民族职业技术学院等。目前来看，秘书学专业学生的校内顶岗实习或多或少都存在一些问题，如岗位有限、工作量少、工作内容重复单调、专业适应度不高、缺乏高质量的训练内容等。

广东海洋大学秘书学专业学生在大二下学期时会有一个校内的顶岗实习，学生前往学校的各个职能部门、学院办公室等进行为期一个月的校内实践活动。正如一些研究指出的，秘书学、文秘专业校内顶岗实习，因被派遣的部门不同，每个部门的职能有所不同，安排给学生的实践岗位过杂，学生实习期间也难以接触真正的秘书工作内容，而显得流于表面。①广东海洋大学秘书学专业学生的校内顶岗实习时间短，也存在这些共性问题，尽管不少学生在一个月的实习期结束后还一直坚持课余到岗，但很少介入实质性工作。

2. 引导学生自主管理学生部门

高校学生部门是学生在校期间参与实践活动的重要平台。学生部门一般分为三级，即班级、院级和校级，主要是团委和学生会、社团联合会。秘书学专业学生可通过面试考核等方式成为正式的部门委员，从而获得参

① 赵雪莲. 文秘专业顶岗实习的有效性及其提升策略［J］. 秘书，2015（9）：14－16.

与举办活动、处理各类事物的实践机会。广东海洋大学秘书学专业学生可通过面试考核的方式加入学生会、学生社团联合会、校团委等各个部门获得实践机会，也可以通过竞选的方式成为班干部甚至班助，协助班主任处理班级事务、组织班级活动，从而锻炼并提升自身的能力。

引导学生自助管理学生部门这一路径的优势能够给学生提供一个锻炼和提升自己、学习新知识、接受新事物的平台。但部门对于人员的需求较少、学生的竞争压力较大，大部分学生不能获得这一实践机会。

3. 组织学科专业竞赛

自2008年以来，全国性秘书职业技能大赛持续举办，并呈现出多家并举的局面。[①] 如中国高等教育学会秘书学专业委员会主办的全国高校秘书职业技能大赛，商务部中国对外贸易经济合作企业协会全国商务秘书与行政助理专家委员会的全国（商务）秘书职业技能大赛，全国高等院校秘书专业知识技能大赛，中国职业技术教育学会教学工作委员会文秘公关专业教学研究会与人力资源和社会保障部国家职业技能鉴定专家委员会秘书专业委员会联合主办的全国秘书职业技能竞赛等。全国性的秘书知识技能大赛的举办，促成了很多高校的秘书知识技能校内选拔赛。首都师范大学、扬州大学、陕西师范大学、安徽师范大学、铜仁学院、广东海洋大学等许多高校每年都会举办校内秘书学赛事，并在赛后以总结报告等形式让参赛人员分享经验和收获，让大赛惠及所有秘书学专业学生。这种“以赛促学、以赛促教”的方式，不失为秘书学专业实践的有效路径之一。

4. 开展校企合作，安排学生假期实习

与党政机关、事业单位相比，企业秘书事务和秘书人才的灵活性更大一些，校企合作成为很多高校秘书学专业实践的有效途径。一些学校会深入了解企业需要的秘书学人才应具备哪些方面的素质和技能要求，并以此为依据，设计人才培养方案和教学模式，针对性地培养社会需要、企业需要的高素质秘书人才，避免供需脱节的尴尬现象。[②] 校企合作模式，学校

① 朱欣文，梁佳焰. 论本科秘书知识技能大赛的风向标作用［J］. 秘书之友，2018（1）：16－20.

② 胡文，赵皙. 地方应用型高校秘书专业实践教学研究——基于岗位胜任力［J］. 现代交际，2020（4）：35－36.

（秘书学专业）可向企业争取学生的校外实习名额，让学生到企业内部顶岗实习，直接接触和学习秘书工作内容，通过切身的实践锻炼来提高专业技能①；还可以通过校企合作的方式，让企业充分参与到学校的人才培养方案、课程标准的制定以及实训实习指导、教学质量监控等过程中。同时企业可以安排资深秘书定期到学校开展专题讲座、与专业教师共同参与实践教学指导等内容②，在一定程度上可以弥补秘书学专业“双师型”教师的不足。但目前来看，很多高校秘书学专业的校企合作都未能达到理想状态，即便是挂牌实习基地，运作的实效也远没有体现出来。广东海洋大学的院级专业共享的实习基地利用率就不高。

（二）学生可自主选择的实践路径

基于学校可提供的实践路径存在实践机会不足、强度不够等问题，学生可自主选择其他实践活动以弥补。

1. 利用暑假自主实习

高校暑假时间较长，一般近 2 个月，利于安排实践实习。秘书学专业学生的暑假自主实习一般是企业实习和机关实习。

许多企业为节约人力成本，会设置一些基础岗或培训岗提供给想要进行实习实践的学生。除了企业实习外，也会有学生前往机关实习，学生可以通过在机关单位的实习，切实体会到“知道”秘书职业道德修养与“做到”秘书职业道德修养之间的差距③，真正了解机关单位秘书的日常工作内容，在实践中发现自身的不足，明确努力方向。

广东海洋大学采取记创新学分的方式鼓励学生在寒暑假参加社会实践活动，学生可自主申请课题调研活动、报名参加老师带队的调研活动、前往企业或机关单位进行实习实践等，返校后携带实习证明并撰写、提交实习日志和实习报告，可获得创新实践分。秘书学专业学生也会积极地参与

---

① 向阳. 从秘书事务所到全国秘书事务所联盟——以事务所为平台的文秘专业建设模式的形成与推广［J］. 秘书之友，2020（4）：16－23.

② 邓云川. 秘书学专业学生专业实践能力培养的创新与实践［J］. 秘书之友，2020（10）：26－30.

③ 陈振建. 机关秘书实习心得［J］. 秘书，2004（2）：16－17.

到调研活动、企业实习或机关实习中，在获取学分的同时积累社会工作经验。

2. 申请立项创新创业团队

在“大众创业，万众创新”的时代里，在校生组建团队申报大学生“双创”项目，完成目标任务，也是专业实践路径之一。广东海洋大学的MIGO 秘书学综合实训创新团队，就是学校立项的“双创”项目，已成功完成一期运作并通过验收。

我们了解的情况是，本科生创新创业团队在许多高校并没有得到重视，学生的学术水平、专业技能受限，无法开展较为深入的研究和探讨，完成目标任务并成功通过验收的难度不小。

二、MIGO 秘书学综合实训创新团队的实践探索

MIGO 秘书学综合实训创新团队，是广东海洋大学 2017 年成立的一个大学生创新团队，成员皆为秘书学专业学生。因为毕业就业的原因，团队成员每年都会更替，大四毕业生会自动退出团队，团队也会从新生中选拔优秀人才补充。2018 年，在学校的支持下，MIGO 团队通过审批，入驻广东海洋大学就业创业孵化基地，为团队开展各项实践活动创造了更有利的条件。

2017—2021 年，MIGO 团队创建、运营 MIGO 秘书综合事务所微信公众号；参加了多次创新创业大赛；组织开展了 4 次校外专业调研活动；承接了 4 次校内会务工作。MIGO 团队一直致力于探索秘书学专业学生专业实践新路径，为秘书学专业学生提供新的有利于学生发展的专业实践机会。

1. 运营 MIGO 秘书综合事务所微信公众号

MIGO 团队在成立之初便开通了团队微信公众号，公众号名为“MIGO 秘书综合事务所”。通过 MIGO 团队的不断锐意创新，到 2021 年 4 月，用户总数达到 1 928 位，共编发 210 篇原创推文。目前公众号每周更新一篇推文，推文平均阅读量 300，其中阅读量最高的为《秘书学考研方向指南》一文，阅读量 2 230；每条推文平均点赞数为 10，月点赞数约为 300，深受国内高校秘书学师生的喜爱，具有一定的影响力。

从不定期更新到每周更新一篇，固定微信公众号的更新频率与运营日益规范；从内容杂乱到开设专业介绍、外出调研、考研干货、精彩赛事、经验分享等特色专栏，团队共同努力打造出了一个有特色的与秘书学相关的公众号。团队成员从最开始对公众号运营不关注、不了解、不熟悉，到现在文案、排版、编辑等方面样样熟练。

借助公众号运营，不仅扩大了广东海洋大学秘书学专业的影响力，还为秘书学专业学生提供了参与新媒体运营的机会，让学生能够接触、了解、学习新媒体运营知识，丰富自身技能，提高自身的竞争力。

2. 参加创新创业和职业技能大赛

MIGO 团队一直积极报名参加各类创新创业大赛，希望通过竞赛的方式打出 MIGO 的招牌，同时希望通过竞赛的方式达到增强团队成员凝聚力、提高团队成员个人能力以及激发团队创新热情的目的。团队参加了 2017 湛江第三届青年创新创业大赛、2017 年“挑战杯·创青春”大学生创业大赛，分别荣获 2017 湛江第三届青年创业创新大赛团队组优秀奖和广东海洋大学 20 强团队。2018 年，参加了第五届中国国际“互联网 +”大学生创新创业大赛，并获得了三等奖的荣誉。MIGO 团队的成员也在这一次次参赛的准备工作中得到了锻炼，在策划书的草拟、修改，PPT 的讲解、路演等方面，能力都有明显的提升。

MIGO 团队的成员也一直积极参与秘书学专业技能大赛，如全国商务秘书职业技能大赛、全国高校秘书知识技能大赛等。在比赛中学习，在学习中提升，使所学知识能够更快、更好地运用到实践中，提高学习的效率和专业技能，“参赛”的优势是很明显的。

3. 观摩学术会议，开展校外专业调研

2018 年 11 月，秘书学专业 3 位老师以及 2 名 MIGO 团队成员前往广东省外语艺术职业学院参加“广州历史文化资源与全球城市建设研讨会暨广州秘书学研究会 2018 年学术年会”，调研考察广外艺文秘专业实践教学和人才培养模式，并形成调研报告《关于广东省外语艺术职业学院考察学习的报告》。2018 年 12 月，秘书学专业老师携 6 名 MIGO 团队成员前往广东科学技术职业学院进行专业调研，并形成《高职高专文秘专业教学模式对本科秘书学人才培养的借鉴意义——以广东科学技术职业学院为例》的调研报告。2019 年 11 月，秘书学专业老师应邀出席在暨南大学召开的“首届亚洲秘书论坛暨第二届中国秘书学研究峰会”，3 名 MIGO 团队的成员随同参会调研，并形成《参加首届亚洲秘书论坛暨第二届中国秘书学研究峰会》的调研报告。2019 年 12 月，秘书学专业老师应邀出席在广东省外语艺术职业学院举行的“广东省高等教育学会秘书学专业委员会换届大会暨全国高校秘书事务所联盟第二届高校论坛”，4 名 MIGO 团队的成员随同参会学习、交流，并形成《广州调研报告》。

通过 4 次学术会议观摩、校外专业调研活动，加强了 MIGO 团队与国内其他秘书学专业院校的交流，使团队成员更全面地了解专业发展现状，拓宽了专业视野，积累了调研经验，也经历了一定的学术思维、创新思维训练。

4. 承接校内会务工作

MIGO 团队承接了 4 次校内会务工作，分别是广东海洋大学 2018 年秘书知识技能大赛才艺展示决赛暨颁奖晚会、上海外国语大学杨剑宇教授莅临广东海洋大学在海滨校区和湖光校区作的两次学术报告活动、广东海洋大学 2019 年秘书知识技能大赛以及广东海洋大学 2020 年秘书知识技能大赛。MIGO 团队成员承担参会人员的确定、会议地点的选择、会议议程的安排、会议的跟进报道等工作，都能够让团队成员真正地参与到秘书工作的办文、办事、办会中，积累会务组织的相关经验，提高秘书的核心竞争力。

三、MIGO 秘书学综合实训创新团队实践探索的意义

1. 与时俱进，提高综合素质和能力

MIGO 团队为成员提供了一个相对自由的发展平台。团队立项后有经费支持，成员可以根据自身的能力和兴趣开展各种活动和实验。在项目运作过程中，MIGO 团队的成员因为要参加各种比赛、筹备各种活动等，需要查阅各种文献资料、请教同学或者老师，这不仅提高了成员的知识储备量，还是对其学习能力、沟通能力以及创新意识等方面的考验。此外，项目执行过程中，会遇到许许多多的问题，这些问题都需要团队成员共同面对、协商解决，这对成员的独立思考能力、团队协作能力提升也是有所助

益的。

新媒体是互联网通信发达的现代社会里不同于报刊、广播、电视等传统媒体的一种媒体形态，其主要特点是多样化、多元化以及碎片化。新媒体属于朝阳行业，其就业前景好，人才需求大。MIGO 团队的微信公众号——MIGO 的运营，给团队成员们提供了一个很好的接触新媒体运营的机会。“新媒体+秘书”的形式既可以提高团队成员的秘书综合素养，又可以使其在运营过程中了解、学习新媒体方面的知识，积累新媒体运营经验，为将来的就业创业提供更多的选择。

2. 开阔视野，训练创新思维

MIGO 团队一直积极参加校内外的各类创新创业大赛，在比赛中学习、提升专业技能。参加校内外的各种大赛，通过拟写、修改策划书，上台演讲，赛后交流，可以从语言表述、文字表达、礼节仪态、临场应变等方面提高自身能力。通过参加各种创新创业大赛，MIGO 团队的成员不仅加强了秘书专业能力，更加强了人际交往能力和自主学习能力，为 MIGO 团队成员搭建了一座大学和社会衔接的桥梁。

MIGO 团队在专业老师的指导、带领下，多次观摩国内秘书学专业学术会议，开展国内高校秘书学、文秘专业建设与发展的调研活动，进行学术思维、创新思维训练，取得了实际成效。既开阔了视野，了解了专业建设与发展情况，也接触到最新专业动态和学术信息，在专业老师指导下完成了学术问题的思考，取得了一定成果，如秘书学专业学生公开发表了 5 篇专业论文。

3. 拓展秘书学专业学生专业实践的路径

秘书学专业“入本”已有 10 年，专业建设与发展成绩喜人，已有国家级一流本科专业（陕西师范大学秘书学）和不少省级一流本科专业（如南京师范大学秘书学、安徽师范大学秘书学、云南师范大学秘书学、四川师范大学秘书学等）。秘书学专业是重实践的应用型专业，实践实训是极其重要的教学环节。但现阶段，各高校秘书学专业普遍存在专业实践条件有限、机会不多、实践效果不佳、专业实践路径亟待拓展等问题。广东海洋大学 MIGO 综合实训创新团队的成功运作，运营 MIGO 微信公众号、参加各类创新创业和职业技能大赛、观摩学术会议、开展校外专业调研以及承接校内部分会务工作等实践探索，由学生主导、专业老师指导，取得了不错的专业的实践效果，丰富了秘书学专业学生的专业实践内容和实践形式，有效拓展了秘书学专业学生的专业实践路径。

广东海洋大学 MIGO 团队的实践，不仅主动响应“双创”时代，其与时俱进、开拓创新的时代特色鲜明，也为秘书学专业实践路径探讨提供了一个有实际借鉴意义的案例，值得借鉴、推广。

主流媒体短视频传播分析
——以中央电视台为例

唐家敏[①]　徐海玲[②]

摘　要：随着互联网的快速发展，媒介环境发生了巨大变化，给主流媒体带来了不可忽视的冲击。为了自身更好地发展，主流媒体需要抓住短视频勃兴的时机，加快媒体融合，实现传统媒体的转型。以中央电视台为代表的主流媒体通过建设短视频矩阵，多渠道发展短视频，形成了新闻短视频独特的传播特点和推送机制，大大增强了主流媒体的传播力与影响力。但其也存在自有平台推广不足、短视频矩阵发展规划差、视频同质化严重、媒体与受众互动反馈意识弱等问题。针对以上问题，主流媒体可以通过完善短视频矩阵的规划、制作优质的内容、培养专业人才、加强与受众的互动、重视“Z世代”群体的需求等方法，推动短视频更好地传播，进一步提升自身的影响力和传播力。

关键词：主流媒体；短视频；传播分析；中央电视台

作为一种互联网内容传播方式，短视频是指在各种新媒体平台上进行播放，供用户在休闲状态下进行观看的时长在5分钟以下的短片视频。[③]在抖音、快手等短视频平台的加速渗透下，越来越多的网民选择通过短视频获取信息。短视频以门槛低、碎片化、传播力强成为行业热点，也成为传统媒体改革创新的突破点。面对如此庞大的用户群体和话语空间，主流

---

① 唐家敏，广东海洋大学文学与新闻传播学院新闻学专业2017级本科生。

② 徐海玲，广东海洋大学文学与新闻传播学院讲师。

③ 周娇娇. 短视频的传播问题与对策研究［D］. 南京：南京理工大学，2019.

媒体积极发展短视频，建设短视频矩阵，并加入微博、微信等社交平台，入驻抖音、快手等热门的短视频平台，以谋求更多受众，实现自身的转型。

中央电视台是我国国家级电视媒体，是我国舆论宣传的主阵地。其凭借着信息采集和加工的天然优势及优秀的业务能力，在短视频传播中圈粉无数，截至2021年5月，央视新闻抖音号粉丝1.2亿，央视新闻快手号粉丝5 400多万。中央电视台在短视频传播中产出了大量播放量过百万乃至千万的短视频作品，在短视频传播上取得了明显成效，是主流媒体发展短视频的典型代表。

一、主流媒体短视频传播背景

1. 政策支持

媒介环境的改变使主流媒体流失了许多受众，国家对此十分重视，因此提出了一系列政策支持主流媒体加快媒体融合，实现转型。

2019年1月25日，中共中央政治局在人民日报社就全媒体时代和媒体融合发展举行第十二次集体学习。习近平总书记指出："要坚持一体化发展方向，加快从相加阶段迈向相融阶段，通过流程优化、平台再造，实现各种媒介资源、生产要素有效整合，实现信息内容、技术应用、平台终端、管理手段共融互通，催化融合质变，放大一体效能，打造一批具有强大影响力、竞争力的新型主流媒体。"

2020年6月30日，习近平总书记在中央全面深化改革委员会第十四次会议上强调，推动媒体融合向纵深发展，要深化体制机制改革，加大全媒体人才培养力度，打造一批具有强大影响力和竞争力的新型主流媒体，逐步构建网上网下一体、内宣外宣联动的主流舆论格局，建立以内容建设为根本、先进技术为支撑、创新管理为保障的全媒体传播体系。①

各大主流媒体积极响应政策，在短视频传播领域开拓创新。

2. 新媒体冲击

随着网络技术的更新迭代，借助技术和资本的赋能不断拓展其发展空

① 曹洪刚. 全媒体时代的新闻传播形式探究［J］. 媒体融合新观察，2020（5）：37.

间。新媒体具有循环播与更新速度快、成本低、原创性强、信息量大、多媒体传播、互动性强、全天候和全覆盖的优势，弥补了传统平面媒体信息获取的枯燥性、延迟性、非互动性等不足。因此越来越多受众选择通过新媒体获取信息，导致传统媒体的受众被剥夺分散，用户流失，收视率下降，影响力下降。面对新媒体的冲击，传统主流媒体利用短视频加快媒介的融合，实现媒体转型是大势所趋。

3. 受众角色的变化

新媒体进入门槛低、制作成本低、原创性强，人人都可以成为创作者。在此背景下，受众的角色发生了转变，从单一的“接收者”变成“传授合一”的双重角色。[①] 过去的受众只能根据传统媒体生产的时间、渠道来接收信息，而如今的受众不仅可以从多种渠道随时根据自己的需求接收信息，还可以生产发布信息，成为信息的生产者。

麦奎尔在《受众分析》中指出：“由于受到新的传播技术的影响，受众的‘细分’与‘分化’的趋势不可避免。”[②] 受众细分指将受众这一数量众多、成员广泛的集合性群体根据不同的特征和爱好进行细分，细分后的受众群具有相似的特征，便于大众媒介的有效传播。[③] 受众分化是指当同样数量的受众注意力被分散到越来越多的媒介源中，受众个体在多种新媒介源中搜寻，且多种选择都成为受众个人的选择，在时间和空间上与其他任何人没有关系，在理论上形成最大限度的多元化和个性化。[④] 而受众被细分和分化的结果是大众传播向差异化和分众化传播发展，“分众”时代的到来，因此媒体应该重视受众个性化的需求，打造交互式、体验式、个性化的内容，吸引更多受众。

4. 短视频平台的发展

短视频经历了2004—2011年的萌芽工具期、2012—2015年的探索开发期、2016—2017年的成长运营期、2018年至今的成熟飞跃期。至2020年，网络视听用户规模突破9亿，短视频成为仅次于即时通信的第二大网

① 许鹏. 解析新媒体时代受众角色的革命性变化［J］. 新闻研究导刊，2014，5（7）：182.
② 许鹏. 解析新媒体时代受众角色的革命性变化［J］. 新闻研究导刊，2014，5（7）：182.
③ 范易. 当前广播车载听众变化特征与频率定位［J］. 中国广播电视学刊，2012（2）：100.
④ 邢弘昊. 论分众条件下的营销管理创新［J］. 新闻爱好者（理论版），2008（9）：39.

络应用，短视频用户规模达8.18亿，近九成网民使用短视频。[①] 短视频受众群体庞大，而且未来发展形势良好。

二、中央电视台短视频矩阵

1. 央视网《V观》栏目

2013年11月，中央电视台在央视网设置《V观》栏目，是央视打造的面向全网的新媒体品牌，向大众推送时政微视频。

《V观》栏目置身于新闻客户端中，迎合了移动化、碎片化时代的需求，“听新闻”模式的设置方便了用户的使用。其以小视频、短消息为主，包含扶贫、科技、法治、外交等主题，内容短平快、严肃又不失活泼，充分地体现了个性化、创新性的特鲜明征。[②]

许多作品一经发出，迅速引发广大媒体热议转评，受到了业界广泛的认可。

2. 自有平台：央视频App

2019年11月，中央广播电视总台推出短视频平台“央视频”App。央视频是我国首个5G新媒体平台，以短视频为主。截至2021年4月，央视频客户端下载量达2.5亿次，累计激活用户数6 500万人，最高日活量达千万人次，用户活跃度和社会影响力稳居主流新媒体客户端前列。

打开央视频App，分栏明确、应有尽有，时事、体育、财经等各类新闻资讯都以短视频形式呈现，大众可以根据自己的需求获取信息。G拍广场设置各类话题，欢迎大众参与拍摄创作优质的短视频，提高了大众的参与度、创造性，增强了受众黏合性。直播板块内有新闻节目、纪录片、动漫、小品、音乐等，大众进入直播间参与互动，增进交流，在重大事件中以直播的形式展现信息，更加直观有效，直播加速了信息的传播及反馈。央视频App充分结合当下信息碎片化，顺应了新媒体发展趋势，迎合了受众的需求。

3. 各类社交平台上的短视频账号

央视很早就在微信、微博上开通账号，现还在微博开设了专门的视频

---

① 刘志婷. 大市场背景下的亿级短视频新领域［J］. 上海广播电视研究，2021（2）：21.

② 吴延丽. 时政微视频的传播策略研究［D］. 锦州：渤海大学，2019.

频道“小央视频”。

小央视频于 2017 年 8 月上线，主要以短视频、移动直播为主，短视频在三分钟以内，内容短小而精悍，但传播效果显著。小央视频内容涵盖时政、资讯、军事、纪实、人物等多个领域，生产出《现场》《习式妙语》等多个王牌产品。小央视频作为央视网原创视频栏目，品牌定位精准、内容生产精良，抓住了短视频和直播的风口，上线一年就迅速吸引大量受众，产量和播放量稳步提升，全年累计发布视频 2 510 条，全网播放量约 34 亿次，平均每月生产发布超过 200 条，月均播放量超过 2. 5 亿次，累计直播 72 场，观看量约 1. 12 亿次。

4. 热门短视频平台上的媒体账号

2019 年，短视频行业 PC 端竞争基本进入尾声，早入局的抖音、快手凭借着先发优势，基本坐稳头部位置。2019 年 12 月，抖音 MAU 超 4 亿，快手 MAU 达到 3. 7 亿。① 央视、《人民日报》、新华社纷纷入驻抖音、快手，并取得了良好的传播效果。截至 2020 年 10 月底，央视新闻抖音粉丝破 1 亿，成为继《人民日报》后第二个粉丝破亿的抖音号。央视新闻快手粉丝超 5 000 万，人民日报快手粉丝 4 000 多万。

在抖音、快手上央视开通了像“央视新闻”“央视文艺”“央视夜线”等一系列短视频账号，在传播内容、形式、风格上都有所改变。像“央视新闻”抖音号除了从节目中截取片段做成短视频，还有带话题自制内容，范围广泛，不仅有国家领导人讲话，还有生活知识解答。形式风格上不仅顺应了抖音、快手平台接地气的特点，而且得到了平台的流量支持，扩大了主流媒体的影响力，“吸粉”无数。

三、中央电视台短视频传播分析

（一）中央电视台短视频的传播特点

1. 内容丰富，覆盖面更广

无论是自有终端央视频 App，其内容包含“时事”“推荐”“影视”

① 黄楚新，吴梦瑶. 中国移动短视频发展现状及趋势［J］. 出版发行研究，2020（7）：66.

“体育”“财经”等15个板块，还是微博小央视频内容涵盖时事、军事、人物、生活等多个领域，可见作为主流媒体，中央电视台转变了思维方式，不再单一地提供新闻资讯，还为受众提供像影视等生活娱乐的板块，满足受众多样化的需求，同时吸引了更多受众。

2. 素材来源灵活

央视不但有自己的新闻客户端，还入驻了抖音、快手、微博、哔哩哔哩等热门社交平台。每个平台有自己的传播机制和内容特色，如抖音平台专注于制作音乐创意短视频，简短内容结合音乐律动，迎合了如今的快生活节奏。央视所入驻的这些平台并没有全部照搬新闻客户端内容，而是截取新闻中重要的内容和画面再剪辑制作，部分因地制宜制作出符合各个平台风格的内容。

3. 紧跟时事热点，风格幽默接地气

国家时事热点不仅可以在新闻客户端看到，在各大社交平台上，人们在浏览娱乐视频放松的同时，也可以了解国家社会时事。央视作为主流媒体，用短视频的形式传播新闻也注重新闻的时效性，在第一时间报道热点能够获得不错的反响。如央视在疫情期间实时通报疫情最新情况，广大群众快速获取消息，加强防范，为全民抗疫，众志成城添一份力。央视在各大平台传播短视频时，也紧随平台的热点，如在“什么是快乐星球”一曲席卷抖音平台时，央视创新性地制作了“什么是中国高速”，并获得一致好评。央视在各个平台无论是内容形式上还是配乐选择上，创新性地抓热点，以更幽默、接地气的方式实现更好的传播。

4. 弘扬价值观，展现大国力量

央视作为党和人民的新闻喉舌，作为主流媒体，担负着引导舆论的重大责任，时刻保持着媒体人的社会责任感。在央视频App中G拍广场的话题设置，与抖音、快手平台相比更加积极正能量，宣传社会主义核心价值观，像“#全民普法大挑战”“#人人都是朗读者”“#好看乡村”等，大众在自主创作中，主动学习宣扬了社会主义核心价值观，参与性更高，效果更显著。央视入驻各大社交平台，在良莠不齐的互联网环境中，既弘扬社会主义核心价值观，又传播社会正能量。①

在央视新闻抖音号中，有外交部发言人华春莹的沉着霸气的发言，有商务部新闻发言人高峰就企业抵制新疆棉花做出的坚决回应，有一个个中国科技建造再创新成就，有一个个便民利民新政策的出台等，彰显大国风范，展现大国力量。

（二）中央电视台短视频的推送机制

1. 多渠道分发

央视布局短视频不仅在央视网设置《V 观》栏目，并与互联网公司合作、打造新的短视频平台央视频 App，还在微博、微信等社交平台开通平台号，在微博上开创了原创短视频栏目小央视频，并入驻抖音、快手热门短视频平台，生产发布大量的原创短视频，“吸粉”无数。

2. 灵活推送

央视在各大平台上推送短视频，据观察央视短视频在推送时间上没有什么规律和限制。在微博、抖音快手等平台，受众大多是靠算法推送机制被动获得信息，央视想要在众多短视频中脱颖而出，靠的不是时效性，而是更加注重内容的质量和吸引程度。

而在不同平台上，央视的推送频率有所差异。在抖音、快手、微博平台上，视频精短，推送频率较高，每日更新 5 ~ 6 条短视频，而在哔哩哔哩视频网站上，视频较长些，推送频率也相对没那么活跃。

（三）中央电视台短视频的传播效果

1. 更受观众喜爱，拥有更多粉丝

《2020 年主流媒体融合传播效果年度报告》CTR 评估结果显示，中央广播电视总台、人民日报、新华社稳居融合传播效果榜单前三。中央广播电视总台在各个短视频渠道布局，形成了以“央视新闻”“央视频”等自有旗舰产品为核心，联动 200 个百万级以上头肩部账号共同发力的新媒体传播矩阵。央视依托自身国家级主流媒体的影响力，再借助热门平台的影

① 郝莉．主流媒体短视频传播矩阵研究［D］．武汉：华中师范大学，2020.

响力，截至2020年底，中央广播电视总台在新媒体渠道的累计粉丝量在10亿以上。

2. 公众参与度更高，互动反馈更高效

中央广播电视总台在短视频平台不断创新，利用交互式话题和流行文化符号吸引更多受众，参与互动，进行反馈，增加受众黏性。在嫦娥五号登月期间，央视新闻与抖音科技合作，发起话题“#你好月球”，并推出“抓月亮”道具，引来无数网友关注并参与创作，累计获得9亿次播放量。2020年底，央视新闻联合抖音热点发起“#给2020年的答案活动”话题。主持人白岩松提出年终六问，鼓励广大抖友晒出自己的年终答案，引来广大抖友积极参与，累计2.5亿播放量。

四、主流媒体短视频传播存在的问题

1. 自有平台有待推广

主流媒体凭借自身的影响力，加上热门平台自身的传播力，在抖音、快手等平台上取得不错的流量，但这不是长久之计，如何打造推广自有平台成为主流媒体值得思考的问题。

央视频App是一个有内容有品质的新媒体平台，从2019年11月上线至今，客户端下载量达2.5亿次，最高日活量达千万人次，但是与抖音快手等其他平台流量相比，还是有明显差距，原因有三个：一是其上线不久，从2019年上线至今才一年多，时间较短；二是其推广不足，人们没有了解到有这个App的存在，就没有下载，故没有流量；三是对“Z世代”年轻群体的吸引力不足，“Z世代”群体是走在互联网最前端的引领者，是热点话题的制作者，如此庞大的年轻群体是媒体转型发展的重要对象。

2. 矩阵发展规划差、账号间缺乏互动引流

主流媒体为了实现转型，积极构建短视频传播矩阵，然而存在着矩阵整体发展规划差的问题。一是主流媒体入驻热门平台后，开设了许多账号，部分账号划分标准不够清晰，如“央视网”“央视网快看”“小央视

频”实则同为央视网的短视频官方抖音账号，内容上也大同小异。① 同样的内容刷到几次，不但会分流，还会使人产生厌倦心理。还有部分账号入驻后经营不善，没有发声明就悄然停更，有“烂尾”的迹象，有损主流媒体的形象。

另外，笔者发现各个平台间以及同一平台内各个账号间存在明显的流量差异，而账号间缺乏互动引流，各自独立存在。

3. 视频同质化严重、原创性不足

传统主流媒体的新闻短视频主要以新闻资讯类为主，不注重新闻视角的选择，且传统主流媒体的新闻报道往往偏重大事要闻、深度厚重的内容，若是把这些内容简单移植到新闻短视频中，则可能造成受众的情感疲劳。② 如央视发布在各个平台的视频大部分是从新闻中截取的重要信息和画面，而每个平台有自己的传播机制和内容特色，且这些平台的用户有部分重叠，内容同质化会使平台间存在竞争，故会出现分流的现象。如央视一套的抖音号发布的短视频大部分是从央视一套节目中截取的内容，进行简单的剪辑制作后进行推送，内容价值上没有突出优势。而且，在电视上看过或者在抖音上刷到过，再在其他平台上看到就刷走了，吸引不了受众。

4. 媒体与受众互动反馈意识弱

互动性是新媒体区别于传统媒体的突出优势之一，互联网时代的传播与以往不同，单向度的、讲话式的传播是无法适应的，只有对话式的互动才得以实现沟通。这在一定程度要求新闻工作者应该重视用户需求与用户互动，更需要形成互动思维。互动促进了信息的交流，增加了受众的积极性、黏合性，传播者得到反馈以便于不断改进，实现更好的传播。

目前，据笔者观察，可以明显看到央视新闻的互动反馈意识薄弱，就央视新闻抖音号所发布的短视频来看，无论播放量破百万，还是评论破万，央视对评论区的互动没有做出点赞或回应，在一定程度上打击了受众

---

① 郝莉. 主流媒体短视频传播矩阵研究［D］. 武汉：华中师范大学，2020.

② 曾静. 融媒体时代传统主流媒体新闻短视频发展策略研究［J］. 新闻研究导刊，2021，12（3）：183.

的积极性，甚至可能造成受众流失，因此主流媒体应当重视受众的互动反馈。

五、对主流媒体短视频传播的建议

1. 完善短视频矩阵的规划

一是重点推广自有平台。如央视频 App 是我国首个国家级 5G 新媒体平台，在内容上，央视频聚焦了泛资讯、泛文体、泛知识三大品类，政治经济文化等各个领域应有尽有；在形式上，央视频覆盖了短视频、长视频和移动直播这些新型传播方式；在技术上，央视频主打时下最热的“5G + 4K + AI”概念，可全方位统筹资源。① 而实际上仍有许多人不知道这个 App，若能让更多人了解并使用，将为央视转型带来重大突破。

二是整合账号资源，增加账号间互动引流。主流媒体应做好发展规划，利用自身的资源优势，保持发展大 V 账号；加强对子账号的规划；对于废弃以及重复的账号，在发表声明妥善处理后注销。另外，可借助流量高的账号引流到其他账号，实现联动，增强短视频矩阵整体的影响力。

2. 制作优质的内容

任何媒体从本质上来说都是一个发布内容的平台，所以内容的打造是主流媒体在短视频竞争中成功的关键。当前，移动互联网传播竞争关注的焦点也越来越集中到立意高、有特色的内容上，所以，坚持内容原创、回归新闻、创意表达必然是新闻短视频成功的关键。②

3. 培养专业的人才，打造优秀的团队

主流媒体逐步迈入智媒体阶段，新闻短视频在内容、形式、模式等层面的创新需要更专业的人士，这要求新闻短视频从业人员不断提高自身的综合素养，树立短视频思维。③ 不仅要会采写编排，还要懂设计剪辑、营销策划、数据分析、用户运营以及对网络热点时事有敏锐的嗅觉。而成立专门的短视频工作室，打造优秀的团队，大家集思广益，一起创意策划，发

---

① 谢菁．5G 时代下“央视频”的传播策略分析［J］．戏剧之家，2021（13）：153.

② 张飞．主流媒体短视频新闻传播的建设路径探索［J］．西部广播电视，2021，42（4）：38.

③ 曾静．媒体融合背景下主流媒体新闻短视频发展策略思考［J］．新闻研究导刊，2020，11（23）：2.

挥每个人的优势，有利于更好地整合资源，创意制作更多更精彩的内容。

4. 加强与受众的互动，注重受众的反馈

主流媒体想要提高短视频的流量，除了制作优质内容外，还要从提高互动频率入手，其中评论量是体现短视频互动性的重要数据。互动可以“吸粉”，提高用户黏性，主流媒体与用户互动，走亲民路线，提高用户好感度，建立长期忠实关系。互动还可增加反馈，主流媒体得到用户反馈的意见，有助于解决问题、维护形象，有助于得到灵感，以制作更优质的内容。

5. 重视“Z世代”群体的需求

“Z世代”最早是美国的流行语，意指在1995—2009年出生的人，和互联网的兴起几乎是同时，所以又称网络世代、互联网世代，概指受到互联网、智能手机、平板电脑等科技产物影响最大的一代人。[①]“Z世代”群体在全球约有18.5亿人，人口占比为24%。“Z世代”群体见证了互联网和社交媒体的辉煌时刻，参与了哔哩哔哩、抖音、快手、微信、微博等平台的崛起，其热衷于使用互联网和社交媒体。在网络新媒体时代，“Z世代”如此庞大的年轻群体是重大突破口，主流媒体应该关注了解该群体的特点和需求，学习更多符合年轻人的玩法，制作更多年轻化的内容。

六、结语

主流媒体面对短视频盛行的时代、新媒体的冲击、舆论环境的变化，应积极响应国家媒体融合的政策，布局短视频传播矩阵。中央级主流媒体中央电视台不仅创新性地推出5G新媒体平台，还借助其他热门的社交平台、短视频平台积极建设短视频矩阵。在短视频传播中形成了独特的传播特点、推广机制，一改传统主流媒体的形象，加快了媒体融合的步伐。

由于主流媒体短视频传播仍在建设阶段，不免存在有待改进的地方，如主流媒体自有平台待推广、短视频矩阵缺乏发展规划等。针对这些问题，笔者相应提出了一些可行性的建议。希望文本的分析研究能为主流媒体更好地发展短视频提供一定的思路和方法，加快媒体融合、促进转型实现。

---

① 高菲. Z世代的短视频消费特征分析［J］. 新闻爱好者，2020（5）：40.

论重大突发事件下秘书调研新特点

——以云浮市新冠肺炎疫情初期工作为例

黄雨时[①] 朱欣文[②]

摘 要：本文以云浮市新冠疫情初期工作为例，探讨在重大突发事件下秘书调研新特点，从调研前、调研中、调研后三个阶段分析其工作出现的变化：在调研前期阶段，组织志愿者队伍，将疫情程度作为确定调研目标的首要因素，利用大数据摸清基本情况；在调研阶段，利用自媒体辅助调研，注意监控实时动态，舆论引导缓解压力；在调研后期阶段，迅速处理信息，形成长期跟踪机制。本文体现了重大突发事件下秘书调研的方法和技巧，以提高秘书的调研能力和工作水平，让秘书调研工作与时俱进。

关键词：秘书；突发事件；调查研究；特点

习近平总书记强调："调查研究是谋事之基、成事之道。没有调查，就没有发言权，更没有决策权。"[③] 秘书是领导的参谋助手，协助领导调查研究是秘书的重要工作。自 2020 年初至今，新冠疫情肆虐全球，中国在疫情防控方面积极应对，取得了显著的成效。疫情初期，我们的基层防控工作由匆忙应对到迅速调整再到卓有成效，秘书的调研工作也随之发生变化。笔者结合疫情期间参与广东省云浮市疫情防控工作的经历，具体谈谈秘书调研新特点。

---

① 黄雨时，广东海洋大学文学与新闻传播学院秘书学专业 2017 级本科生。

② 朱欣文，广东海洋大学文学与新闻传播学院副教授。

③ 《光明日报》评论员．调查研究是谋事之基成事之道——论贯彻落实习近平总书记关于在全党大兴调查研究之风的重要指示精神［N］．光明日报，2018－02－24（01）．

广东既是人口大省又是人口流动密集区，新冠疫情暴发时正值春节，故广东是除湖北省、香港地区以外新冠肺炎确诊人数最多的省份。疫情自全国蔓延以来，广东省感染人数一路飙升，但云浮市一直保持“零感染”的纪录，云浮市的防疫工作也因此受到社会的广泛关注。

2020 年 1 月 23 日，根据新冠疫情防控形势，广东省启动重大突发公共卫生事件一级响应，中共云浮市委发布了《云浮市各领域党组织和党员防控新型冠状病毒工作指引》，要求各级党组织严格落实属地管理责任，实行“村（居）到组，组到户，户到人”的三级党建网格管理，对所负责的地区深入了解。因此，下乡调研成为防疫重要的工作之一。当时，笔者恰好在云浮市某局实习，作为实习秘书跟随局领导到分管地开展新冠疫情防控调研工作，深入实地了解疫情对百姓生活所造成的影响，对症下药解决问题，打好疫情防控的阻击战。

一、调研前期阶段

1. 组织志愿者队伍

与以往的专业调研队伍不同，考虑到疫情的传染性和风险性，调研志愿者队伍的组建首先要尊重个人意愿。秘书依据领导的指示，采取线上报名的方式，先制作完成报名小程序代替线下现场报名，随后，建立一个能发布调研工作通知及进展的微信公众号——“智慧金龙社区党建 +”，该公众号发动党员自愿报名，调研前期阶段的队伍组建工作也就完成了。

因为突发事件下调研工作的内容与平时不同，且志愿者大多是第一次参与调研工作，成员间的默契配合不如平时的固定队伍，所以，秘书需要根据领导的指示及成员的实际情况安排每个人的工作，并且做好志愿者在疫情下调研的基本培训。如云浮市某局的党支部在调研开展前组织了动员会，现场讲解疫情防控的具体工作及自身保护的安全措施；秘书需要提前了解志愿者的工作经验，制作工作安排表，把人员安排到合适的工作岗位，拟定需要严格遵守的防疫守则及轮班表。这些事前准备不仅提高了志愿者的工作效率，还有效地保证了志愿者的生命安全。

2. 优先考虑疫情程度

准确把握调研目的。疫情下的调研要以落实防疫工作为先，将疫情程度放在优先考虑的位置。与以往的下乡调研通常按照地点远近安排先后顺序的做法不同，此时调研的地点以疫情严重程度安排顺序，疫情严重的排前面，优先调查，调查后由云浮市某局下拨防疫款项。秘书提前分析各村镇的具体情况，拟定调研顺序表，落实云浮市委“三级党建网格管理”的要求，织牢疫情防控“组织网”，防止防疫工作有“漏网之鱼”。

秘书通过收集属地资料综合分析，发现云浮市岔路村情况特殊，遂将该村列为重点调研对象。岔路村是一个人口老龄化较为严重的村落，常住居民以老年人为主，年轻劳动力常年在外打工，该村的经济水平、基础设施以及卫生条件都较为落后。疫情发生后，该村大多数年轻人被困外地无法返乡，村里老年人接收外部信息较慢，对新冠疫情了解甚少，有些村民甚至完全不知情，因此，对该村的疫情防控评估指数是最高的，防疫工作刻不容缓。志愿者立即对该村展开具体调研，对症下药，有效地开展防控疫情措施。

3. 利用大数据协助调研

随着万物互联时代的到来，大数据成为认识客观世界、量化研究的技术手段，在疫情期间，它又成为具体了解地区疫情程度、追踪人员来往信息的主要渠道，其优势在下乡调研的过程中逐渐增强。传统的调研工作注重收集纸质材料，若居民提供资料有误差，调研人员需要花费很多的时间和精力整理、甄别资料。疫情期间，调研人员利用大数据弥补传统数据体量小、统计时间较长、精度较低等缺点，更加方便、精准、科学地获取信息。

云浮市新冠肺炎疫情防控指挥部于 2020 年 2 月 10 日发布《云浮市外防输入、内防传播“十从严”》中要求：从严管控“三个重点群体”，对来自疫情重点地区、途经疫情重点地区、往返疫情重点地区与云浮市之间的三类重点人员，采取“大数据 +”模式实施全程监控。秘书利用大数据迅速筛查岔路村在疫情期间外来及回乡人员的信息、行动轨迹与动态。自疫情发生以来，“通信大数据行程卡”“粤康码”等成为最为便捷有效的防控手段，可准确提供目前官方认可的防控数据。“通信大数据行程卡”是由中国信息通信研究院联合中国电信、中国移动、中国联通三家基础电信企业形成的“信令数据”，通过用户手机所处的基站位置获取用户的实时位置，可查询用户在疫情期间到访地，这大大提高了秘书调查信息的准确性。“粤康码”是广东省的健康通行凭证，群众出示“粤康码”即可判断其是否为疫情防控重点人员，无须再提供其他相关健康证明。调研开展前，秘书要提前查看该村所有人员的“通信大数据行程卡”及“粤康码”，省去了实地收集村民信息和健康材料的时间与精力，为调研的安全提供了更加科学的保障。若发现有涉危可疑人员，则要采取隔离措施，这既保证了分管地段的安全，也能更好地落实属地管理责任。

二、调研阶段

1. 利用自媒体辅助调研

自媒体就是大众借助数字技术传递信息的方式。在自媒体时代，人人都是信息的传播者、受传者和把关人。疫情期间为避免交叉感染，提倡减少串门及面对面交谈的次数，此时，线下走访村民的传统调研方式显露弊端，自媒体传播的优势凸显出来。公众号是最常见的自媒体之一。

由领导授权，秘书创建的“岔路村疫情防控”微信公众号，用以拓宽调研信息及村民反映问题、寻求帮助的渠道。该公众号在调研开始前已经运营，通过及时沟通，让村委会告知村民积极关注该公众号，为调研工作的顺利开展做好充分准备。秘书及时将调研工作的进度推送到公众号，受群众监督，保证村民的知情权，同时让调研者对村民在公众号反映的问题做好回应，有针对性地进行调查研究并解决问题。如在云浮市某局开展调研前，群众在“岔路村疫情防控”微信公众号反映粮食短缺、口罩稀缺以及街道卫生无人管理等问题，秘书在微信公众号后台将这些问题整理成表格，与调研者提前沟通，以便在调研时能直奔核心问题，快速解决群众迫切需要解决的问题。

利用自媒体方法辅助调研，不仅有利于收集实时信息，准确把握调研方向，而且大大提高了调研工作效率。

2. 注意实时动态

实时性研究是解决当下问题最重要的手段之一，疫情的突发性和紧急性，要求调研工作必须结合实际情况、关注实时动态，给村民有效、及时的帮助。平时下乡调研主要是寻找影响该村长远发展及安全等方面的问题，如该村经济发展结构、交易方式、违规建筑、安全隐患等，为实现该村持续发展提供调整规划。但在疫情期间，调研需要解决疫情给村民带来的不便问题，以解燃眉之急。

首先，岔路村位置偏僻，疫情发生以来，村民购买日用品和食物存在很大的困难，村民自己种植的蔬菜也消耗殆尽，艰难维持着日常生活，已有较多村民在“岔路村疫情防控”微信公众号反映该问题，故此次调研需要解决的首要问题就是食物供给。秘书关注当地实时动态并向领导建议，在“智慧金龙社区党建+”微信公众号发起募捐活动，且提前与当地最大的蔬菜供应超市“同福超市”沟通，以批发价购买食材，按需给村民分配食材并做好登记，防止分配漏户或多发，缓解村民食物短缺问题。

其次，解决村民防疫用品紧缺的问题。疫情初期，口罩供不应求，此次调研要统计该村所需口罩数量，向上级申请口罩援助。在市委市政府的领导下，云浮市云创源投资控股有限公司迅速成立云浮市宏智康医疗器械有限公司，日产口罩约6万只。

由此可见，重大突发事件下的调研阶段应注意对实时动态进行分析研究，对群众迫切需要解决的问题迅速部署安排解决，及时满足人民群众的需求。

3. 调研不留死角

疫情期间，云浮市委发布《云浮市各领域党组织和党员防控新型冠状病毒工作指引》，要求确保“镇不漏村、村不漏户、户不漏人”，云浮市云城区委要求用好“六张网”织实疫情防控防线——组织网、排查网、检疫网、宣传网、党群网、先锋网。这要求秘书的调研工作做到严谨、密实，事无巨细都要落实到位、不留死角。

秘书调研不留死角体现于调研过程不能有任何疏漏。秘书要制订严密的调研计划供调查队伍执行，调查过程应做好记录，防止遗漏。要求调查者走访岔路村的时候，不能只有文字记录，还要拍摄照片、视频，为后期跟踪研究提供直观的材料。

秘书调研不留死角还体现于其考虑周到。在调研岔路村进出车辆时，秘书既要记录车牌、车型信息，也要记录进出该村的具体时间，这样才能让后续的追踪调查有依据，这也是平时调查难以注意到的细节。由于村里的医疗条件有限，卫生站离该村较远，秘书还要考虑疫情期间百姓看病难的问题，及时向相关部门反映情况，申请增加驻点医疗人员及基础的医疗设备，配合防疫工作。

4. 注意舆论引导

习近平总书记多次做出重要指示，要求“各级党委和政府及有关部门要把人民群众生命安全和身体健康放在第一位”“要及时发布疫情信息，深化国际合作。要加强舆论引导，加强有关政策措施宣传解读工作，坚决维护社会大局稳定”。① 正确的舆论引导将会提升疫情防控效果，有利于安抚突发事件下民众焦躁不安的情绪，从而维护社会稳定。

疫情初期，民众出现各种疑惑、不安、焦躁、恐惧甚至相互伤害的心理和行为，秘书在下乡调研中发现，在经济欠发达地区，就算有人患上普通的感冒发烧都会导致周围人心惶惶，甚至出现“疫情人类无法控制”的谣言，严重影响了群众的日常生活。另外，因为疫情暴发时正值春节，驻村值班的志愿者严格巡查，村里一改往年的热闹，这种现象引起了许多村民的不满，出现村民对志愿者的工作产生质疑且个别人拒绝配合调查的现象，这对调研工作的开展形成了很大的阻碍。

消极舆论对正常的社会活动起到了阻滞作用，积极、乐观、向上的舆论能够对人民群众产生暖心作用。秘书要密切关注群众的心理状况，积极疏导其心理压力，增强其卫生健康、命运共同体意识。必要时可以聘请专业心理医生安抚群众，缓和人际关系。同时，通过真实数据说服村民，张贴抗击疫情的成果海报，宣传防控疫情取得的有效进展，打破谣言，提高村民的安全感并且引导他们主动支持防疫工作。

有了正确的舆论导向，才能有稳定的群众基础，只有群众加入疫情防控的“战场”，筑起人民群众“大家庭”的生命健康防线，增加群众的参与感、安全感，才能事半功倍，打赢防疫攻坚战。

---

① 《人民日报》评论员．把人民群众生命安全和身体健康放在第一位［N］．人民日报，2020-01-28（01）．

三、调研后期阶段

1. 信息迅速处理

新冠肺炎的传染性极强，且带来的伤害是致命的。疫情下的调研是复杂的，遇到的问题是多种多样的，其紧迫性要求调研完成后，秘书立即整理、分析调研资料，并且组织会议研究解决方案。

岔路村的调研资料整合结束后，秘书向相关领导汇报并按指示要求组织相关会议，会议需要用的PPT应排版简约、重点突出，在适当的位置插入调研拍摄的照片、视频，直观地将调研现场呈现给与会者，利于大家直面问题。随后印发会议资料，通知与会人员及解决问题的多方单位如宏智康医疗器械有限公司、云浮市人民医院等参会，共同研究岔路村医疗器械、医疗用品匮乏和缺少专业医护人员等问题。会中，秘书还要做好会议记录，会后将会议情况整理并向领导汇报。同时，秘书要及时在公众号推送相关调研信息及解决问题的方案，公开透明地接受村民的监督，也让群众第一时间了解政府基础部门的工作措施和效率。

2. 需要长期跟踪

2020年4月21日上午，云浮市新冠肺炎防控领导小组（指挥部）召开会议，深入贯彻落实中央和省领导关于疫情防控工作指示精神，总结前段时间云浮市疫情防控工作，分析研判防控形势，研究部署常态化防控工作措施。市委书记、市人大常委会主任、市新冠肺炎防控指挥部总指挥强调："当前，疫情防控从'应急'走向'常态'，不仅仅是时间的推移和空间的转换，接踵而至的将是各种新形势、新任务、新情况、新问题。"防控常态化，前提是忧患意识再强化，做好打"阶段性持久战"的准备，思想不松、力度不减、标准不降，坚决把战"疫"进行到底。对此，秘书必须以不松懈、不麻痹的态度对调研工作长期跟踪，坚持到底。跟踪研究包括横向跟踪和纵向跟踪。横向跟踪要求秘书制定长期轮班工作表，保证疫情期间时刻有工作人员在基层，每天收集汇总相关防控工作情况和数据信息，每半月至少开一次工作例会且向领导报告工作进展，及时学习上级关于疫情防控的最新指示；纵向跟踪要求秘书密切关注解决方案每一步的实施情况，记录反馈信息和效果，分析存在问题，与志愿者研究部署下一步工作重点，定时向村民了解对疫情防控工作的意见，随时向上级汇报。

综上所述，秘书的调研工作在不同时期、不同情况下呈现出新特点。重大突发事件下的调研在前期、中期、后期的特点与平时的调研大相径庭，调研需要更细心、更全面。秘书对调研工作要保持与时俱进的态度，紧跟时代的要求调整自己的调研方式，通过实践总结经验，提升调研能力，在突发情况来临之际能有足够的能力应对，力争在调研方面有所建树。